少年帝王传

南宫不凡 著

少年唐太宗

南京大学
出版社

图书在版编目(CIP)数据

少年唐太宗 / 南宫不凡著. — 南京：南京大学出版社，
2018.5
（少年帝王传）
ISBN 978 - 7 - 305 - 19349 - 1

Ⅰ．①少… Ⅱ．①南… Ⅲ．①传记小说－中国－当代
Ⅳ．①I247.5

中国版本图书馆 CIP 数据核字(2017)第 246361 号

本书经上海青山文化传播有限公司授权独家出版中文简体字版

出版发行　南京大学出版社
社　　址　南京市汉口路 22 号　　　邮　编　210093
出 版 人　金鑫荣

丛 书 名　少年帝王传
书　　名　**少年唐太宗**
著　　者　南宫不凡
责任编辑　贾小芳　官欣欣　　　　编辑热线　025 - 83686452

照　　排　南京南琳图文制作有限公司
印　　刷　南京玉河印刷厂
开　　本　880×1230　1/32　印张 11.125　字数 245 千
版　　次　2018 年 5 月第 1 版　2018 年 5 月第 1 次印刷
ISBN 978 - 7 - 305 - 19349 - 1
定　　价　35.00 元

网址：http://www.njupco.com
官方微博：http://weibo.com/njupco
官方微信号：njupress
销售咨询热线：(025)83594756

导　读

　　火树银花中戎马倥偬，刀光剑影里豪气干云。

　　他是大唐盛世的真正开创者，无愧为第一勇将、第一智囊、第一才子。

　　他的一生，金戈铁马，叱咤风云。应募勤王，崭露头角，于百万军中单骑救父，扬威沙场；劝父晋阳起兵反隋，成为独当一面的大将军；开设文学馆，文采风流，冠绝古今。

　　乱世纷纷，反王并起，随父举义，剿灭隋王朝，扶助其父李渊创建了大唐帝国。长缨在手，平定诸多反唐势力，居功至伟，玄武门一战，棋高一着的他终于登上了九五之尊的宝座。

　　他凭借英主明君的襟怀与眼光，细致入微的计策与决谋，自如调配各种势力，化敌为友为我所用，既能左右逢源也能翻云覆雨，从而缔造了贞观之治的绝唱。

　　这个人就是唐太宗李世民。

　　现在，就让我们穿越时空，走进唐太宗的少年时代，去感受其间的欢笑和泪水、温情与杀戮……

目 录

第一章

贵族添子弟 书生语世民

第一节 显赫的家世

李姓的由来

> 人间臣妾不合照，背有九五飞天龙。
>
> 人人呼为天子镜，我有一言闻太宗。
>
> 太宗常以人为镜，鉴古鉴今不鉴容。
>
> 四海安危居掌内，百王治乱悬心中。
>
> 乃知天子别有镜，不是扬州百炼铜。

从上面的这首颂词华章中，我们不由得抚卷咏叹，深思不已：一代明君创立盛世，造福百姓，引领千古，成就非凡，令无数后人敬仰和推崇，成为后世帝王效法的楷模，这是多么了不起的丰功伟绩啊！

那么，李世民是如何做到这一切的呢？李氏家族对他有多大的影响呢？他又是如何从垂髫稚子一步步走向成功的呢？解答这些问题，首先得从他的出身说起。

彪炳青史的一代明君——
唐太宗李世民

追溯李氏祖先，还有一段关于李姓由来的传说。

相传李姓祖先是颛顼帝的后人。当年，由于部落仇杀，他们被迫逃离家园，四处躲难，一路上饥渴交加，无以自保，死伤无数。最后，只剩下少数妇孺存活下来，她们失去壮年男子的保护，又没有食物来源，面临灭顶之灾。然而，生存的欲望并没有因此消失。相反，在苦难面前，她们变得更加坚强，求生的本能让她们日复一日地继续跋涉下去。一天，这些衣衫褴褛、饥肠辘辘的逃亡者路过一片树林，只见林中有些树上挂满了果子，清脆欲滴，煞是惹人垂涎。大家从来没有见过这种果子，不知道是不是可以食用，站在原地观望了半天，没有人敢去采摘第一枚果子。就在人们止步不前、面面相觑的时候，一位饿极了的男孩子挣脱母亲的手，快速爬上一棵果树，伸手摘下果子，塞进嘴里大口吃起来。他边吃边说："真好吃，真好吃！"其他人见此情景，纷纷说："与其坐等饿死，还不如先吃饱了再说。"于是，这些饱受饥饿折磨的人不再犹豫，不再考虑果子是否有毒，而是一拥而上跑进林中采果子、吃果子。就这样，他们依靠树上的果子生存下来，没有被饿死。

后来，这群人在树林边驻扎安家，并且最终形成一个部落，过上了稳定的日子。为了纪念救命的果树，他们把树命名为木子树，并且以木子为姓，合起来就是"李"，这就是李姓的由来。

光阴似箭，时代更替，李姓族人繁衍生息，人口逐渐增多，开始遍布华夏各地，发展成为人口较多的一个姓氏。历经数世之后，到了南北朝时期，一支在陇西狄道生活多年的李姓族人，不断与当地少数民族通婚，逐渐成长为当地有名望的家族。他们大多武功高强，胆量过人，适逢乱世，开始崭露头角，走上政治的舞台。他们就是李世民的近祖。

《新唐书》和《旧唐书》在谈到李氏祖先时，从李世民的父亲一辈算起，都认为："其七世祖皓，当晋末，据秦、凉以自王，是为凉武昭王。皓生歆，歆为沮渠蒙逊所灭。歆生重耳，魏弘农太守。重耳生熙，金门镇将，戍于武川，因留家焉。熙生天赐，为幢主。天赐生虎，西魏时，赐姓大野氏，官至太尉。"可见，李世民以前，数代李姓先人就已经驰骋西域，屡立功勋，确立了身份尊崇的军事贵族世家地位。

显赫的家族

南北朝时期，华夏大地纷乱不断，朝代更替频繁。北魏末年，政权被大臣宇文泰操控，北魏已经名存实亡。公元557年，宇文泰的儿子宇文觉篡夺北魏政权，建立周朝，史称北周。在这个过程中，太尉李虎、大司马独孤信、太保李弼等八人因为拥立宇文氏有功，都被封为柱国（柱国是一种官职名称，是当时最高武官的称号）。这些人在关陇地带起家，拥有强大的军事力量，成为当时势力最大的贵族阶层，被称作关陇贵族。后来，李虎被追封为唐国公。李虎就是李世民的曾祖父，因为他受封唐国公，所以李氏世袭唐国公称号，夺取政权、建立国家时，仍然以唐为国号。这就是大唐帝国名号的由来。

乱世纷纷，人心不稳。公元581年，立国只有二十来年的北周政权落入丞相杨坚手中，他接受周静帝禅位，建立隋朝。这时，李虎的儿子李昞世袭唐公爵位，任安州总管、柱国大将军，权势显赫。李昞去世时，他的儿子李渊只有七岁，袭封唐公。李渊就是李世民的父亲，也是大唐帝国的第一位皇帝，史称唐高祖。在李世民出生前，他们家族代代是朝廷显贵，权势非同一般。到了李渊时，家族依然显赫。

隋文帝杨坚

随着隋文帝杨坚统一南北，国家趋于稳定，政治也逐渐稳固起来。李渊正是伴随着隋朝的建立和巩固而走向仕途，逐渐成长起来的。

年轻时期的李渊历任地方长官，但与他的父祖们显赫的地位比起来，仍然逊色不少。可以说，他的仕途并非一帆风顺，而是几经辗转，一直游离于隋王朝的政治中心。隋文帝杨坚称帝后，为了巩固皇权，有意打压关陇贵族，抑制他们的势力。在这种情况下，隋朝初年，李渊只是千牛备身（御前侍卫）。随着年龄增长，他开始在京城附近的郡县做官。李渊作为地方文官，当然没有兵权，这与他显赫的军事贵族家族比起来，显得极不协调。

即便如此，李氏家族的地位比起一般世家来，依然是非常显贵的，这又是什么原因造成的呢？

原来，李渊的母亲是独孤信的女儿，与隋文帝杨坚的皇后是亲姐妹，所以李家并没有受到隋文帝杨坚的过分压制，相对来说，生活还是逍遥自在的。除了权力以外，李家可以充分享有各方面的贵族优待政策。简单地说，李家人就是什么都不做，也完全能够过着"富贵闲人"的生活。

隋文帝皇后独孤氏

在这样一个大背景之下，李世民出生来到这个富贵荣华的家族当中。他如果安分守己，听凭命运的安排，那么他既不会受到生活的磨难，也不会遭到对手的打击，可以过着纨绔子弟的生活，逍遥自在，无所事事，终其一生。但是，他没有这么做，优越的家庭条件没有消磨他的意志，反而成为他习武学文、结交各路豪杰的资本；来自父祖的荣耀没有遮挡他的英豪之气，反而成为他奋发励志、进取有为的动力。从懂事时起，他就胸怀大志，奋发有为，时刻以国家人民为重，准备创立一番轰轰烈烈的功绩。

关于李世民是如何在一个锦衣玉食的贵族之家中磨练出坚强的意志，我们可以从他幼年所受的教育开始，来了解这位伟人的成长之路。

第二节　出　生

射雀订亲

李世民的母亲姓窦，出身北周贵族。其外祖父窦毅，也是朝廷柱国之一。窦氏之母是北周公主，即周武帝的姐姐。据说窦氏一出生时，一头浓密的黑发长过颈部，长到三岁时，已经长及脚跟，因此受到大人们的特别关注。加上她聪明乖巧、俊秀伶俐，深得舅舅武帝宠爱，被召令在皇宫中养育。窦氏自幼好学，每每读书，总能过目成诵。她天资聪颖，擅长书法，字体飘逸雅致，与当时许多名家不相上下。后来，李世民在母亲的教诲下，读书习文，热爱书法，并且深得书法精妙，取得了很高的造诣，后人曾经称他的书法"诗笔草隶，卓越前古"。

窦氏长在宫中，耳濡目染，了解了一些国家大事，曾经为靖边之事劝阻过周武帝。当时，为了国家稳定，周武帝纳娶突厥女子做皇后，可是两人关系不融洽，周武帝为此事时常犯愁哀叹。窦氏看在眼里，安慰说："现在国家不稳定，突厥强大，皇上应该抛却私情，以国家苍生为念，多多抚慰皇后。只要突厥肯帮助我们，江南和关东就不会危害到我国。"这件事让周武帝很感动，从此对窦氏更是刮目相看。

隋文帝杨坚取代北周自立时，窦氏非常伤心，曾经趴在床上痛哭流涕地说："可惜我不是男子，要不然，我一定会为我舅家报仇。"她父母听到这话，急忙用手遮掩她的嘴说："不要乱说，这可是灭门之祸啊！"可见，窦氏不仅具备才略，还有一颗不甘屈服的雄心。窦氏在培养子女时，也以这些积极向上的精神来感召他们。李世民深受母亲影响，少年时期就具备了坚毅的品格和伟大的抱负，为他日后开创一代盛世打下了坚实的基础。

再说窦氏的父母，他们知道女儿才识卓越、胆色过人，所以为她选择婚配时特别慎重。经过一番商量后，他们命人在大门外画了两只孔雀。暗暗约定：如果有人能够射中孔雀的眼睛，就将女儿嫁给他。可是接连多日，前来射雀的贵族公子很多，却无一人射中孔雀的眼睛。

大唐的开国君主李渊

这天，刚满二十一岁的李渊来到窦府，弯弓搭箭，正好射中孔雀的眼睛。窦府人见此，非常高兴，立即请李渊进府商量婚事。窦氏偷偷观望，只见李渊一表人才，气宇不凡，正是翩翩美少年，不由得心花怒放。窦氏父母当即答应婚事，将窦氏嫁给了李渊。谁能料到，这段具有戏剧色彩的婚姻却是另一朝代诞生和繁荣的象征。

李渊娶了窦氏后，夫妻非常恩爱，过着贵族阶层的富足生活。不久，他们喜得贵子，取名毗沙门，也就是李世民的大哥李建成。就在一家三口陶醉在幸福美满之际，一道诏令，李渊被迫离开都城，到西边的武功境内任职。这一去就是十几载,在那里,一位伟大的人物——李世民即将出生。

李世民父母的血统中含有胡人的成分。他的母亲窦氏原来是纥豆陵氏,鲜卑族人;他的祖母独孤氏,也是胡族人,所以李氏家族既是一个皇亲显贵的家族,同时也是一个有着民族融合基础的家族。在这样的家族与环境中成长,李世民的胸怀气度自然不同于一般的乡野村人。

二龙起舞的传说

公元 599 年 1 月 23 日,隋开皇十八年十二月二十二日,正是隆冬时节,天气却有些反常,没有往日的寒风肆虐,阳光暖暖地照耀着大地,漫山遍野的白雪发出刺眼的光芒,似乎在向人们讲述一段神奇的传说。就在这天,大隋帝国的京兆武功(今陕西武功县西北)境内,唐公李渊旧宅里,上上下下一片忙碌,仆从、丫鬟进进出出,神色颇为凝重,举动极为谨慎,似乎正在等候什么大事来临。

这里是李氏旧宅,前后居住过二三代李氏祖先。三十三岁的李渊已经在此做官近十载了,官位虽然不高,但毕竟也是一方之长,人至壮年,他已经变得沉稳有度,颇显老练了,对于官场之事应付自如,并且积极谋划,寻找机会出人头地,向上攀升。

今天,他奉命进京述职,一早就辞别夫人窦氏,打马而去。隋朝建立将近二十年,南北统一,国家稳定,经济得到了恢复,似乎再也没有战事了,身为武将之后,多年刻苦习武,练就一身大好武功,在这太平盛世岂不是白费? 李渊每念及此,想到自己的唐公爵位,就会面带羞愧之色。每当夜深人静时,他仰望满天星斗,不停地追问自己:"这是我的过错,还是生不逢时?怎么样才能重振门风,扬我李氏雄风?"李渊一心想振作家族,所以,他时时处处留意朝廷动向,谋求晋升的机会。

李渊上路后,夫人窦氏安排儿女们写字念书,他们的长子李建成有十岁了,聪明伶俐,学业优秀。五个女儿中有三个是窦氏生的,大的八岁,小的只有两岁,个个都是俊秀聪慧的姑娘。尤其是三女儿,虽然不到六岁,却已经能识字读书,超过其他姐妹。这个女儿就是后来的平阳公主。窦氏辅导儿女写完字,准备回屋休息,忽然觉得腹内疼痛。她急忙让丫鬟搀扶,吩咐下人说:"快去请大夫,怕是要生了。"

窦氏怀胎十月,即将临盆。这是她第五次怀胎,不知道这次是男是女,生产是否顺利?窦氏来不及多想,在丫鬟搀扶下回到房间躺下了。

不一会儿,产婆和大夫先后来到府内。由于李渊不在家,府中显得有些忙乱,下人们紧张地跑来跑去,生怕做错了什么。

一阵慌乱之后,就听一声嘹亮的哭声响起,穿透略显沉闷灰暗的府邸,令府内众人顿时松了一口气。窦氏顺利产下一名男婴,孩子哭声响亮,健康好动,惹得大夫和产婆一个劲地向窦氏道喜:"夫人,是个男婴,非常健康,听哭声就知道是个了不起的英雄。"

窦氏望着男婴,心花怒放,她心里想着李渊临行前的叮嘱:"夫人,一定好好保重,注意身体,说不定又是个儿子呢。"李渊期盼再生儿子,如今如愿以偿了。

窦氏自从嫁给李渊,夫妇恩爱,相敬如宾,过得倒也安稳如意。不过,自从生了李建成,十年来几次生育却都是女儿,这在当时看来,特别是在这样一个武将世家里,有些不遂的想法也是正常的。现在,窦氏又生男儿,真是令她倍感欣慰。

就在窦氏欣喜之时,刚刚降生的男婴再次大声啼哭起来。他微微皱着眉头,粉红色的四肢极力扭动着,似乎在向世界宣示:"我降生了,我来到世间了。"这个一出生就如此好动、不安分的男婴,正是大唐帝国的实际创建者,被后世帝王奉为楷模、令无数后人敬仰爱戴的唐太宗李世民。

窦氏轻轻拍打几下男婴,说道:"不哭,乖,是不是等着父亲回来给你取名字啊?不着急,父亲过不了几天就回来了。"

这时,一名丫鬟慌慌张张地跑进来,伏在窦氏耳边低语道:"夫人,有人说府前有两条龙飞舞,不肯离去。"

"龙?"窦氏奇怪地问。

一代明君李世民出世

"是啊,好几个人都这么说呢。"

窦氏略一沉思,吩咐说:"我知道了,你告诉他们,不要惊慌。"

窦氏自幼生长在皇宫中,对于祥瑞之说有所耳闻。她明白,龙是帝王的象征,不会轻易在凡人家现身,怎么会在自家门前出现呢？思来想去,窦氏猛然醒悟:难道与刚刚降生的男婴有关？这么说,是神龙现身预示孩子的未来？她坐不住了,即刻吩咐家人前去都城长安给李渊送信。

关于李世民出生时双龙起舞的传说曾经被记载在《旧唐书》中:(太宗于)隋开皇十八年十二月戊午,生于武功之别馆。时有二龙戏于馆门之外,三日而去。

不管双龙飞舞之事是真是假,李世民的出生都为处于特殊环境下的李渊夫妇带来了一丝欢悦和希望。特别是李渊,在京都长安刚刚述职完毕,听闻夫人再添男儿,激动之余,连夜启程赶回旧宅。

就在李渊匆忙赶回家的途中,他遇到了一件奇事,这件事情对于他来说非常重要,对于刚刚降临人世的男婴来说,也是一件不可忽略的大事。这究竟是一件什么事情呢？

第三节　取名世民

没有名字的二郎

李渊打马疾行，飞奔在回家的路上。虽是寒冬，他却满身汗水，座下马匹也有些气喘吁吁。李渊勒马稍作休息，看见四周白雪皑皑，飞鸟绝迹，官道上行人稀少，安谧、肃穆的气氛笼罩旷野。就在他驻足远观时，一位和尚打扮的人朝这边走来。李渊眉头微蹙，心想：将近年关了，这个和尚还在云游吗？

很快，和尚来到李渊眼前，他躬身施礼，口里说道："大人，恭喜你喜得贵子。"

李渊听闻此言，心里一惊，急忙问道："你怎么知道的？"

和尚微微一笑："大人相貌非凡，贵人风姿，将来必定富贵有加，位列万人之上。而且，你府上新添的贵子，更是不可多得的人才。僧人云游至此，路遇贵公，特地向你道喜。"

李渊仔细打量和尚，见他穿着破旧，面貌清朗，除了一随身钵盂再无其他行李，想了想说道："我不过凡夫俗子，哪里还敢奢望什么大富大贵。今天相遇，也算有缘，如果你不嫌弃，就请随我回府上小住几日如何？"

李渊生性豁达，为人宽厚，喜欢结交各方人士。当时隋文帝崇尚佛教，近年来兴建了不少寺院，对和尚非常礼遇。李渊觉得眼前和尚出语不凡,谈吐暗藏玄机,所以想请和尚回府细细详谈。

和尚微微施礼,朗朗说道:"唐公谦让了,我不过云游四方的僧人,哪能到贵府打扰。请唐公自重,四年后我们还会再见的。"

李渊听了这话,更觉和尚不平凡,下马施礼挽留。可是和尚就是不答应,准备转身离去。这时,跟随李渊的武士刘雷鸣不高兴了,他一把拉住和尚说:"你这个和尚怎么这么不通情理,唐公盛情挽留还留不住你吗?赶快上马随唐公回府。"说着,他抓住和尚的衣领就要把他强行带走。

和尚毫不慌张,挥手一挡,把刘雷鸣的手打了回去。这一下,刘雷鸣吃惊不小:"怎么,你会武功?"

两人你来我往之际,李渊看得清楚明白,他急忙制止刘雷鸣,对和尚恭敬地说:"下人无礼,还请不要见怪。人各有志,我李渊今天不强求了,望贵僧不忘相约之言,我们四年后再见。"

和尚不再理会刘雷鸣,他拜别李渊,转身离去。眨眼间,皑皑雪地上出现一串长长的脚印,而和尚已经不见了踪影。李渊望着和尚远去的方向出神良久,回身吩咐道:"赶紧回府。"

李渊回到家时,天色已晚。他不顾劳累,急忙去看望出生没几天的儿子。窦氏向他述说了二龙起舞的传闻,并且请他为儿子取名。李渊一直惦念路上和尚说过的话,又听说孩子出生时二龙在门前起舞,心里更是惊异。他望着儿子红润可爱的面庞,摇摇头说:"大儿子叫毗沙门,与中原风俗不同,我看,这个孩子还是过些日子再取名字吧。"

隋朝统一全国后,南北方出现大融合的局面,生活在北方的少数民族贵族阶层开始接触和吸收汉族文化。李氏虽然多次与少数民族贵族联姻,但他们本是汉族后裔,所以很快就受到中原文化的强烈影响。隋文帝杨坚也是汉族人,在他的允许和带动下,许多在北魏和北周时改换姓氏的汉家族纷纷恢复旧姓,向汉文化靠近。其中,李渊家族就由北周时的大野氏恢复了李姓。李渊身为贵族,受到文化交融的巨大冲击,他不得不认清形势,适应飞速变化的时代潮流。

窦氏听了李渊的话,略一沉思说:"也好。"她本是鲜卑贵族,家族势力显赫,但如今朝代更替,她的贵族身份已经不可比照往昔了。当初,大儿子出生时,南北还没有统一,她按照家族习俗为他取名毗沙门。如今,南北统一已经十年了,汉文化不仅深入到朝廷之中,也影响着百姓生活的方方面面,为孩子取名确实该仔细考虑一下了。

就这样,李府出生的这名男婴暂时没有取名,而是按照排行被称呼为"二郎"。二郎就是后来的李世民,他在这样的景况下展开了人生的辉煌篇章。那么,他后来为什么取名世民呢? 要知道世民二字虽然通俗,却暗含济世救民之意,不仅寓意深远,而且很容易让人联想到为人君主、造福一方等等。事实上,李世民正是一位拯救万民于水火、造福百姓于一世的君主,这么推敲起来,世民这个名字是巧合还是有意取之呢? 如果是有意取的,又是在什么时候、什么人为他取的呢?

书生一语

关于李世民名字的由来,还有一段颇为神奇的传说。

公元601年,李渊离开武功,到岐州走马上任,成为当地刺史。这时,窦氏母子跟随他来到岐州,开始一段全新的生活。转眼间，李世民三岁多了，长得虎头虎脑，非常可爱。母亲特别喜爱他，常常为他讲故事、念诗歌。每当这时，世民总是侧着脑袋静静地听，不时问上一两句。母亲欢喜地说："二郎果真聪明，什么都能听懂。"

一天，窦氏为世民兄弟讲王羲之练书法的故事，世民听了一会儿，突然站起来跑走了。母亲奇怪地看着他，不知道他要干什么。不一会儿，小世民回来了，手里握着一枝毛笔，满脸喜滋滋的。窦氏喜悦地搂过世民问："二郎，你也想学写字？"

世民认真地点点头，拿着毛笔在纸上画来画去。李建成见此，夺过毛笔说："不能乱画，把毛笔弄坏了。"

唐太宗《温泉铭》

窦氏笑吟吟地说："建成，只要用毛笔练字，毛笔终归都要用坏，可是一日不练，字就没有长进。"

听到这话，李建成脸色一红，低头不语。原来，李建成已经快十三岁了,正是读书学习的大好年华。可是,他越来越不爱学习了,每日都要偷偷溜出家门,到大街上闲逛,四处游玩。这件事情传到窦氏耳朵里,她曾经多次教导建成。今天,建成听到母亲这番话,知道母亲又在暗示自己不好好读书,当然有些难为情。

就在母子三人说话的工夫,一名丫鬟急匆匆地走了进来,轻声对窦氏说:"夫人,老爷让大公子到前厅会客。"

"会客?"窦氏疑惑地问,"哪里来的客人,我怎么没有听说过?"

丫鬟说:"是一位书生。我刚才听他说是偶然路过这里。"

窦氏点点头,吩咐建成说:"去吧,别让你父亲等急了。"

李建成正要转身离开,就见蹲在地上拿毛笔"写字"的李世民站起来,稚气地跟在哥哥身后。窦氏说:"二郎,你要干什么?"

世民眨着眼睛说:"见客人。"

"你还小,不要去了。"窦氏阻止道。

可是小世民很固执,紧紧跟随在李建成身后。丫鬟过来拉着世民的手说:"二公子,老爷没有让你去,你还是在这里等等吧,一会儿我回来跟你玩。"说完,她领着李建成离开后院,转过花厅回廊,到前厅去了。

李世民看着他们离去,噘着小嘴生起了闷气。母亲走过来说:"二郎,走,母亲领你去花园散步。我听说从南方移植过来的橘子树开花了,这可是难得一见的景观啊。说不定今年还会结橘子给你吃呢。"

显然,母亲想用这种方法转移世民的注意力,让他不要再惦记会客这件事。哪知道世民听了母亲的话,摇着头说:"我不吃橘子,我要骑马。"

窦氏笑了:"你还小,哪能骑马。这样吧,让他们领你去马场看看,在那里玩一会儿。"

世民高兴地蹦跳起来,嘴里不住地喊着:"骑马、骑马。"

几名下人进来带着世民离开后院,准备去马场玩。他们路过前厅时,世民好像记起什么,突然挣脱下人的手,飞快地跑进前厅。

前厅里,李渊正在陪一位书生模样的人说话,旁边站着李建成。世民突然闯进来,让屋里的人吃了一惊。李渊面带怒色说:"是谁在照看二郎,怎么让他到处乱跑?"

世民仰着脸,声音清脆地说:"父亲,是我自己跑进来的,不关他们的事。"

"你来这里干什么?快回去玩。"李渊说。

"不,"世民回答,"我不玩,我要会见客人。"

这句话让在座的人呵呵笑出声来,那位书生起身走到世民跟前,上下打量许久,面露诧异神色,回头对李渊说:"唐公,不得了啊。您是贵人,您还有位贵子啊。我看二公子仪表非凡,具有龙凤之姿、天日之表,不到二十岁,必能做出济世安民的大事来!"

此话一出,李渊惊惧异常,额头上汗珠涔涔,竟然半晌不能回转心神,无法冷静地与书生闲聊下去。

得名世民

原来,这个书生以下棋为名来拜见李渊,见面不久后,书生却神秘地说自己擅长相术,并对李渊说:"唐公骨法贵重,仪表不俗,将来一定贵不可言。"李渊心生惊异,对书生多了几分好感,也多了几分提防。他知道,多年来,隋文帝一直对八大柱国家族实行打压政策,唯恐他们势力强大,危及大隋江山社稷。所以,李渊总是小心谨慎,生怕落下什么把柄。听到书生这么说,他尽管内心喜悦,却假装无奈地说:"我不过一介武夫,哪有什么贵不可言的说法?"书生笑笑,附过身来说:"唐公必为人主。"李渊大吃一惊,额头上渗出一层密密的汗珠。他惶恐失措之际,书生却泰然自若,好像什么事也没有发生,手端茶碗继续品茶。

就在这时,李建成来到前厅,李渊这才静下心神,介绍李建成与书生认识。书生打量李建成一番,什么话也没说。过了一会儿,三个人开始谈论围棋。李渊酷爱下围棋,棋艺精妙,在当时非常有名,前来与他交流棋艺的人很多。李建成从小受父亲影响,也喜欢围棋,小小年纪已经具有一定名声了。所以,每每有人来切磋棋艺,李渊总是让李建成来会见客人,一来增长知识,二来开阔视野。

就在三人谈论围棋时,小世民蹦蹦跳跳跑了进来。这次,书生端详世民,说出"济世安民"的话,再次让李渊坐不住了。他知道,这种心怀不轨、大逆不道的言论,绝非臣子该妄议的,一旦传扬出去,就会招来灭门之祸。这些年来,他深知隋文帝杨坚的为人,也深知杨坚对于他们李家采取的一连串恩威并重的措施,如果今天书生的话稍有泄露,那么恐怕李家无一人能够幸免于难。

李渊越想越怕,越怕心神越乱,急忙让人带走世民,让刘雷鸣带着书生去接待处歇息。书生微微一笑,看看李渊,什么话也没有说,起身离去。

望着书生远去的背影,李渊心事重重,转身走回内宅。窦氏迎上来问:"哪里来的客人? 建成与客人切磋棋艺了吗?"

《秦府十八学士》之棋图

李渊哪有心思回答这些问题。他神色不安地将丫鬟、仆从们打发走,坐下来对窦氏一五一十说了刚才书生的那一番话。窦氏听罢,也呆住了,过了一会儿才缓缓说道:"二郎出生时,就有两条龙在门前飞舞;你从京城赶回家时,遇到的和尚也曾经说过他命运富贵的话。如今,这个书生又说出济世安民之语,我看其中肯定有原因。二郎虽然年幼,我看他天资聪慧,机灵善思,行为举止与别的孩子大有不同,长大后一定会有所作为。想必你父子将来有一天能够成为人主,也不是不可能的事。"窦氏少年时眼见北周政权一步步落入杨坚手中,最终隋代周立,这些经过依旧深深地印刻在她的脑海里,对于朝代更替这样的大事,她并不陌生。

李渊重重地呼了口气,似乎心有不甘地说:"大隋统一天下十几年了,政治稳固,百姓安乐,已经不是南北对立的时候了。"

窦氏叹口气:"也是。"

夫妻俩沉默片刻,窦氏接着说:"对了,二郎快要四岁了,一直没有取名字,眼看就要入学读书了,是不是先给他取个名字?"

李渊回转心神,想了想说:"书生说他有济世安民之才,我看就以此为他取名吧。就叫世民如何?"

"世民?"窦氏轻轻重复一遍,随即高兴地点着头说:"好,我看这个名字虽然普通,却寓意深刻,正符合你我心意,与二郎的性情志趣也相投。"

正在这时,外面传来一阵脚步声,夫妻俩急忙停止谈论,向外张望。就见小世民兴高采烈地跑进来,身后还跟着一名下人。窦氏看见世民,笑着说:"二郎,你父亲刚刚为你取好了名字。"

"什么名字?"小世民有些奇怪地看着父母。李渊意味深长地看着儿子说:"世民,李世民。"

下人高兴地附和着说:"二公子的名字好啊。"

小世民看看父母,想了想问:"这个名字怎么好?"

窦氏说:"世民是济世安民的意思,就是说你长大了要做一番大事业,报效国家,造福百姓,使国家富强,让人们过上幸福安康的生活。"

世民认真地听着,郑重地点头说:"母亲,这正是我的心意,我长大了要像汉朝的武帝一样,建立一个强大的国家。"

李渊夫妇听闻此言,对视一眼,急忙遮住世民的嘴说:"二郎,不要这么说。"

"为什么?"小世民不解地问。

窦氏沉思着说:"二郎,父母希望你长大了成就一番事业,你可以做个大将军,保家卫国;你也可以读书习文,考取功名。懂吗?"

小世民似懂非懂,说道:"我不读书,我要做大将军,骑马打仗，像爷爷一样，成为大柱国。"他说着，做了个骑马狂奔的姿势，引得李渊夫妇开心地笑起来。

就这样，李世民在四岁时因为书生一语取了名字。《旧唐书》上记载这件事说："高祖(李渊)之临岐州，太宗时年四岁。有书生自言善相，谒高祖曰：'公贵人也，且有贵子。'见太宗(李世民)，曰：'龙凤之姿，天日之表，年将二十，必能济世安民矣。'高祖惧其言泄，将杀之，忽失所在，因采'济世安民'之义以为名焉。太宗幼聪睿，玄鉴深远，临机果断，不拘小节，时人莫能测也。"

第二章 童年显聪慧 志向不平凡

　　世民既已得名，自然了结了李渊夫妇心中一大心病，他们对这个儿子的成长将会倾注更多的心血。生活在贵族世家的小世民没有辜负父母期望，他逐渐显露出聪慧的资质和积极向上的精神面貌，这一切与贵族世家子弟的悠闲懒散、奢侈无度形成鲜明对比。那么，小世民的童年生活究竟是一种什么状况呢？他的父母对他的成长又起到了哪些作用和影响呢？

第一节 父宠母爱

李渊的担忧

在岐州刺史府内宅，李渊脸色沉郁地坐在一条方凳上。他身边站着刘雷鸣，也是满腹心事、不知所措的模样。两人良久都没有说一句话。

昨天，李渊听了书生所言后，与夫人一起为儿子取名世民，了却心愿，李府上下一片欢乐，共同庆祝二郎得名。下午，夫人窦氏特意安排了筵席，准备请书生晚上一同吃饭。

就在大家井井有条地准备晚宴的时候，李渊突然想起一件事，他慌忙找到窦氏，急急地说道："夫人，我觉得书生形迹可疑，不可信任。你想，我和他第一次见面，他怎么会说出这样一番话？自从皇上统一全国后，关陇贵族无一不受打击，我李家因为母亲的关系，得以幸免于难，我多年来总是在外地做官，官职平平，哪有什么贵不可言的奢望？依我看，这个书生来历不明，如果将刚才说的话泄露出去，必将陷我李家于灭门之地！夫人，你只管准备筵席，我派人去监视书生。"

窦氏是个聪明人，经李渊这一提醒，恰似醍醐灌顶，顿觉如梦初醒，急忙说："老爷说得有理，快去派人监视书生，不要让他走了。"

　　夫妇商量妥当，李渊即刻派刘雷鸣带人监视书生，防止他逃走。在李渊内心深处，他最担心书生是朝廷派来的奸细，来探寻他对朝廷和对皇上的忠心程度。隋文帝杨坚已经六十一岁了，做了二十年皇帝，深谙帝王之术，对于前朝功臣之后做了很多打压工作，防止他们危害朝廷安危。李渊既是功臣之后，又是皇后的亲外甥，为人胸怀宽广，很有人缘，箭法精准，懂得兵法，如果忠于朝廷，将是一个人才；如果怀有二心，岂不是朝廷的心腹大患？照此看来，杨坚对李渊设防也不是没有道理的。更重要的是，最近李渊听到一个秘密消息，说杨坚做梦梦见一场大洪水，洪水过后，万物凋敝，只剩下一棵李子树生机勃勃。为此，杨坚怀疑姓李的人将要取代隋朝自立，而且，他找人解梦，认为这个取代隋朝的人应该与水有关，恐怕名字里有"洪"或者其他含有水的意思的字。李渊，姓与名，都应图谶，能不恐惧吗？

　　恰在这个关键时刻，书生来到府上，说了一通"唐公将为人主，公子济世安民"的话，李渊当然不会坦然受之。

　　再说刘雷鸣奉命监视书生。他来到书生住处，却发现书生早已不知去向。询问守卫人员，都说没有看见书生，难道书生人间蒸发了？刘雷鸣不敢怠慢，一面派人四处搜寻，一面赶紧回去复命。

　　李渊听说书生不见了，感到非常意外。在岐州这方土地上，他是地方长官，管理九县百姓，负责一方安危，谁能从他眼皮底下逃走？可是，经过一夜搜索，始终不见书生身影。

　　第二天一大早，李渊就和刘雷鸣坐在后宅，沉默地想着对策。

　　窦氏得知书生失踪的消息，也赶了过来，说道："一个书生，来去如此神秘,恐怕有些来历。"

李渊抬起头说:"正因为这样才要找到他。"

"书生可能误会了老爷的意思。我想你应该亲自挽留他,而不是派兵士去找他。"窦氏这么说,李渊和刘雷鸣都点了点头。

"人已经走了,说什么也没有用了。"李渊叹口气说。

窦氏说:"既然这样,老爷就不必担忧了。堂堂刺史府邸,人来人往这么多,还在乎走失一个书生吗?"

李渊这才稍微放宽心,挺挺脊背说:"夫人说得对,出出进进的书生多的是,我们只当没有见过这个人就是。"他的意思是说,万一书生说出对自己不利的言论,自己就死不认账,反正他又没有对书生说过什么不该说的话。

就在三人商讨对策的时候,小世民一蹦一跳地走进来,他举着一块绢布说:"母亲,你看这是什么?"

窦氏接过绢布一看,脸色顿时变了。她颤抖着念道:"和尚书生,四年重逢;贵公贵子,必为人主;济世安民,不可遗忘。"

不等窦氏念完,李渊一把夺过绢布,仔细地看了一遍,容颜大变,他失声问道:"这个书生是四年前在路上遇到的和尚?"

刘雷鸣努力回忆当年的情景,肯定地说:"我就说觉得这个书生有些面熟呢,对,大人,他就是四年前在雪地上向老爷道贺的和尚!"

原来如此,李渊夫妇顿觉心里一松,继而又绷得紧紧的,他们不明白这个和尚到底想干什么。这时,世民问道:"哪里有和尚?这上面到底写的什么?"窦氏揽过世民,想了想说:"这是你师父留给你的,叫你好好用功,长大了才有出息。"

世民眨眨大眼睛,不解地问:"我师父是谁?"

"一个云游四方的和尚。"李渊夫妇异口同声地回答。

世民看着父母,奇怪地问:"师父怎么不教我武功?大哥的师父怎么整天教他骑马射箭?"

李渊收起绢布,恢复了平静,对世民说:"别着急,很快就教你骑马射箭了。"

小世民听说骑马射箭,立即高兴地蹦起来,似乎把刚才绢布的事忘得一干二净了。

这件事情就这么过去了,李府上下恢复往日的安宁和谐,小世民在父慈母爱的关照下,一天天快乐地成长着。他开始学习写字,还经常缠着父亲教他骑马。可以说,小小年纪的世民显示出积极向上的个性、聪慧优秀的资质,他总是比一般孩子学得快、做得好,这让父母对他更加宠爱,为他倾注更多心血。

可是,在小世民心里,一直记挂着自己有一位和尚帅父,总是等待着自己的师父回来。不知道和尚有没有回来,有没有成为李世民真正的师父?也不知道李世民在学习骑马射箭的过程中,遇到了哪些意想不到的事情?

父母身边的宠儿

一天,李渊准备带着建成和世民去练武场骑马射箭。在他们家族中,这是男子从小开始必修的功课。只要男孩子长到四五岁,身体健康,就可以接受武术训练了。窦氏望着幼小的世民,心有不忍地叮嘱说:"二郎,一定要小心。"

"母亲不用担心,我知道怎么骑马。"世民很有把握地说。

父子三人走出内宅,朝马厩走去。在李家,马厩是非常重要的地方,一般情况下,都会养着几十匹乃至上百匹良马。在岐州,李渊养了十几匹宝马。李渊边走边对儿子说:"我小时候,家里有几百匹良种马,都是西域各国进贡来的。家里的仆从、下人都有自己的马匹,而且个个都是骑马高手,他们闲余的时候,就到武场骑马射箭,练习武功,所以个个都比一般将士勇猛。你爷爷曾经说,李家的下人也能成为朝廷的将军。"

李世民听完父亲的话,激动地说:"父亲,我要做大将军,要让所有士兵都骑马。"

李渊笑着说:"那样的话,你做的是骑兵大将军。"

李建成说:"骑马打仗一定很威风。"

父子三人说着转过回廊,来到后花园附近。这时,身后传来急促的喊声:"老爷,老爷,有家书。"

李渊急忙止步,回身等待来人。来人气喘吁吁地递上书信说:"老夫人派人送信来了。"

老夫人就是李渊的母亲,独孤信的女儿,也就是皇后独孤氏的亲姐姐,年近七十,在老家生活。

李渊拆开书信观看,见是母亲的亲笔信,信中告诉李渊自己年龄大了,身体不太好,非常思念儿孙。李渊的母亲先后生育过好几个儿子,可惜大多早早夭折了,只剩下李渊。在李渊七岁时,丈夫去世,孤儿寡母相依为命至今。李渊的母亲秉性高贵,脾气极大,很少有人敢接近她。所以,李渊从小就受到了母亲严格的管教。结婚后,倔强的窦氏却不怕婆婆,每日请安问好、侍奉左右,做得非常贴切。这样一来,李渊的母亲反而没有了脾气,顺从了儿媳妇的关注和安排。

李渊到岐州上任时,母亲不肯前行,他只好安排家人照顾母亲和几个女儿,只带着窦氏母子来到岐州。今天,李渊见到母亲来信，不由一阵心酸，急忙对儿子们说："你们祖母来信了，我们回去告诉母亲。"

骑马射箭的计划取消，改成回府拜读祖母的书信，李世民心里十分不快。他自幼离开武功县，很少与祖母一起生活，说起来祖孙二人缺少感情基础。他不情愿地跟着父亲回到内宅，去见母亲窦氏。

窦氏看罢书信，沉思一会儿说："母亲年龄大了，我们长期在外地，不能侍奉她老人家，这样下去也不是办法，不如叫建成回老家，也好照应母亲。"

李渊点头说："建成不小了，可以让他回去照应老家的事务。"

建成和世民一直站在一边，听说让建成回老家，世民立刻大声说："我不让大哥走。"

窦氏说："建成回去照看祖母，还要照应老家的事务，这也是个重任，是个锻炼的好机会。世民，你说是不是？"

建成近来受到父母严格管教，天天习武练字，颇觉烦闷，正愁没有时间好好玩耍，听说让他一人回老家，当即高兴地说："我愿意回去侍奉祖母。"他自幼在武功老家长大，那里有他的许多朋友，也有他熟悉的各处游乐之所，对于一个普通的十四五岁的少年来说，游玩的诱惑力远远超过学习。

世民低着头说："大哥回去，就没法练习骑马射箭了。"

李渊说："我不是说了，老家的武场比这里的还要好，只要肯学习，在哪里都会有进步的机会。"

世民认真地听着，似乎明白了其中的道理。

在兄弟二人心里，对于回老家这件事，想法完全不一样。李建成认为回去就有机会玩乐了，而小世民却认为回去会失去学习进步的机会。从这件小事来看，世民的志向和自律能力，要超过比他年长十岁的建成。

李世民在幼年时期，就表现出非同一般的见解和积极进取的精神，这一点不是一般孩子能够具备的。

李建成辞别父母兄弟，在下人的护送下离开岐州，踏上回归的道路。李世民跟着父母一直送到郊外，直至看不见建成的身影，方才回转刺史府邸。

自从建成离去，只有世民和玄霸跟随父母身边。玄霸比世民小两岁，自幼体弱多病，性格内向。所以，这时的世民成为父母身边最活跃的孩子，也是远离家乡宦游在外的父母最大的慰藉。李渊夫妇眼看着世民一日日长大，身材越发健壮，聪慧可爱，十分喜悦，开始教他骑马和读书。

时光飞逝，李世民已经六岁了，小小年纪的他英姿俊朗、反应敏锐，举止之间流露出少见的英武气概。不管在马场，还是在岐州野外，经常看见他骑着一匹小马纵情飞跃，身后紧紧跟随着一大批下人。

世民马术精妙，在后来的战场上，他纵马驰骋，横穿敌营，如入无人之境，正是他从小勇于学习、刻苦训练的结果。

第二节　两次赛马

第一次比赛

李世民从四岁开始学习骑马，两年来骑术进步很大。说起来，这两年的学习生活，实际上是一件苦差事，对于年仅五六岁的孩子来说，更是难以想象的困难。虽然世民从小就喜欢马，对马不陌生，还经常看父亲骑马，可让他单独骑马，还是很危险。第一次骑马时，父亲送给世民一匹西域小白马。世民骑上后，当即被摔出很远。但他不服输，爬起来拍拍身上的土，让人抱到马背上继续骑。接连被摔下来四五次后，世民的脸撞破了好几个地方，服侍的下人劝说他休息，世民却坚定地说："我不做失败的骑手，我要学会骑马。"于是，再次跨上马背，紧紧抓住马缰绳，伏在马背上一动不动，任凭小白马狂奔。

多次摔下马背，世民遍体鳞伤。看到他的这副模样，母亲窦氏心疼地劝说："还是过两年再练吧。"世民却不含糊退缩，在困难面前，他表现出极大的勇气和耐心：他一次次失败，一次次开始，兴趣和决心始终不减。经过努力，他终于驯服了小白马。之后的日子里，他天天骑着小白马在马场里跑来跑去，从不间歇。长期坐在马背上，世民的大腿都肿了，父亲见此说："休息一段时间再练吧。"世民依旧不胆怯，说："我常听人说趁热打铁，要是我

昭陵六骏之"青骓",唐太宗给它的赞语是"足轻电影,神发天机,策兹飞练,定我戎衣"

现在不练了,恐怕过几天就又不会骑了。"他坚持天天练习,从不间断。

就在世民刚刚驯服小白马不久,李渊在当地举办骑马比赛,选拔武士。小世民听说后,偷偷来到比赛场地,只见前来参赛的都是身材高大、勇猛威武的青年,他们胯下的马匹也是精选的宝马良驹,个个高昂着头,精神抖擞,跃跃欲试。

世民观看多时,并不畏惧,而是牵马来到报名处,大声说:"我要参加比赛。"

负责报名的官员见是一个小孩,没好气地说:"走开,走开,不要添乱。"

李世民说:"你又没规定小孩不能参加比赛,为什么不让我报名?"

官员生气地说:"小孩子多事,走开,耽误刺史大人的事,你能担当得起吗?"

李世民理直气壮地说:"刺史选拔武士,保家卫国,我报名比赛,也是为此,怎么会耽误他的事呢?"

就在二人争吵时,刘雷鸣奉命前来查看比赛准备事宜,他一眼见到李世民,急忙施礼说:"二公子,你怎么会在这里?"

官员一听眼前的小孩是二公子,吓得连忙给李世民鞠躬施礼,嘴里不停地说:"小人有眼不识泰山,还望公子原谅小人。"

李世民说:"我是来参加比赛的,你不要客气,给我报名吧。"

官员看看刘雷鸣,请示说:"二公子年幼,参加比赛会不会有危险?"

刘雷鸣知道世民骑术不错,可是一个六岁顽童,参加武士选拔赛,确实不得不慎重考虑。他想了想说:"我回去禀报唐公,请示一下再说。"

世民一听,急忙拦住刘雷鸣,不让他告诉父亲李渊。在他一再请求之下,刘雷鸣只好暂时让官员给他报名,然后急忙回去向李渊报告此事。

李渊听说世民报名参赛,既感到欣喜又非常担心。他高兴的是世民小小年纪,敢于独自报名参赛,说明他胆量过人;他担心的是世民擅自作主参加这样的比赛恐怕会遇到危险。他仔细斟酌以后,还是认为这个孩子做得太过分了。于是,他派人去喊世民,准备当面阻止他参加比赛。

再说李世民,他报上名后非常高兴,骑着马飞快地跑走了。在岐州广袤的大地上,这位只有六岁的贵族子弟热情飞扬,撒马狂奔，小小年纪的他已经显露出不同一般的勇敢与豪情。世民穿越一片沙丘地，很快来到武场。在这里，他度过了两年勤学苦练的时光，每日骑马练武，从不休息。恰在这时，李渊在众人陪同下也来到武场，看见李世民大声喊道："世民，怎么还到处乱跑？刚才派人喊你，你不知道吗？"

李世民打马来到父亲跟前，施礼说："孩儿见过父亲。"

"嗯，"李渊上下打量一下小世民，沉静地说："听说你去报名了，你知道吗？这是武士选拔赛，你年龄还小，不许去胡闹。"

李世民反驳道："比赛没有规定年龄，为什么我不能参加？"

李渊生气地说："不要强词夺理。我已经通知报名处取消你的参赛资格了。"

"啊，"李世民大声说，"父亲，虽然你是刺史，可是你不能干涉赛事，比赛应该由负责比赛的人说了算！他们允许我报名，你怎么能随意取消？"

这句话出口，在场众人都吃了一惊，他们只知道世民整日骑马练武，洒脱快活，却没有料到他小小年纪竟有这样的决心和思辨能力，一个个转向李渊，看他如何应对世民。

李渊的脸色顿时阴沉下来，他呵斥说："小孩子懂什么！来人，把二公子送回府去。"

李世民不愿意失去比赛的机会，还想跟父亲争辩，就见李渊身后走出一人。这个人三十四五岁左右，中等身材，面目清秀，身上透出一股书卷之气。他叫刘文静，是李渊的旧交，因为仕途不畅，追随李渊有些日子了。正是这个刘文静，日后辅佐李氏父子起兵平天下，立下赫赫功绩，成为唐朝首要功臣之一。他来到前面，对李渊说："唐公，在下以为二公子虽然年幼，却胸怀豪情，勇敢果断,志向不俗。而且,他勤于学习,骑术精湛,不同于一般少年,参加比赛应该不成问题。"

这番话顿时缓和了紧张的气氛,李渊沉思多时,问李世民:"你为什么非要参加比赛?是不是以为自己骑术非常高超,比别人强?"

"不是,"世民回答,"孩儿想成为武士,保卫国家。"

诸人听了,更加惊异,议论道:"二公子果然不是凡夫俗子,少小年纪就有这样的伟大志向。"

李渊明白这些人大多数是附和自己,不过,世民能有这样的志向也令他很高兴,他最终决定允许世民参赛。这下,李世民开心极了,他谢过父亲,骑着马去练习了。

几天后,比赛开始了。李世民早早来到赛场,他身穿一身白衣,胯下一匹纯白小马,远远望去,就像一团晶莹剔透的雪雕,煞是引人注目。参加比赛的人很多,前来围观的人更是不计其数。日上三竿的时候,比赛号令一出,众多选手打马狂奔,你追我赶。顿时,尘土四起,马嘶声声,壮观的比赛场景吸引了所有人的目光。

在激烈的竞争队伍中,李世民不甘落后,紧紧地抓住缰绳,双脚不住地踏着马镫,催促座下骏马快速奔跑。远处,窦夫人在丫鬟的陪同下也来到赛场。她担心地观望着,寻找着世民的身影。突然,丫鬟大声喊道:"二公子,他跑到前面来了。"

果然,李世民的马跑得越来越快,很快从后面冲上来,直追跑在前面的十几名选手。窦夫人的心情稍稍放松了一些,脸上露出一丝笑容。

所谓初生牛犊不怕虎。再看李世民,毫不胆怯,打马狂奔,与众多比自己高出一大截的高手一争上下。结果,在这次比赛中,六岁的李世民取得了前十名的好成绩,成为岐州有名的小骑手。

第二次赛马拜师父

小世民在比赛中一举成名,引来无数称赞和羡慕。在荣誉面前,他不免有些沾沾自喜。这天,他来到武场,看到许多人都在练习骑马,其中,一个十岁左右的小孩骑术高超,在众人中表现不俗。世民觉得好奇,问身边随从:"那个小孩是谁?我怎么从来没有见过。"

随从回答:"他叫杜无芳,父亲是武功老家的下人,这次他们父子一起来岐州办事。听说他很会骑马,在武功老家是数一数二的高手。"

世民一听,立刻高兴地说:"太好了,我要和他一起骑马。"说完,他打马追赶杜无芳。很快,两个少年并马而行。李世民提议说:"听说你骑术高超,我想和你比一比。"

杜无芳来到岐州几天了,一直没有朋友,他看到李世民也是个小孩,而且喜欢骑马,随即答应道:"好。"

两人不再说话,各自提缰打马,顺着武场外的一条大道奔跑。随从跟在世民身后,突然见小主人飞跑起来,吓得急忙掉转马头,也跟着跑下去。

世民和无芳各自施展绝技,互不相让,从大道一直跑到一片草地,从草地又跑到一座山丘下。这时,世民累得汗流浃背,座下骏马也气喘吁吁,他偷偷打量杜无芳,只见他神态自若,毫无倦意,再看他骑的马,虽然有些气喘,却依然精神抖擞,斗志昂扬。比照之下，世民心劲泄了大半，很快，他就落在对方身后。

杜无芳在前面跑了一段，回头看看世民喊道："还比吗？"

世民上气不接下气地赶过来，诚恳地说："你赢了。"

唐代的马球，是太宗李世民最喜欢的运动

两个少年跳下马，坐在一块大石头上一边说话，一边休息。世民这才知道，杜无芳的父亲是老家的马夫，经常带着无芳一起喂马养马，无芳从刚刚会走路就接触马，所以他不但会骑马，还特别了解马的性情。杜无芳告诉李世民，要想成为真正的骑马高手，首先要和马交朋友，只有人和马彼此了解，心意相通，才能练出最高超的骑术。

世民静静地听着，心里十分敬佩。他由衷地说："怪不得你的马这么棒，你的骑术这么高超。"

无芳脸色一红，不好意思地说："你骑马的本领也很高，我看，过两年我不一定比得上你。"

就在这时，随从汗流满面地赶上来了，他见世民和无芳坐在一起，立即呵斥无芳："你怎么这么大胆，敢和二公子坐在一起！"

杜无芳瞪大双眼，盯住李世民半天，方才呐呐地说："你……你是二公子？"

李世民说："是又怎么啦？"转而对随从说，"无芳骑术高超，还懂得养马，我要禀告父亲，让他留下来教我骑马。"

杜无芳忙说："公子,我刚才乱说的。其实,我不过略懂一二,哪有什么真才实学,您可千万别放在心上。"

世民拉住无芳的手,认真地说:"你比我骑得快,骑得好,这是事实,你还想赖掉吗?我常听我母亲说'天外有天,人外有人'这句话,今天总算见识了,我要让你陪我一起骑马。"

无芳低头不敢言语。

随从见状,劝说几句,带着世民和无芳一同赶回府邸。窦夫人听说世民领来了一位小老师,忙出来询问,她见杜无芳少年英俊,言谈不俗,高兴地说:"不错,果真是一表人才。好,世民,以后你就有伴了。"

随从忙伏在窦夫人耳边轻声说了几句,窦夫人睁大眼睛说:"真的?"原来,随从对窦夫人述说杜无芳的身世,说他是马夫的儿子,出身寒微,难与公子世民相提并论。

世民见母亲神色有异,正在疑惑,就听母亲说:"世民,无芳跟随父亲来办事,很快就会回去,看来不能与你长期相伴了。"

世民说:"这有什么难的,让他留下不就行了。无芳,你愿意留下吗?"

无芳低着头,他不知道该如何回答。一方面,他觉得世民热情爽朗,正是一个好伙伴;另一方面,多年生活在社会底层的经验,让他懂得许多人情事故,他隐约觉得夫人不希望他留下来。

窦夫人看着世民说:"家里不是有许多骑术高明的武士吗?他们跟随你父亲多年了,让他们教你不行吗?"很明显,她的意思是说,这些人的骑术肯定比十岁的杜无芳高超。

李世民摇着头说:"母亲,武士骑马多注重驯服,而忽略马的性情,不懂得与马交朋友,这样下去,就是骑术再高明,也不会达到最顶尖的水平。"

　　这番话说得窦夫人瞪大了眼睛,她看看世民,再看看无芳,忽然露出笑容说:"噢,听世民这么说,无芳一定非常了解马的秉性,知道如何与马沟通啦,这倒是许多人都会忽略的问题。"

　　无芳微微抬起头说:"夫人,我自幼跟随父亲养马、喂马,特别喜欢马,所以了解马的一些生活习性。如果公子需要,我愿意为他照料马匹。"

　　"那可不行,"世民急着说,"你不能只去喂马,你要教我关于马的知识,还要教我怎么样成为最顶尖的骑手呢。"

　　"不敢不敢,"无芳急忙说,"我怎么能教公子呢?"

　　"为什么不能?"世民认真地问,"我听母亲说古代的圣贤都能不耻下问,虚心好学,我向你请教有错吗?"

　　窦夫人听闻此言,心里豁然明朗,她不再阻拦世民,而是说:"既然世民这么希望无芳留下,我看无芳也不要推辞了,你去跟你父亲商量一下,留在世民身边一起练习骑马吧。"

　　世民和无芳听到这句话,高兴地互相看了一眼,飞快地跑走了。从此,世民在无芳的陪伴和指导下,天天骑马谈马,与马为友,以马为乐,度过了快乐有意义的美好时光。两人虽说是主仆,却胜似朋友,这在当时世族观念强烈的社会里,的确是非常难得一见的现象。

第三节　七岁的志向

随父远迁

公元 604 年 7 月,正当六岁的李世民在岐州大地上无忧无虑地骑马玩乐,像一只自由的小鸟一样度过一个个美好日子时,隋王朝发生了一件大事:隋文帝杨坚去世,太子杨广登基称帝。杨广就是招来后世无数骂名的隋炀帝。

关于杨广登基这件事,还得从他如何夺取太子之位说起。杨广是杨坚的次子,本来不是太子,可是他自恃才高,在平定南方时又立下战功,因此不甘心位居普通亲王的地位,早就觊觎大哥杨勇的太子之位。在这场太子之争中,杨广摸透了父母的心思,时时摆出一副清廉高尚的样子,抛却个人享乐,极力迎合父母的情趣。结果,杨坚和皇后独孤氏相信了他,废除杨勇,改立他为太子。

从杨广争夺太子之位这件事来看,杨广是个极富阴谋、为了达到个人目的而不惜牺牲一切的人。可以说,他是个极度自私的人。也正是因为他长期过度压抑自我,心思与言行严重不一致,导致他在位期间,做出了一连串貌似壮观、实则荒唐,最终迫使隋朝一步步走向灭亡的事情。

杨坚病重时,杨广服侍左右。杨广在他父亲临终的一刻终于暴露本性,想调戏自己漂亮的庶母宣华夫人。过去在杨广争夺太子之位的时候,夫人收受杨广的贿赂,曾经替他在皇帝面前美言。但是,面对太子的调戏,宣华夫人无法忍受,当即告诉病中的隋文帝。隋文帝当然十分愤怒,决定惩罚杨广。杨广知道后,担心自己被废,带兵包围行宫,逼迫父亲自杀,自己当上了皇帝。

隋炀帝杨广,历史上臭名昭著的暴君

杨广登基不久,他的弟弟汉王杨谅发兵问难,准备争夺皇位。这场战争双方力量悬殊,杨谅的部队很快就被镇压下去。随着这场胜利,杨广的皇帝宝座终于坐稳当了。

新君初立,转过年来,杨广改年号大业,准备进行一番大改制。首先,他开始兴建洛阳东都。早在几百年前,东汉定都中原时,黄河中下游的广大地域已成为经济文化政治中心。相比起来,关中狭隘,经济和文化反而都比不上关东地区。所以尽管隋朝起于关陇,但把政治重心东移也是件合理的事情。对于杨广来说,他大肆扩建洛阳还有一个原因,那就是对关陇贵族集团的提防。与杨坚相比,杨广的猜忌心理更重,也更心存胆怯。后来的事实证明,杨广在位十三年,在京城长安待的时间加起来还不到一年。

大业二年，杨广开始巡行江南，并且下令修建大运河。

当然，新旧君主更替，会有一番朝局变动，杨广登基后也不例外。他更换了自己的心腹大臣，地方官员也多有更换。这件事情直接影响到了身在岐州的李渊。李渊与杨广是姨表兄弟，在这次变动中，被诏令到荥阳（今河南荥阳）任刺史（大业三年，改为荥阳郡守）。

其实，自从杨坚去世，李渊一直过着小心谨慎的日子。他素来了解杨广的为人，尤其清楚他在争夺太子之位时的所作所为，联想隋文帝不明不白的死因，心里一阵比一阵紧张：我虽然没有得到杨坚重用，却也没有受到多大打击，所谓一朝天子一朝臣，杨广登基后会不会对李家采取什么手段呢？在这种如履薄冰的日子里，他除了每日骑马之外，很少抛头露面参与其他社会事务。由于在家时间增多，他可以经常陪伴妻子。这时，李世民开始跟父亲学习下围棋。对于年仅七八岁的世民来说，这段时光依然充满着快乐和幸福。而且，他很快就学会了围棋的基本招式，敢和父亲简单过招了。

一天，李渊在花厅摆下棋盘，正要教世民下棋，忽然家人来报说，皇上降下圣旨来了。李渊神色大变，惊慌起立，情急之下，连棋盘都扫落到地下。世民奇怪地看着举止异样的父亲，一边蹲身捡拾棋子，一边问："父亲，皇上颁布圣旨是常事，你怎么这么慌张？"

李渊顾不得理睬世民，步履发颤地走出花厅，在家人的搀扶下向外走去。望着父亲离去的背影，世民良久没有回过神来，他凝着眉头想：到底怎么啦？父亲显然非常害怕，会有什么事危害我们吗？

想到这里，世民顿然梦醒，他急忙招呼杜无芳说："快，我们到前面去看看。"

杜无芳说："老爷夫人在前面接圣旨，我们去不合适吧。"

"正是因为接圣旨我们才去呢。"

两个小小少年一溜烟朝前面跑去。

果然，前厅一片肃静，李渊夫妇及其他所有家人都跪在地上，头也不抬，一位官员手捧圣旨，正要宣读。世民与无芳藏在廊下，边观望，边屏气细听。

原来，这是一份调遣李渊的圣旨，大意是夸赞李渊这些年来忠心耿耿，政绩不错，为了显示皇恩浩荡，皇上决定提拔他为太守，让他到荥阳任职。

圣旨读完，李渊夫妇以及跪在地上的众人连呼万岁。李渊终于松了口气，他站起来笑容满面地邀请钦差落座喝茶。

钦差皮笑肉不笑地说："唐公，祝贺你高升啊。"

"托福，托福。"李渊附和着，忙给夫人使眼色，让她去准备送给钦差的礼物。

就在李渊和钦差寒暄之时，躲在外面的世民已经跑走了，他边跑边对无芳说："父亲要到荥阳任职，看来我们也要跟着一起搬家了。"

"荥阳在什么地方？"无芳问。

"荥阳在东边，"世民高兴地说："我听人说那里离洛阳很近，是个军事重镇。"

听到军事重镇几个字，杜无芳迷惑地摇摇头问："那里经常打仗吗？"

李世民笑着说："现在不打了，以前经常打。"

两个小伙伴说说笑笑，很快来到内宅。远远地，一位丫鬟抱着一堆东西走过来，李世民问道："你拿东西干什么？是不是搬家啊？"

丫鬟说："公子，搬家哪有这么快！这是夫人让我送到前面去的礼物。"

"给谁的礼物？"世民问。

丫鬟看看四周，低声说："当然是送给钦差大人的。"说着，赶紧走了。

李世民怔了半晌，愤愤地说："皇帝派来的人竟然这么贪财，可见都是些没有作为的东西。"

说完，他转身去见母亲。

窦夫人正在屋里安排下人丫鬟们收拾物品，做搬迁的准备工作，看见世民进来，吩咐说："世民，你父亲奉命到荥阳任职，估计不几天就要启程了，你也回去准备一下。"

世民说："我知道了，母亲。孩儿没什么需要准备的，只要给我多带几匹马就行。"

窦夫人笑着说："我看，你干脆骑马到荥阳去吧。"

这句话恰好提醒了世民，他兴高采烈地说："对呀，无芳，咱们一路骑马去荥阳怎么样？既可以练习骑术，沿途还能够尽情领略各地风景。"

"那可不行，"杜无芳摇着手说，"一来咱们不知道路，二来路途遥远，恐怕咱们吃不消。"

窦夫人也说："世民，不要胡思乱想了，此地离荥阳远隔千里，哪是你小孩子随便骑马就能到的。再说，你父亲会有所安排，你还是听从安排吧。"

世民一心想着骑马去荥阳,哪里听得进母亲和好友的劝告,他开始加紧练习骑术,不知道这次他能否实现自己的心愿。这次搬迁,对于八岁的李世民来说,是否具有其他意义呢?

运河前的志向

离搬迁的日子越来越近,李府上下紧张有序地忙碌着,做着出发前的最后准备。这天,李渊来到内宅与夫人商量行程,他说:"我先一步前去,你们由裴静等人保护可以慢慢前往,不要过于慌张。"窦夫人点头说:"就是怕几个孩子受苦。"在岐州,窦夫人再添一子,取名元吉,是世民的四弟。这样算起来,他们在岐州的孩子共有三个,世民、玄霸和元吉。玄霸身体羸弱,元吉年龄尚幼,长途跋涉,确实比较麻烦。

李渊突然想起什么似的问:"世民呢,这几天怎么不见他的影子?"

"我忙着安排家人收拾行装了,也没留意啊。"窦夫人回答。

李渊说:"世民虽然年纪小,还是有些胆量的,脑子反应也快,我看不会有问题。"

夫妻两人正在商量,一名下人慌慌张张跑进来说:"老爷,夫人,二公子骑马先走了。"

"往哪去了?"李渊夫妇同时追问。

"他说他去荥阳了。杜无芳拦不住他,让我来禀告老爷。"

这下李渊呆住了,窦夫人紧张地吩咐:"快去追回公子。"然后对李渊说:"这个孩子太大胆了,前几天说要骑马去荥阳,我还阻止过他呢。现在倒好,不打招呼自己跑了。"

李渊站起来说:"恐怕他们追不回来,还是我亲自跑一趟吧。"

他疾步走出内宅，到外面骑上一匹骏马飞奔而去。不多时，他望见在管道上打马前行的世民和杜无芳了，追上去喝问："世民，你要干什么？"

世民听到父亲喊声，勒马回头说："父亲，我想骑马去荥阳。"

李渊脸色阴沉地说："你一走了之，剩下母亲和弟弟怎么办？"

世民听此，顿时愣住了，他嗫嚅着说："孩儿疏忽了。"

"我这次就安排你照顾家眷，负责他们的安全，只要你护送他们安全抵达荥阳，就算你立功一件。"李渊大声宣布。

听说安排给自己这么重要的工作，世民当即认真地回答："请父亲放心，孩儿一定完成任务。"看来，这个安排对李世民来说，是非常适合的。

杜无芳悄悄说："公子，这可是个重任啊。"

世民得意地说："我知道，可是只有担当重任才能得到锻炼。"

听到世民毫不含糊的回答，李渊心头略微放松了一些，带着他回到府邸。过了三天，启程的日子来到了，李府上下男女老幼足有几十口，加上行李辎重，足足装了六大车。看着如此庞大的队伍，世民心里不免紧张，他一会儿看看行李，一会儿看看众人，似乎有些不知所措。窦夫人看到世民慌乱的神情，走过来说："你可是这次搬迁的大元帅，我们都听你的，你可不要半途而废啊。"

世民搔搔头皮，稳稳心神说："我知道，我会保护好每个人。出发吧。"

世民一声令下，几十人赶车的赶车，坐车的坐车，骑马的骑马，纷纷攘攘离开府邸，走出岐州城郭，来到广袤的田野之中。世民虽然经常骑马出来游玩，却从没有到过这么远的地方。这次，他极目远眺，只见山峦起伏，翠嶂跌宕，鸡鸣狗吠，村廓相连，好一幅美丽的乡村美景。一会儿，听到远远近近有人高歌；一会儿，看到田地里有人埋头打理庄稼；一会儿，还有三两个妇人手挎提篮，正要去赶集。世民生在贵族之家，难得见到这样的景致，好奇之下，他左顾右盼，不停地欣赏周围的一切。

一路行进，马不停蹄，经过几天跋涉，他们来到洛阳城外。遥遥望去，洛阳城巍峨壮观，金碧辉煌，实在是一座宏伟的城郭。路上行人增多，车马不断，真是车水马龙，络绎不绝。世民乍看如此景观，不觉心生感慨，大声说："这才是都城风貌！"

就在这时，前面探路的家人飞马赶回，见着世民说："二公子，老爷已经在洛阳城别馆里做了安排，我们只管进城去歇息吧。"

"好，"世民说，"我去禀告母亲。"

原来，作为势力和地位的象征，李家在东都洛阳早就设有庄园别馆，以备李渊等人来此居留。窦夫人听说已有安排，随即吩咐世民说："进城吧。"

进到洛阳城内，只见街道宽阔，房屋鳞次栉比，在夕阳的映照下，显得尤为壮观。街道上店铺林立，行人摩肩接踵，此起彼伏的叫卖声不绝于耳。李世民好奇地观看着，似乎忘记前行了。他自幼跟随父母生活在关陇一带，那儿的地理环境自然比不上富庶的关东地区。加之洛阳作为当时文化经济发达之地，比起略显偏僻的关中，简直是一个天上，一个地下。

　　终于到达别馆,几十口人鱼贯下车,舒展四肢,准备彻底放松一下。窦夫人在丫鬟的搀扶下来到内宅,吩咐下去:"就在洛阳休息几日,然后再东去荥阳。"荥阳离洛阳只有一二百里路程。

　　听到这个命令,众人非常高兴,他们谁不愿意在繁华的洛阳多玩几天?世民和杜无芳更是开心。第二天,他们匆匆吃过早饭,就溜出去玩了。两个人在热闹的街道上转来转去,被眼前繁华的景象完全吸引住了。就在这时,突然听人喊:"万岁出巡视察大运河了,快去看啊。"此时的杨广生活在洛阳,正督促修建大运河。

隋炀帝巡游江都

　　听到这个消息,顿时人潮朝洛阳城外涌去。世民和无芳夹在人群中,也被带到城外。这里正是大运河刚刚修建完毕的一段工程。说起大运河,许多人都不陌生。它贯穿南北,是中国古代一条重要的经济运输通道。杨广是个好大喜功的人,他继位不久,以方便南北交流、促进经济发展为名,开始调动大量人力物力,修建这条亘古至今最为浩大的人工河渠。谁也没有料到,大运河在修建完工以后，却成为杨广巡幸江南的便利通道，并且因此造成人力财力的巨大浪费。这与修河之初的愿望大相径庭，成为杨广走向失败的一个原因。

再说李世民，他随着人流来到运河边上，只见河道开阔，水波荡漾，引来的黄河之水有着孕育万物之灵性，即将奔流南北，连接东西，确实是一条承载和传递着华夏文明的纽带。河面上，一艘巨大的楼船装饰华丽，丝竹之声委婉动听，显示着一派盛世景象。浩大壮丽的场面吸引了所有人的目光，他们似乎沉迷其中，而忘却其他。这时，楼船轻轻启动，岸边鼓乐齐鸣，百姓欢呼，预示着运河初期工程取得了巨大成功。李世民见此情景，情不自禁脱口而出："大丈夫为国为民，就应该这么做！"

杜无芳扯扯李世民的衣襟说："公子，请当心。"

这可是天子脚下，如果一言不慎，会招来杀身大祸。世民刚才说的那句话与当年汉高祖刘邦见到秦始皇巡幸时说的话非常相似。要是追究起来，岂不是惹祸上身？世民激情昂扬、热血澎湃的一句话，正反映出他的志向和抱负，以及肯为百姓着想的性格。后来，他做了皇帝，曾说："天下非一人所治，理应代天下人寻找能人治理天下事。"可见他不仅抱负远大，还有一颗宽大的胸怀，这正是他千百年来被人敬仰的原因之一。

人们常说："读万卷书，不如行万里路。"李世民随父远迁，一路上增长知识，抒发胸怀，开阔了视野，这段经历将为他以后的人生之路积累非常宝贵的财富。来到荥阳后，这里是关东富庶地带，文化发达，名士聚集，地理风貌、人文特色与关中大有区别，这对于酷爱骑马、不喜欢读书的世民来说，会发生哪些改变呢？

第三章

初到关东地　文武齐长进

世民身为郡守公子，翩翩少年郎，胸怀四方，在荥阳这方崭新的土地上，又会遇到什么样的朋友，结交哪些人物，发生哪些动听的故事呢？

第一节 买画拜师

世民买画

李世民随同母亲及家人在洛阳一连停留多日,领略了洛阳的繁华与强盛后感佩不已。这天,他吃过早饭,和杜无芳再次来到洛阳城。在人头攒动的大街上,这两位小小少年并没有引起多少人留意,他们随意走着,似乎非常迷恋这座都城深不可测的文化底蕴。

说起洛阳在当时的地位,那可是非比寻常。南北朝末期,北魏分裂为东魏与西魏,与长江流域的陈朝对立,形成实际上的三足鼎立之势。随着北周取代西魏,东魏也更换门庭,成为高家的北齐。一直到公元577年,北周武帝联合突厥,打败北齐,才统一了北方。

这些割据势力对历史的影响非常深远,形成了三大贵族集团:第一是关陇军事贵族,第二是"关东高门",第三是江南世族。

我们在前面已经多次提到关陇军事贵族,他们大多源自西魏—北周一脉,以军事见长。在这里我们看一看江南世族和"关东高门"的情况。

江南就地域上来说指长江流域,其中心地区主要是长江下游的建康(今江苏南京)。江南世族大多是西晋末年"五胡乱华"

时期大举南迁的汉族士人,他们秉承了汉魏以来的传统,其文化高妙精深,文明博大绵远。随着南北统一,江南世族"北归"的现象逐渐增多,他们回归故土,很快融合进北方另外两大贵族集团之中,为北方军事贵族注入了文化因子。

"关东"又称"山东",这当然和今天说的"山东省"不是一个概念。当时的关东(山东)地区泛指潼关和崤山以东的黄河中下游流域,和黄河上游的"关中"地区相对应,主要包括今天的山西、河南、河北、山东这一大片地方。其核心地区,在当时就是河北的邺城和河南的洛阳。"关东高门"大多源自东魏—北齐一脉,也是军事贵族,但是由于其所在地理环境优越,成为南北朝遗留下来的"综合实力"最强的世族门阀。

关东地区最显著的特点就是在经济上比另外两个地区高出不少。黄河中下游有广阔的华北大平原、适宜耕作的自然条件,加上长期的开发,人力相对稳定,没有被大肆征用,所以成为经济重镇也是很自然的事。

另外,从东汉起,洛阳就是国家都城,是政治经济文化中心,一直到曹魏和西晋也是如此,北魏政治文化中心还是在洛阳。所以这一地区的政治文化积累相当厚实。

经济的发达、地域的广阔和人口的累积,已经让洛阳成为隋大业年间人人向往之地。也难怪杨广继位后即刻下令扩建洛阳,并且长时间居住于此,很少回长安。上自皇帝,下至百姓对洛阳的向往留恋出现了一种"地气东移"的现象,这正是后来史学家们认为的南北朝末年到唐朝的一个重大经济政治事件。

在古城洛阳,八岁的李世民边走边看,越看越着迷。不知不觉,他们来到一座桥边,玲珑的小桥旁种植着一棵大柳树,一群人围在那里不知干什么。世民和无芳跑过去,从人缝往里瞧,原来这些人正在观看一幅画。画面上的人物举止飘逸,形态逼真,上面还写着几个字,字体俊逸,颇有几分风骨。

围着的人七嘴八舌,有人说画好看,有人说画太单调了,也有人评论字体不够公整。世民看了一会儿,不由打量画作后面的人,只见他二十岁上下,面目清秀,目光坦然,颇显文气,身上的衣服有些破旧,却很干净。世民想,这幅画一定就是他画的。于是开口问:"你的画卖多少银子?"

卖画的人仔细端详世民,见眼前这个孩子面色红润,神情坦诚,举止间流露出豪迈之气,不由心里一动,想想说:"这幅画是西晋名家的作品,价钱不低,你要想买可要先跟大人商量商量。"

世民从小生活在关中,除了认识武士外,很少接触文人墨客,至于日常学习,他只是热爱骑马,母亲教他读书写字,他几乎没有认真学过。今天,听面前这个人说出画的出处,他哪里知道西晋名家这些事情,内心觉得非常不自在。他脸色微红地说:"我有钱,不用跟大人商量,你说个价钱,我买了。"

卖画的人沉思片刻,说道:"我看公子器宇不凡,必是贵族子弟,这样吧,这幅画就卖给你,一千两银子如何?"

"什么?"李世民一下蹦了起来,杜无芳瞪大眼睛说,"一千两银子可买几十匹良马,怎么,你这么一幅破画能值这些钱?"

卖画的人说:"我刚才说了,这是西晋名画,价值不菲,怎么可以随便与马匹相比?"

"马怎么啦?"无芳争辩道,"行军打仗能离开马吗?远行能离开马吗?哪个将军不会骑马?"在他心目中,马具有至高无上的地位,这与他从小与马生活在一起有关。

　　卖画的人无奈地笑笑："我看两位是从西边来的吧,洛阳多文人墨客,哪有那么多人喜欢骑马?"

　　世民与无芳对视一眼,眼神里流露出深深的不解,他们不明白自己酷爱的骑术怎么在这个地方不受欢迎。难道还有比骑马更有意思的事吗?无芳不满地盯着卖画人说:"哼,我看你这个书生,手无缚鸡之力,还敢说什么文人墨客,分明是自己没有真本事,要不然还用靠卖画讨饭吃!"

　　卖画人听此言,也动怒了,涨红着脸说:"你小小年纪,怎么出口不逊,想必是家教不严,不懂礼仪!"

　　两人你一言我一句争吵起来。世民站在一边听着两人的言论,思前想后,渐渐明白了些道理,制止无芳说:"不要吵了。既然我答应买画,咱们就该履行诺言。"

　　无芳着急地说:"咱们哪有那么多银两?"

　　世民想想说:"这位先生,我身上没有这么多钱,你能不能随我回去取钱?"

　　卖画人也渐渐平静下来,叹口气说:"好吧,不管怎样,卖了画就可以糊口了。"看上去,他内心十分不情愿卖掉此画。他蹲下身子收拾画摊,然后跟随世民前往李府取钱。

　　李府别馆内,窦夫人正在安排下人们准备行李,打算启程赶往荥阳。荥阳离此地只有二百里路了,如果明日一早赶路的话,不到天黑就赶到了。这时,世民带着卖画人回来了,走上前告诉母亲前后经过。窦夫人自幼长在深宫,琴棋书画样样精通,她听完世民的话,打量了一下眼前人,然后吩咐说:"把你的画打开我看看。"

　　卖画人毫不胆怯,手展画卷,顿时,一幅精美绝伦的图画展现在众人面前。窦夫人乍看之下,不由一声惊呼:"怎么,果真是他的吗?"

不知道窦夫人从画中看出什么?

拜师读书

原来,窦夫人眼前的画作正是西晋名家顾恺之的作品,难怪她这样惊叹。顾恺之是西晋时期最有名的画家,所作的画闻名于世。卖画人见窦夫人懂得欣赏画作,诚恳地说:"难得夫人如此精通书画,也算这幅名画没有流落失传。"

窦夫人一心观看画作,没有仔细留意卖画人,听他说出这番话,似乎话里有话,不由转过身来问道:"我看你也是文人出身,流落至此一定有什么难处吧?"

顾恺之的《女史箴图》

卖画人说:"承蒙夫人过问,我本是江南人,跟随父亲回归故土,没想到他在路上病死了,剩下我自己无依无靠,只好变卖家产艰难度日。"

窦夫人微微一笑,似乎自言自语:"你家中藏有这等珍品,恐怕昔日也不是普通人家。"

卖画人一怔,勉强说:"不敢隐瞒夫人,家父在南朝时也做过官。"

窦夫人没有说话,凭她的聪明才智,当然十分清楚这十几年来南北统一引起的大迁徙和变动。她回头看看世民说:"既然你喜欢这幅画,那就买下吧。"

世民在一边听母亲与卖画人交谈,感觉其中似乎另有隐情,于是说:"母亲,我看这位先生无所依靠,不如就让他在我们家住下吧。"

卖画人吃惊地看着世民,好像不明白世民的话语之中蕴含什么深意。

窦夫人也吃了一惊,不过她很快稳定心神,而且高兴地问:"先生,你愿意留下来吗?"她从卖画人的言谈举止中,已经察觉出他是个读书人,文化底子很深,留下来不是正好可以教导世民读书吗?

卖画人如坠五里雾中,完全不明白眼前这对贵族母子想干什么。故国已破,故土难寻,十几年来流落各地的生活让他深感世态炎凉,对人怀有很深的戒备之心,他一时竟然不知道该如何回答世民母子。

世民见卖画人犹豫,随即催促说:"我很希望了解一些书画方面的知识,如果你肯留下,就可以做我的老师指导我。"

窦夫人点着头说:"我也是这个意思,先生,你意下如何?"

卖画人这才郑重地点点头,看着世民母子说:"多谢夫人和公子,我愿意留下陪伴公子。"

这下,世民和无芳高兴了,他们过来拉着卖画人的手说:"以后咱们三个就是好朋友了,还不知道你叫什么名字呢?"

卖画人犹豫一下才说:"我姓陈,喊我陈二就可以了。"

"陈二,你排行老二吗?"世民和无芳围着陈二问这问那,三个人边说边走出门去。窦夫人望着他们的身影,心里依然充满疑虑,她觉得卖画人并没有说实话,他究竟是谁呢?

尽管窦夫人满腹狐疑,但她还是没有阻止世民与陈二交往,而是派人暗暗查访陈二的来历。第二天,世民等人按照计划启程了。这次上路,世民不再像上次那样冲动和好奇,他习惯了烈日艳阳,也熟悉了关东地带的地理风貌,一望无际的大平原上,阡陌纵横,良田沃土,不愧有天下最大粮仓之称。

一路上,陈二不停地讲解当地的习俗,人们的喜好,还有许多轶闻趣事,倒是为寂寞的旅途平添了许多情趣。二百里路程很快就走完了,李渊派手下人出荥阳城迎接世民母子入城。

荥阳虽然比不上洛阳,但到底也是关东重镇,几百年的建设发展,已经使得它成为当时非常繁荣的城市之一。

世民一家人终于抵达府邸,完成了这次一千多里的大搬迁。可以说,这次搬迁对于世民产生了很大影响,让他从偏僻的关陇地带走出来,见识中原风貌,了解一个崭新的世界。这对一个七岁的孩子来说,不仅意味着视野的开阔,同时也意味着他的生活会发生重大改变,他的抱负和理想也会在逐渐开放的环境下得以一步步实现。

　　李渊听说世民结识了一位书生,还打算跟他学习读书,心里很高兴,当即为世民布置一间书房,又在当地为他请了好几个德高望重的老师,教导他读书写字。这下,世民从马背上走进书房,捧着书本读起四书五经来了。

　　陈二既是老师又是伴读,大多数时间都陪伴在世民身边,杜无芳呢,作为伴读,当然也不离世民半步。一开始,世民和无芳因为好奇,每日里早早来到书房,打开书本,正襟危坐地等着老师讲课。没有几天,世民就有些不耐烦了,他悄悄对无芳说:"读这些东西太枯燥了,哪有骑马有趣?"无芳也皱着眉头说:"谁说不是呢,一枝小小的毛笔怎么这么不听使唤,还不如我那匹黑鬃马听话呢。"

　　两人越说越想念以往的生活,想念被关在马厩里的良马,他们坐不住了,趁老师和陈二出去的工夫,溜出书房,偷偷往马厩跑去。世民的小白马和无芳的黑鬃马已经被关多日了,它们见不到主人,得不到主人细致的照顾,终日徘徊在马槽旁,饮食骤减,渐渐瘦弱下去。今天,两匹马正低着头无趣地嚼草,突然听到熟悉的脚步声,它们立刻撑起耳朵,目光变得炯炯有神,精神为之一振。等世民和无芳来到马身边,拍打着马的身体时,两匹马温柔地垂下眼睑,尽情享受主人的爱抚。

　　世民和无芳牵出马匹,跨上马背,什么话也不说就朝外奔去。荥阳城里,蓝天白云,已是仲秋时节,到处一片丰收景象。他们打马直奔城外,打算好好遛遛座下良马。中原地貌自然与关陇地带不同,这里村廓密集,人烟稠密,似乎难有一处广阔之地。世民和无芳边打马前行边四下张望,他们看到西边路上的行人稀少,于是不再多想,朝西飞奔下去。

　　这一去,不知道跑出多远,也不知道世民会遇到什么危险? 逃学旷课的世民会受到哪些惩罚呢? 他以后会喜欢上读书写字吗?

第二节　文武齐长进

逃学少林寺

秋高气爽,景色宜人,世民和无芳一路打马狂奔,好不惬意。这是他们来到荥阳后第一次放马远行,两人心情格外畅快。渐行渐远,前面青山起伏,翠色隐约,风光与刚才路过的地方大有不同。两人勒马驻足,遥望远处的青葱山色。

无芳看了一会儿说:"公子,前面是山地,我们还是回去吧。"

世民说:"我看那座山挺拔秀美,景色不错,常听人议论青山秀水是藏龙卧虎之地,我倒想去看看。"

"可是,太晚了,老爷夫人会怪罪的。"

世民迟疑了一下,骑着马来回走动几步,然后说:"母亲早就说过,关东多美景名士,比关中不同,教导我们应该学会欣赏胜景,多跟名士交往,我想去前面看看有没什么错误。"说完,他提马向前继续奔跑下去。

无芳当然紧随其后。两个小少年凭着一颗好奇心和一股无所畏惧的劲头直奔前面的青山而去。

他们哪里知道,前面这座青山正是天下闻名的嵩山。巍巍嵩山,山清水美,山上修建了许多名刹古寺,日日香烟缭绕,前来拜佛进香的人络绎不绝,实为一方圣土。其中,少林寺是山中最

天下第一禅林——少林寺

大的寺院,当时在此修行的和尚已经多达上百人。

世民和无芳很快来到山下,仰望秀美山峰,不由心生敬畏。世民绕着山脚转了几圈,感叹地说:"人杰地灵,可能说的就是这样的地方吧。"

无芳似懂非懂地说:"这里有什么能人吗?我看他们只知道读书作画,哪有骑马射箭快意?"

世民没有回答,而是拾级而上。已近中午,太阳热辣辣的,普照大地山川,两个小少年很快就流下汗水。他们爬了一段,觉得口干舌燥,无芳四下望望说:"公子,那边有个寺庙,我们进去讨口水喝吧。"

世民顺着无芳手指的方向望去,果然,浓树绿茵下一座四四方方的寺院静静地肃立着,像是沉思一般,了然无音。这种静谧、肃穆与大自然混为一体,越发显示出山的深邃、树的沉寂,以及来往过客的浮躁之心。世民看了多时,才缓缓地朝寺院走去。

　　两人到寺院前,看到院门上写着"少林寺"三个大字,才知道这座寺院的名字。他们走上去讨水,守门的僧人把他们引进客房,让他们略等片刻。世民静静地坐着,听到诵经声绵绵幽远,有种隔绝尘世的感觉,不由得心神清朗起来,似乎忘却了干渴,也忘却了自我。

　　就在世民静心倾听的时候,突然房门推开,一个中年和尚不请自入。这个人脸上洋溢着喜悦的神色,上下打量世民许久,才合掌口诵"阿弥陀佛",而后慢慢说道:"贫僧在这里等候公子已经好几年了,今日重逢,足见公子气运非凡啊。"

河南登封少林寺的李世民碑

　　听他这么说,世民愣了,他仔细看看这个和尚,摇着头说:"我不认识你,你为何在这里等我?还有,你说重逢,难道我们见过吗?"

　　和尚笑呵呵地说:"当然见过,那时公子只有四岁。"

　　听他这么一说,世民顿时记起什么,站立起身说:"听父母说,我有一位云游各地的和尚师父,敢问贵僧就是我的师父吗?"

　　和尚一愣,当即明白了,说:"正是贫僧,不过贫僧哪里敢妄称公子的师父?"原来,这个和尚正是当年为世民相面的书生。

　　"这就让人糊涂了,你一面说是你,怎么一面又说自己不敢妄称呢?"世民紧追着问。

听世民如此反问,和尚反而不好意思了,拱手说:"那是令尊抬举贫僧。"

"这就对了,"世民激动地走到和尚跟前,深施一礼说,"弟子拜见师父。师父,这些年您一直在此修行吗?为什么不回去教弟子功夫?"

和尚一面让世民坐下,一面与世民交谈起来。这对只有一面之缘的师徒相谈甚欢,世民说:"我幸运地遇到师父,师父一定要教给我真本事,我再也不愿回去读那些无用的经书了。"

和尚认真地看着世民问:"听公子说'无用的经书',在公子眼里,经书一无用处吗?那什么才是真正的本事呢?"

世民爽朗答道:"我觉得骑马射箭、武功兵法才是真正的本事。"

"呵呵,"和尚微微一笑,"原来如此。看来公子的这些本事应该胜人一筹啦"。

"我不过刚刚学会骑马,至于射箭和武功还没有学习,兵法呢,才接触围棋。"世民如实地回答。以兵言棋,可说是汉代以来的传统,《隋书·经籍志》还把棋类书籍列在了子部"兵家"类。李家出身军事贵族,注重对子弟进行军事技能培训,他们大多喜欢围棋,并以此修习兵法精妙。李渊就是围棋高手,前番和尚化妆成书生去拜见李渊,也是以下棋为名去的。所以,世民说出透过围棋学兵法的话,也就再正常不过了。

和尚点点头,思索了一会儿才说:"公子以围棋练习兵法,当然无可厚非,但是你知道世间真有一部兵法奇书吗?"

"兵法奇书?"

"对,这部书是春秋时期孙子撰写的,叫《孙子兵法》,公子听说过吗?"和尚看着世民问。

世民认真地想了想,点着头说:"似乎听父亲谈起过,不过印象不深。我觉得这类书就像纸上谈兵,恐怕没有多少用处吧。"

和尚摇头说:"错,错,错。公子不爱读书,当然难以理解书中奥妙。其实,世间万物皆有因果,千百年来,关东人杰地灵,豪杰辈出,难道都是行兵打仗的将军吗?我们从另一方面看,古往今来,有大作为的将军又有几个不爱读书学习呢?"他看世民听得认真,接着为他讲了一个故事:

三国时期,东吴名将吕蒙自幼尚武,各项军事技能都非常出色,但是却不愿读书,因此,他刚刚做官的时候,没有多少学问,常常被同僚们取笑。东吴国王孙权听说这件事后,就劝吕蒙多读些书。吕蒙接受孙权的建议,开始认真读书。当时他已经三十多岁了,而且公务繁忙,经常出兵打仗,学习读书不是件轻松的事。但是吕蒙狠下决心,不管多忙,每天都抽出一部分时间来读书,这样仅仅用了两年时间,他就读完了《史记》、《汉书》、《战国策》、《孙子兵法》等多部名著,学问大有长进。

后来,东吴大都督周瑜去世,鲁肃接替这一职位,经常与吕蒙打交道。鲁肃以为吕蒙是个武将,不懂学问,也就很少与他谈论读书的事,有些瞧不起他。

有一次,鲁肃和吕蒙在一起喝酒闲聊时,谈论起荆州的事。吕蒙说:"都督在这里驻守关口,与荆州隔江相望,荆州守将关羽武功盖世,素有计谋,不知道都督打算如何对付他?"

鲁肃听吕蒙这么说,觉得他肯定有自己的看法,于是虚心地向他请教。吕蒙就把自己多日来思考的结果,共计五条对策全部告诉了鲁肃。鲁肃听完五条计策，然后逐个分析琢磨，觉得非常有道理，由衷赞佩说："我原来以为将军只不过武功高强，没想到老弟你还这么富有才学和谋略，这可真是我们吴国的大幸！"

三国名将吕蒙

吕蒙得到如此夸奖，不好意思地说："这都是读书让我取得如此神速进步啊。"

孙权听说这件事后，传令嘉奖吕蒙，并且召见他说："这真是'士别三日，当刮目相看'啊。"

听完这个故事，世民沉思许久，联想从岐州一路搬迁至此过程中的所见所闻，以及在洛阳城里的种种感受，他抬头望着师父说："弟子明白了，光有武功不够，还要有学问，才能做一番济世安民的伟大事业。"

和尚终于会心地笑了，他点点头说："是啊，从古至今，不管是帝王将相，还是圣贤名家，哪一个都离不开读书，如果不读书，谁都不能取得长足进步。"

师徒二人促膝长谈，竟然不觉疲惫。眼看天色已晚，无芳催促说："公子，我们出来一整天了，该回去了。"

世民这才向窗外看去，夕阳西沉，落日的余辉笼罩寺院，寺内更显沉寂、肃穆。紧接着，光线突然暗下去，天很快就完全黑了。

不知道世民将做何打算，是留下，还是连夜返回？

胸有成竹练书法

世民与和尚师父交谈投机，不知不觉已经天黑，他恋恋不舍地说："师父，这里离荥阳不远，您还是跟我回去住吧，我也好天天向您学习知识。"

和尚微微摇头说："贫僧修行未满，哪能随意下山？如果你真心想学习，也不一定非要贫僧天天陪着你。这样吧，我先送你回去，也好见见令尊。"

用过晚饭，三个人很快来到山下，骑马朝荥阳奔去。

走出一段路程，世民回望月色之中的嵩山，只见它无言矗立着，更显庄严神秘，朦胧幽深，心里又是一阵激动。小小年纪的他也许没有想到，不久他还会再次来到这里，并在这里练习武功，一住就是半年；他更没有想到，十几年后，他作为大唐秦王攻打洛阳时，会到少林寺搬兵，请众僧帮忙击败敌人。就在今天，初次登临嵩山少林寺，小世民已经感受到无穷的魅力和感召力，可以说，与师父的一席谈话，对他少年时代的成长影响深远。

三人在寂静的夜色中狂奔，一路无语来到荥阳太守府邸。世民正要领着师父拜见父母，就见陈二慌张跑过来说："公子，你不读书跑哪去了？今天一天，大人和夫人都非常生气。大人为你请的老师气得都走了。"

世民这才想起白天偷溜走的事，悄悄对陈二说："我和无芳到少林寺去了，还遇到了我的和尚师父。"说着，他把和尚向陈二介绍了一下，让他们互相认识。

再说李渊夫妇，白天老师告状说世民不读书，骑马溜出去玩了，他们十分生气，心想世民回来一定好好惩罚他。可是左等右等，一直到天黑也不见世民回来，夫妇二人反而担心起来，害怕世民出什么意外。就在焦虑之际，家人回报说世民回来了，还领回一个和尚，他们又是高兴又是生气，一时竟然不知道该怎么办才好了。

正在这时，世民领着无芳、陈二、和尚一起走进内宅，见到李渊夫妇施礼说："父母大人，孩儿不孝让二老担忧啦。"

李渊夫妇看到这么多人，也不好责怪世民，只是沉着脸答应一声。

世民接着说："父亲，孩儿为您领来一位旧友，您还认识吗？"说着，他看看和尚。

李渊倒愣了，忙问："哪位旧友？"

和尚上前施礼说："大人，贫僧与您有过两面之缘，您不会忘记吧？"

李渊忙仔细端详和尚，半晌才恍然叫道："原来是你！"

"正是。"

世民看到师父和父亲相认，心里特别得意，他着急地说："父亲，这下不用您为我请师父啦，我跟无芳一起骑马，跟着陈二读书，跟着师父练武功，不是什么都能学了吗？"

这句话引得屋里众人都笑起来，顿时紧张的气氛消失了，窦夫人命人准备茶水果品，让他们坐下来慢慢叙谈。

这天夜里，太守府邸内灯光一直亮到很晚，小世民陪坐一边，静静听师父和父亲谈话。他们谈南北东西文化差异，还说起世民的学习情况。

李渊想起几年前，自己派刘雷鸣监视和尚，没想到他活生生地不见了踪影，时至今日再次重逢，真是格外令人唏嘘。作为荥阳郡守，他的想法很多：一是担心和尚对自己不利；二是希望和尚会给自己带来帮助；第三，由于世民认和尚为师父，又需要他高看和尚一眼。其实，在李渊内心深处，一直渴望重振家族昔日雄风，保住自己军事贵族的地位。可是，自己已到了不惑之年，才在大隋朝勉强混个一官半职，与他的愿望相差实在很远。另外，杨广登基后，大肆兴建土木，征用民力，巡视各地，浪费财物，百姓有很多怨言；加上他长期不在长安，朝政也开始出现松动。在这一连串原因影响之下，此时的李渊不再像几年前一样，会生出控制和尚的念头，而是想着和尚会不会帮助自己攀登人生的巅峰。当然，李渊最大的人生目标就是做大官，参与朝政，或掌控兵权。

李渊怀着复杂的心情与和尚交谈，这当然不会瞒过和尚的眼睛。他猜出李渊的心思，闭口不谈当年之事，而是大谈文化和世民的教育问题。

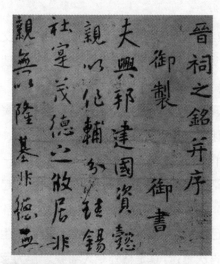

唐太宗的墨迹——《晋祠铭》

第二天，和尚辞别世民一家回少林，临行前叮嘱世民说："记住自己的志向，不管做什么都要刻苦认真，不可半途而废。"

世民痛快地答应下来，然后问："师父什么时候教我武功？"

和尚看看世民，说了一句："这就要看你的造化了。"接着，他跨上马背,飘然离去。

世民目送师父远去,才默默回到府邸。一天一夜的经历让他成熟不少,他突然觉得自己不再是一个顽童,而是肩负着国家和百姓命运的人才。这样的想法即便一闪而过,也对他产生了深深的影响。

当他做了皇帝之后,李世民曾经说自己幼时不爱读书,指的就是这段逃学的故事。

接下来的日子,世民的生活更加充实起来,他遵从师父的建议,每天除了读书写字外,继续练习骑马。他不再轻视读书,从《大学》、《诗经》一一读起,可以说,这段时光是他少年时代最安心读书的日子,为他以后文化修养的提高打下了基础。随着年龄渐长,时局发生变动,年少的世民开始投入到纷乱的征战中,也就很少有机会读书了。

练武习文的日子过得真快,冬去春来,鸟语花香,又一年来到了。经过半年学习,世民不但读完了基本典籍,还练得一手漂亮的书法。说起学习书法,世民有得天独厚的条件,因为他的父母精通书法,还很有造诣。有时候,李渊夫妇会在一起临摹书写,互相比斗,也是一大雅事。据说,窦夫人擅长模拟,效法李渊写的字,时人竟不能辨认。

春暖花开的三月,桃花竞艳,紫燕北归,正是一年之中最惬意浪漫的时光。这天,窦夫人在丫鬟搀扶下,悄悄来到世民读书的学房,想了解一下他学习的情况。碰巧,世民正在埋头临摹王羲之的作品,并没有注意母亲进来。窦夫人静静地站在世民身后,只见他一会儿出神地盯着作品观看,一会儿又凝眉细思,一会儿刚想动手下笔,却又突然停住了。看到这个情景,窦夫人不觉好奇地问道:"世民,怎么不动手写字啊?"

世民吓了一跳,忙转过身来,看着母亲说:"母亲,我觉得王羲之的字飘逸有致,纵横自如,很有气势,孩儿不敢轻易下笔。"

《萧翼赚兰亭图》,唐阎立本作。描绘御史萧翼从王羲之第七代传人的弟子袁辩才的手中将"天下第一行书"《兰亭集序》骗取到手献给唐太宗的故事

窦夫人满意地点点头:"这就对了,书法讲究精、气、神,如果只是模仿形体,也就失去意义。听你这么说,看来你对书法有些体会了。"

世民高兴地说:"多谢母亲夸奖,我这几天一直在想,王羲之临水书写,难道只是为了节约吗?我想水势无形,却又极其自然,蕴含丰富,这也是王羲之临水书写的原因之一。"

窦夫人不由对世民刮目相看,她不住地点着头说:"有见解,有意思。所谓字如其人,也应该结合书写的环境去看。"

世民说:"母亲,我喜欢王羲之的作品,他临水书写,我想临山而写,这样写出来的作品一定很有风格。"

窦夫人说:"有道理,不过话又说回来,你刚才说不敢轻易下笔,说明你在心中构思字体结构。我觉得不管写什么字,重要的是在胸中早有规划,这样写出来的字才会达到完整与和谐。至于看着什么写字,则是个人喜好的事,你完全可以胸藏大海,不是比王羲之还要开阔、有气魄吗?"

世民认真听母亲讲完,顿觉眼前一亮,他满怀喜悦地说:"我明白了,胸怀方圆,写出来的也就是方圆的。"

从此,世民每次写字前,都先揣摩规划每个字,以求心中有数,然后才下笔书写。这样一来,犹如神助一般,世民的书法进步飞快,以他静中求变的个性,逐渐形成了自己的风格。后来,世民做了皇帝,在繁忙的政务之余,也不忘抽出时间观摩名帖,与著名的书法家交流心得。

他最爱王羲之的书法风格,贞观初年曾下诏把王羲之的书法购求殆尽,以备日理万机之暇观赏。尤其是《兰亭序》、《乐毅》的真迹,而以其书法效法右军,富有纵横自如、凌驾一切的天子气魄,当时的独骑突入敌阵的英雄,仿佛跃然书中了。同时,世民还亲自拜名士虞世南为师,向他虚心求教。

第三节　世民生病

勇救弟弟

　　李世民文武齐修，进步很大，不过九岁的少年，已经颇显健壮，富有机智谋略。李渊看在眼里，喜在心上，决心教世民射箭。射箭也是军事家族人员必修的科目之一，做一个好射手，才能显示出军事贵族子弟的威猛强悍。当年，李渊正是凭借高超的射术，射中孔雀的双目，迎娶了才貌双全的窦夫人。

《隋唐演义》中的李玄霸是唐初第一猛将，有万夫莫当之勇

　　世民当然喜欢射箭了，以前父亲总以他年龄小拉不动弓为由，阻止他学，今天父亲主动教他箭术，他十二万分开心。

　　他们来到武场，刚选好一张弓，就听后面有人喊："我也要射箭。"

　　原来，是世民的三弟玄霸。玄霸身体虚弱，虽然已经七八岁了，却从没有接触任何一种象征军事贵族强悍之风的本领,骑马、射箭都也没学过。

李渊看着玄霸,担忧地说:"你身体不好,还是不要学这些东西了,过两年读读书、写写字也就行了。"

玄霸不服气,噘着嘴说:"哥哥们都会骑马,将来都要成为大将军,我读书有什么用?"

世民走过来说:"玄霸,二哥以前也这么想,可是现在想明白了,光会骑马射箭不行,没有学问照样不能做一个好将军。"

玄霸历来敬重二哥世民,听他这么说,似懂非懂,点着头说:"那我在边上看你射箭行吗?"

世民回头看着父亲说:"父亲,让玄霸在一边看吧,他整日躲在家里,也太烦闷了。"

李渊看两个儿子互相爱护,心里很高兴,答应说:"最近,玄霸身体越来越壮实了,我看以后就让他多跟着你,读书也好,出来看你射箭也行,对身体康复有好处。"

得到父亲这个允许,玄霸十分开心,他赶紧谢过父亲,找一处安静的地方坐下来看世民练习拉弓射箭。

从此,玄霸经常跟在世民身后,让他教自己读书,看他跃马弯弓,还缠着他讲外面世界的精彩见闻。世民很热心,对弟弟有求必应,不管什么时候,只要玄霸身体允许,就把他带在身边,与他一起度过快乐的时光。这段感情深厚的兄弟之情,成为世民少年时代非常珍惜的一段回忆。

有一次,世民和无芳到城外去钓鱼,玄霸也跟着去了。他们三人很快来到清澈的河边,看见大小不等的鱼儿在河底游来游去,当即放下钓篮,挂好鱼饵,轻轻放下钓竿,耐心地等待鱼儿上钩。

时值夏日，天气变得很快，刚刚还是晴空碧日，突然间，一块黑云漫上来，顿时天地一片昏暗。紧接着，狂风四起，地动树摇，吹得人站立不稳，双眼迷乱。在这天昏地暗的一刻，玄霸一声惊叫，栽进水中。世民奋力地抓住玄霸，可是他哪能抵挡住狂风的力量。玄霸掉进水中，叫声很快被淹没在肆虐的风中。

世民一边与狂风搏斗，一边叫喊着玄霸的名字，纵身跃入河中。他边游边呼喊："玄霸，不要害怕，二哥来救你了。"很快，世民抓到了玄霸的衣服，把他拉到自己身边，拼命向河岸游去。就在这时，风过云散，刚刚的暴虐天气转眼即逝。为了保护弟弟，世民使劲把玄霸举起来，尽量不让他泡在水里。这时，杜无芳也下水游过来，他和世民一起托着玄霸游到岸上。

筋疲力尽的世民让杜无芳从随身带的行装中找出干燥的衣服，急忙给玄霸换上，然后取来柴草，点火为他烘烤，而世民自己始终只穿着那身湿透的衣服。过了一会儿，玄霸从惊吓中清醒过来，看着湿淋淋的世民说："二哥，你也换上干衣服过来烤烤吧。"

"不用，"世民说，"我没事。"其实，他们只带了一件备用衣服，哪里还有世民穿的？他看看天色，对无芳说："我看天气很不正常，说不定一会儿还要起风下雨，你先骑马带玄霸回去吧。"

杜无芳说："好，那公子你呢？"

世民指指地上的杂物说："我收拾一下再走。"

果然不出世民所料，玄霸和无芳刚刚进府，豆大的雨点就砸了下来。等世民回到府邸时，刚刚干的衣服又淋透了。窦夫人听说儿子们安全回来，急忙过去询问。正遇到世民进府，看他一身湿透,责问道:"怎么搞的? 湿成这样。"世民把前后经过简单一说,问道:"玄霸没事吧?"

窦夫人一边吩咐下人照顾世民,一边说:"玄霸没事,可是你淋成这样母亲也心疼啊。"世民大大咧咧说:"我身体好,不会有问题。可是玄霸羸弱,要是病了那可不得了。"

在这场落水淋雨的事故中,玄霸因为得到世民的极力保护,总算没有生病。可是,世民自己却病倒了,连续几日发烧,昏昏沉沉,茶饭不进,让人好生担心。

李渊夫妇请了很多医生为他治病,可是收效甚微,真不知道世民该如何摆脱这场突如其来的灾厄。

二上少林

世民得病,几日不见好转,李渊夫妇遍请名医,也无计可施。这天,夫妇二人正愁眉苦脸地坐在客厅里,等候去洛阳请医生的下人。原来,有人向他们出主意说,洛阳城里有几位太医,都是专门服侍当今皇上的,医术肯定不错,请他们来一定可以治好世民的病。李渊夫妇也是病急乱投医,情急之下,当即派下人带着丰厚的礼物去请太医。

就在二人焦急等待时,门外径直走进一人。李渊夫妇见到来人,急忙起身相迎。来的这位正是世民的和尚师父。和尚并不与李渊夫妇寒暄,而是开口询问世民的病情。李渊如实相告。和尚说:"我就是为公子的病来的,你们放心,我这就进去为他诊治。"

李渊夫妇喜出望外,带着和尚直奔世民的房间。几日来,世民一会儿清醒一会儿迷糊,饮食极少,看上去面目枯黄,精神萎顿，没有了往日风采。和尚见状，握住他的手臂为他号脉，然后拿出随身携带的药箱，从中抓了几味草药，对李渊夫妇说："这是贫僧亲自采摘的草药，赶紧煎了喂公子服下。"

世民服下和尚的草药，很快清醒过来。他看到师父，高兴地说："师父，你什么时候来的？"

和尚说："贫僧刚到。"

接着，世民向师父描述大半年来自己的学习情况，并让无芳拿出自己写的字给师父看。和尚仔细观看，点头称赞说："进步很大。公子，去年你问贫僧什么时候教你武功，可记得师父说造化之事吗？"

唐贞观年间壁画——《帝王礼佛图》

世民想了想，点头说："记得。"

和尚说："依贫僧看，这正是你的造化来临了。如果你父母同意，贫僧想带你去嵩山小住时日，调养身体，修习武功。"

世民一听，当即兴奋地说："太好了，我这就去禀告父母。"

"不用了，"李渊夫妇笑呵呵地走进来说，"承蒙师父多次点拨，世民才有今日的运气。我看他尚武爱兵，胸有抱负，在家里读书对他似乎太束缚了，就让他跟随师父去少林暂住，学些武功，强健强健身体也好。"

在隋朝，隋文帝宠佛尊教，下令各地广建寺院，吸纳僧侣，因此佛教非常兴盛。当时人们有种习惯，就是喜欢去寺院烧香许愿。特别是家里的孩子或者其他人有病时，他们就到寺庙里烧香拜佛，请求佛祖保佑，而且许下誓言，如果病好了，就会出钱立碑或者修建寺院等。李渊夫妇当然也不例外，几次与和尚交往，他们觉得世民与和尚有缘，想起许愿祈福的做法，正想请和尚带他们去庙中祈福，就听和尚说要带世民去寺院调养，当然非常高兴，也就立即答应下来。

窦夫人命人为世民收拾行装，派无芳和陈二与他同往。世民早就等不及了，穿好衣服，吃几口饭，就跑出来催着快走。李渊夫妇看着脸色依然憔悴的世民说："病还没好，不要这么急。"

"我这不是急着去治病吗？"世民调皮地回答。

由于世民身体欠佳，李渊命人准备了马车，然后把他们几人送出府邸。这时，玄霸跟出来，看着世民要走，着急地说："二哥，带我去。"

世民看看玄霸，安慰说："这次出门路太远了，不能带你。这样吧，你在家跟元吉玩。二哥回来了教你玩弹弓。"弹弓，就是小孩子拿来射鸟的器具。古代，弹射一体，射箭高明的人弹弓也射得很准。世民没有学射箭之前，就经常玩弹弓，经过一段时间学习射箭，他玩弹弓玩得更精妙了。

玄霸高兴地说："太好了，太好了。"

世民带着陈二、无芳辞别父母和家人，与师父乘坐马车，一路向西，直奔嵩山而去。

李渊夫妇领着玄霸、元吉回府，心中似有万千不舍，窦夫人说："世民一走，家里可冷清不少。"

李渊应了一声，接着说："夫人不用挂念，过些日子我会带人去少林寺为他祈福，希望他早早康复。"

窦夫人看一眼李渊，沉思着说："师父带走世民，恐怕会有其他打算，是不是真想教世民学武功？"

"学学也好，"李渊不假思索地说，"一味读书恐怕会消磨英豪之气。"这倒是李渊个人的看法，看来他对自己的军事贵族身份依然十分留恋。

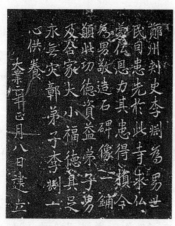

李渊的《为子祈疾疏》

窦夫人说："我听说寺院多有强身健体的秘方，要是世民这次有缘得到锻炼，也是他个人的福气，将来不管做什么，都有好处。"

夫妻二人议论多时，见天色不早，就分头去安排事务，李府很快又恢复到往日的平淡生活之中。

过了几天，李渊携带礼物，在刘文静、刘雷鸣等人陪同下赶往少林寺，在寺庙内为世民上香祈福，保佑他身体健康。《全唐文》里收录了一篇李渊的《为子祈疾疏》，文中写道："郑州刺史李渊，为男世民因患，先于此寺求佛。蒙佛恩力，其患得损。今为男敬造石碑像一铺，愿此功德资益弟子男及合家大小，福德具足，永无灾障。弟子李渊一心供养。"郑州就是荥阳郡，在大业三年以前这里还是郑州，大业三年以后才改州为郡。

第四章 翩翩少年郎 胸怀在四方

　　世民二上少林，不但结识了众位罗汉，在这里，他还学习武功，强健身体，留下了许多有趣的传说故事。时光荏苒，世民在少林寺一住就是半年，半年后，他下山回府，开始来往于洛阳和荥阳之间。他经常挟弹连镳，飞盖解佩，过着贵族子弟逍遥自在的日子。另外，他还结交文人，遍访名士，追求新的精神生活，显示出与普通贵族子弟不同的一面。这时，隋炀帝杨广置百姓于不顾，依靠暴征苛收榨取人民财富，发动征伐高丽的第一次战争。暴政加上战争，使国家陷入危机四伏之中。

第一节 学武少林寺

吃肉的小和尚

李世民二上少林,在师父的调治下,身体不但很快康复,而且比先前更加强壮。他天天和无芳到寺院各处观看,希望找到练武的处所和僧人,也好跟他们学习武功。可是,一连十几天,他们除了听到僧人念经,并没有看到有人练武。

世民心中奇怪。这天,他跟陈二念完一段《大学》,放下书本说:"我们出去走走吧,看看师父到哪里去了?"说也奇怪,自从世民身体康复,师父就再也没有露面。

陈二也觉得烦闷,随即喊上无芳,三人朝外走去。恰巧一位小和尚端着一盘点心进来,对世民说:"这是师父让我给您准备的点心。"

世民朝点心看了一眼,心想,天天就是这么一套,点心有什么好吃的! 想到这里,他摆摆手,让小和尚放下点心,自己走出房门。无芳跟在后面叹气说:"和尚也够可怜的,天天吃素,酒肉不沾,时间长了,还不憋出病来。"

陈二说:"这就是你不懂了,佛家以慈为悲,心念苍生,能不吃素吗?"

世民听了两人的话,微笑着说:"也有道理。不过终日不进肉食，实在是难熬。"这句话说到三人心里，他们互相看看，不觉哈哈大笑起来。

他们边说边走，快到寺院西边门口时，正好看到一个十三四岁的小和尚迎面走来。这个和尚见到他们，似乎很害怕，低着头，弓着背，急急忙忙走过去。他贴着世民而过，世民忽然觉得一股熟悉的气味扑鼻而来，他当即喊道："请留步。"

哪里想到小和尚不听招呼，跑得更快了。世民见此，上前一把抓住他的衣袖。和尚也不含糊，抽身退步，摆脱世民的纠缠。世民哪肯放他过去，上前又是一拳，两人你来我往，对打起来。陈二是书生，见到这场面，吓得毫无主张。无芳有意上前帮忙，却无从下手。

几个回合过后，小和尚慌忙招架之际，衣服散开，从怀里掉出几个大火烧。火烧是一种面食，烤制而成，中间可以加上肉和菜，有点像西方的汉堡。这一下，在场人都愣住了，小和尚慌忙蹲下捡火烧，顾不上与世民理论，准备拔腿就跑。世民招呼无芳一起上前擒住小和尚说："怎么，偷吃东西还想溜吗？"

小和尚并不答话，使劲挣脱着。这时，陈二和无芳也闻到火烧的香味了，两人脱口而出："这是肉火烧。"小和尚更害怕了，脸胀得通红。

世民三人明白，寺院内严格要求僧侣不许吃肉，谁要是偷吃肉，一定会受到严厉惩罚。见小和尚竟然大白天偷偷拿回肉火烧，三人自然十分惊讶。世民忙把小和尚带到一边问道："你从哪里弄来的，不怕受罚吗？"

小和尚见三人并无恶意，大着胆子说："师父让我去山下买毛笔，我趁机买了几个肉火烧，准备带回来与师兄一起吃。"

原来如此，世民说："看来你还挺仗义的，你是干什么的？"

"我是厨房里打杂的。"小和尚说，"我以前在家时就听父母说过，吃肉才有力气。"

"你父母呢？你怎么不在家中，跑这里当和尚了？"

小和尚眼眶湿润了，低着头说："我父亲在修运河时病了，家里没人干活，交不上粮租，官吏催逼，一气之下病死了。我兄妹太多，母亲养活不了我们，就把我送到少林寺来了。"

少林寺壁画——十三棍僧救唐王

世民听他这么说，不觉可怜起他来，说："我就在你们寺院住，以后你有时间尽管来找我，我那里有很多点心，你可以随便吃。要想吃肉，我让无芳去集市上多买点烧鸡，咱们吃个够，怎么样？"

小和尚连声说："多谢公子，小僧不过是个打杂的，可不敢高攀。"

"什么高攀低攀？"无芳插话说，"咱们公子是个仁义之人，才不是那样的势利小人呢。"

小和尚不再顾虑，低声说："公子，寺院外有条小溪，里边的鱼可多了，要是你们想吃肉了，可以到那里钓鱼，我和师兄帮你们弄熟了，咱们吃了解馋。"

"呵呵，"世民笑起来，"这倒是个好主意，既能玩，还能吃。"

陈二和无芳也觉得有趣，于是四人达成协议，由世民三人负责钓鱼，由小和尚负责烹制，四个人就这样成为好朋友。接下来的日子，每天吃完饭，世民三人没事就到河边溜达，趁无人的工夫，赶紧抛下鱼钩垂钓，不一会儿就钓上几条活蹦乱跳的大鱼。他们把鱼藏到草丛里，然后跑到寺院去喊小和尚。他们已经知道小和尚的法号，名叫昙远。昙远听说钓上大鱼，匆匆跑了出来。他们提着鱼远离寺院，找到一处僻静之地，支起火架，把鱼架上烤着吃。

这顿美餐可算是喂饱了众人肚里的馋虫。世民边吃边说："以后，寺里应该改个规矩，不能禁止吃肉。不然，这么多僧人哪有力气练习武功。"

昙远说："这样的建议谁敢提？除非天子下令，不然恐怕世世代代的和尚只能偷偷闻闻腥味啦。"

众人听了，嘿嘿一笑。他们当然没有料到，十几年后，昙远在洛阳战争中，率领少林众僧突围解困，两次救出李世民，成为当之无愧的少林罗汉。为此，李世民登基称帝后，真的下令允许少林和尚喝酒吃肉，以感谢他们在洛阳之战中立下的赫赫战功。

眼下，昙远不过是一个厨房打杂的和尚，连习武的资格都没有，他是如何练就一身武功，成为少林十三罗汉之首的呢？

八宝酥的故事

世民自从结识昙远，四个人经常溜出去钓鱼吃，他们谈天说地，论武讲文，聊得不亦乐乎。有时候世民会跟昙远较量一下腕力，或者比比格斗技巧。他们还喜欢在林中玩弹弓，射远处的树叶、树上的小鸟,玩得非常开心。有一次,世民一连射中几十步之外的三片树叶,特别得意,他问昙远:"只听说寺院里有练武的僧人,怎么从来没有见过他们? 我这样的射术比他们如何?"

昙远笑着说:"公子,寺里规矩极严,不是什么人都可以习武的。说起那些习武的师兄,他们的功夫可真是了得。一次,我听说一位师兄练了百日就练成百步穿杨的功夫,人人都很羡慕他。"

与百步穿杨相比,世民刚才射中树叶,只能算是雕虫小技。世民不禁有些惭愧,感叹说:"什么时候才能跟这些武功高超的人学习呢?"

四个少年一边说着话,一边朝寺院走来。夏末秋初,山林里凉丝丝的,参天大树直插云霄,满地绿草就像一条柔软的地毯铺展开来,踩在上面,舒爽适宜。林中小鸟自在地飞跃着、鸣唱着、舞蹈着,正在谱写一曲自由之歌。四个人被美景陶醉,不再言语,低着头静悄悄地走到寺院门口,谁也没有注意前面有一个人挡住了去路。

他们抬头一看,此人正是世民的师父。世民惊喜地叫道:"师父,你去哪儿了? 这么多天都见不到你。"

师父脸色阴沉,直视着几人没有说话。

无芳偷偷拽拽世民,悄声说:"是不是被师父发现秘密了?"

世民这才想起偷吃鱼的事,也垂下头不说话了。

昙远和陈二情知不妙,哪敢说话,也低头不语。

师父盯着他们多时,才开口问:"世民,师父为你留下的八宝酥你天天都在吃吗?"

"八宝酥?"世民奇怪地问。

少林寺壁画——武僧习武图

"就是每天下午的小点心。"

世民松了口气，指指无芳几人说："我们一起吃了。师父，您这次回来是不是教我学武功啊。"

"一起吃了?"师父瞪大眼睛反问一句，然后，无可奈何地说："看来这也是公子侠义之举。既然一起吃了，就一起承担责任吧。"

这下世民奇怪了："吃点心还要承担责任? 都是我让他们吃的，你要惩罚就惩罚我自己好了。"

师父摇头说："你自己怎么承担得起? 你知道这些八宝酥的来历和用处吗? 这可是本寺的秘密。"

听说秘密二字，几个少年都好奇地睁大眼睛，紧盯着师父急于知道答案。

原来，八宝酥是少林寺特制食品，是以灵芝、猴头菇、银耳、白果、木耳、嵩菇、香菇、茯苓等八种山珍和补药分别制成的八种香酥，统称为少林八宝酥。因为它们各有疗效，交替食用，能起到强筋活络、提神健身、延年益寿的奇效，所以一直被武僧当作强身之宝。寺中为了培养人才，特意规定僧人学习武功前，需要先行食用一段时间八宝酥，身体条件达到要求了，才可以进行高强度的武术训练。

听了这番解释，世民恍然大悟，对师父说："既然我们四人都吃了，就一起学习武功吧，省得浪费。"

"哼,"师父鼻子哼了一声,"恐怕你们一起吃的不只是八宝酥吧? 还有什么强身健体的宝物让你们吞进肚子去了?"

看来师父已经清楚四人所为,世民不再隐瞒,抬头回答:"不瞒师父,我们偷吃肉,还偷吃鱼。不过我觉得吃这些东西不光为了解馋,确实能增强体质。你看昙远,他这么瘦弱,如果不吃鱼肉,恐怕很难习武。"

师父听他说完,看了一眼昙远,似乎并不认识。他想了半天最后说:"现在只能让你们一起学武了,不然八宝酥的巨大热力不及时发出来,不但对身体无益,还会损伤身体。"原来,今天师父回来后,发现预备的八宝酥全部吃完了,追问送点心的和尚,才知道世民从一开始吃得很少,到后来每天吃得特别多,已经有所怀疑。他经过一番追踪,发现了几个人的秘密,这才尾随而来。

就这样,世民和无芳、陈二、昙远开始学习武功,经过半年的努力,他们的武艺进步非常快。可以说,这段时间的锻炼不但增强了李世民的体质,还为他打下了练武功的基础。

贞观三年,李世民带着满朝文武百官来到少林寺,大将军昙远和尚摆下蟠龙宴迎接圣驾,唐太宗皇帝对满桌的山珍海味都不在意,唯独对"少林八宝酥"情有独钟,他在品尝之后,不由昂首吟道:"洛城烽火忆犹存,少林八宝酥今又闻,真乃稀世奇味也!"

第二节　疏财爱民

窦夫人劝夫

大业四年,十岁的李世民辞别师父,回到荥阳。半年多的寺院生活,让他学到很多东西。他不但武功有了长进,在为人处事上也比以前更加成熟,俨然是胸怀宽广的翩翩少年郎了。

自从世民走后,李渊夫妇日夜思念儿子,见他顺利归来,当然十分高兴,摆下筵席为他接风洗尘。席间,李渊不无得意地对世民说:"最近,我让人从岐州运来许多良马,个个都非常出色,前几天我们在广武山猎获不少飞禽。"

广武山就在荥阳附近,山势不算陡峭,却也有些风姿,山里有很多飞禽走兽。世民听罢,高兴地说:"太好了,明天我也带人去狩猎。"

窦夫人听他们父子谈得热烈,不禁微微皱眉,盯着他们说:"我看老爷储备的骏马都是质量优异的上品,足可以比上皇宫中御用马匹的等级了。我听人说当今天子喜好鹰马,如果他听说咱们府中私自储备这么优质的佳品,却不进献,恐怕对老爷不利。"

李渊听到这话,不以为然地说:"尚武喜马,是我李家传统,难道有什么过错吗?"

　　窦夫人摇着头说："老爷不可大意。皇上尤爱骏马，以夸耀天下，这是许多人都知道的事，老爷不是不清楚。府中如果多留有骏马，而不知上献皇上，一是给他人留下弹劾的机会，二是引起皇上不满，甚至还会让皇上怀疑老爷居心回测。不管哪一条，要是皇上追究起来，都会让老爷受累不轻，希望老爷三思。"

　　李渊放下酒杯，略显沉闷地叹道："夫人说得也有道理。"

　　李世民一边吃饭，一边听父母交谈，看他们心事重重的样子，已经觉察出事情不简单，听到母亲谈起皇上如何如何，不觉记起几年前在洛阳观看运河试航的事，震天动地的场面犹在眼前，随即说道："皇上是一国之君，心系天下百姓，最喜欢的应该是国家江山，怎么会迷恋骏马飞鹰呢？我看母亲多虑了。"

　　李渊夫妇快速对视一眼，双双看着世民，几乎异口同声说："小孩子不可乱说。"

　　他们当然明白，世民这几句话虽是童言无忌，甚至是怀着对隋炀帝杨广的崇敬之情，但是一旦传出去，就会被有些人看作对天子不敬，引起不可预测的后果。

　　世民看看父母，目光里充满了疑惑。在他看来，为人君主，就是要胸怀天下，为民做事，一味贪恋玩物肯定会丧志。

　　李渊夫妇了解自己的儿子世民，他们不再讨论这件事，而是岔开话题，询问世民在少林寺习武的事。

　　世民向父母交代自己在少林寺种种作为，高兴地说："孩儿结识了许多武僧，有一个叫昙远的小和尚还是我的朋友呢。"他差一点就说出他们偷钓鱼吃肉的事。

　　李渊点头说："多结交朋友好，可以开阔视野，互相帮助。"

　　"对了，"世民说，"昙远的父亲去世了，家里很穷，我想去帮助他。"

"怎么帮助?"李渊问。

"给他们送些吃穿用物,帮他们度日。"

李渊夫妇听了,想了半晌才说:"以我们的身份,随便去帮助素昧平生的普通百姓,不大妥当。"

"这有什么不妥当?"世民着急地喊,"你们常说朋友之间可以互相帮助,我和昙远是朋友,怎么可以说是素昧平生的普通人呢?"

李渊沉默不语。

窦夫人知道世民侠义心肠,不好继续阻拦,只好说:"这样吧,让你父亲派人去处理这件事,你不要再闹了。"

世民却十分固执,坚决地说:"这是我的事,不用父亲插手。"

窦夫人还想说什么,李渊开口阻止她,对世民说出一通话,不知道他是否同意世民帮助昙远。

疏财爱民的二公子

李渊见世民坚持帮助昙远,便对他说:"我们来这里时间不久,各种情况还不明了,你是太守公子,如果随便帮助这、帮助那,容易招惹是非。我看还是不要去的好。"

李渊夫妇行事极其谨慎,担心惹祸上身。

得不到父母允许,世民十分不满。第二天,他带上无芳、陈二,还邀请了几位当地少年俊杰,骑马来到广武山,准备打猎玩乐。在这里,他们追逐、嬉闹、弯弓、射猎,随着一支支利箭嗖嗖飞出,各色禽兽应声倒地。山林内外,少年们弯弓走马,鸟兽们飞跃躲闪,场面十分壮观,真可谓"挟弹铜驼之右,连镳金谷之前"。

一会儿工夫,世民就射中三只野鸡和一只体型较大的梅花鹿,他郁闷的心情渐渐开朗。正在这时,忽然一个人的骏马受惊,撒开四蹄朝南奔去。这匹马一跑,其他马也跟着奔跑起来。顿时尘烟四起,场面失去控制。一群失控的骏马嘶鸣乱奔,冲进了一片庄稼地,把郁郁葱葱的秧苗践踏得一片狼藉。

世民再三喝马,终于将马带出庄稼地。紧接着,其他人也陆陆续续回到路上。他们回头一看,大片的庄稼已经毁坏了。看到这种情景,世民忙喊过无芳:"庄稼是百姓生活的根本,现在我们把庄稼践踏了,应该补偿。"

一位当地贵族子弟听了,不当回事地说:"老百姓算什么?公子不要多虑,借他们两个胆子也不敢要求补偿。"

世民义正言辞地驳斥说:"孟子曰'民贵君轻',你怎么能说老百姓算什么呢?随意践踏百姓,就是随意践踏国家律令和安危,这样大的罪名你能轻易担当得起吗?"

那位贵族子弟听了,低头不语。

另一位贵族子弟上前说:"荒郊野外,又没有人家,就是我们想补偿,可也不知道补偿给谁啊?"

世民说:"附近不少农家院落,如果我们诚心补偿,还打听不到地的主人吗?"

说完,他掉转马头,朝附近一户农家走去。其他少年见此,纷纷跟着他打马上前。走近农家,世民跳下马正要敲门,却见里边走出一位年老的婆婆。婆婆五十岁左右,身板挺硬朗。她看到眼前一群华衣骏马的少年,愣了一下,转身就要进屋。世民连忙喊:"婆婆留步,在下有事相求。"

婆婆回身,打量这个气宇昂然、相貌不凡的少年,惊异地问:"公子有什么事?"

世民说:"婆婆,我们几人刚才在山林打猎,不小心马受到惊吓,践踏了一大片庄稼。我们想补偿损失,特地来向您打听一下,您可知道那片地的主人。"

婆婆侧耳听了半天,满脸狐疑。她再次打量世民,见世民一脸认真、态度诚恳,才结结巴巴地说:"补偿……公子,您说补偿损失给……地的主人……"

显然她对世民的问话措手不及,所以语无伦次。

"是啊,"世民说,"庄稼坏了,百姓就没法生活了。我们应该补偿他,不能让人家挨饿呀!"

这几句朴实的话深深打动了婆婆,她泪眼婆娑地说:"公子真是菩萨心肠,我们世世代代生活在这里,有谁会在意我们挨不挨饿啊。以前打仗的时候,各路兵马路过这里就催逼粮草,现在不打仗了,可是官家还是一个劲地收逼粮租,说是留着打仗用。唉,国家怎么还不安稳呢。"

说者无心,听者有意,有个贵族少年呵斥婆婆说:"大隋天下,太平无虞,你竟敢说国家不安稳,你是不是不想活了?!"

婆婆被吓得急忙闭上嘴,世民忙制止贵族少年,然后安慰婆婆说:"您不要害怕,我们不是官府的人,我们是来补偿损失的,您能告诉我们那片地的主人是谁吗?"

婆婆略微安定心神,随着世民来到院外,顺着世民手指的方向望去,看了一会儿便说:"那是东头刘财家的,他家的地都在那一片。说起来可怜,他家男人被征发到洛阳修粮仓了,剩下一群孤儿寡母,天天在地里耕种。"

世民心里一动，他当下让婆婆领着他们去东头，补偿刘财一家的损失。

贵公子主动上门补偿损失的消息很快传开，附近许多百姓纷纷聚来，一睹这位少年公子的风姿。世民第一次与普通百姓这么近距离接触，他十分开心，不但补偿了刘财家的损失，还把随身携带的财物和衣服分给百姓。顿时，老百姓一片欢呼，称颂这位疏财爱民的小公子。

世民倾其所有，救济百姓之后，飞马离去。这次民间活动，让他感触很多：首先，他决定不顾父母反对去救助昙远一家；其次，他对于普通百姓生活的状况感到非常不满。他的心里开始为百姓鸣不平。这样的胸怀与理想正是李世民在隋末纷乱的局势中脱颖而出、赢得百姓支持、最终平定天下的基础，也是他创造贞观之治的根本。

回到府邸，世民即刻准备财物亲自给昙远家送去。随后，他开始关注周围百姓生活，经常帮助一些亟需帮助的人。很快，李世民轻财爱民的名声传播开，这位少年贵族公子的所作所为引起时人关注，为他接纳名士、广结英豪做了准备工作。

第三节　游侠洛阳

客店遇难

少年李世民习文练武,胸怀远大,渐渐成为当地有名的贵族公子,很多文人、侠士开始与他交往,他的生活因此日益忙碌起来。与这些人来往时,世民总是一视同仁,不分对方出身贵贱。这样,他的名声越发远播,受到众人尊重。

但是,世民毕竟不同一般人,他的眼光没有放在荥阳的一方小天地里,而是经常梦想远去洛阳,在更宽广的天地里搏击、奋斗,做一番惊天动地的事业。

这天,李世民正在练习书法,陈二突然慌张地跑进来,上气不接下气地说:“公子,大人接到旨意,听说近日就要去洛阳面见皇上。”

世民兴奋地说:“是吗?我正想去洛阳,这次可以跟随父亲一起去了。”

说完,他放下毛笔,兴冲冲地去见父亲。

果然,李渊正在为去洛阳做准备。世民踏进门来就说:“父亲,我也要去洛阳。”

李渊回头看一眼世民,冷静地说:“在家学习功课吧,不要去了。”

世民争辩道:"我去洛阳不会妨碍父亲办事的,请父亲允许我去吧。"

"你去干什么?"

"洛阳名士聚集,孩儿去了,自然是感受文化熏陶,结交名人墨客,增长见识,开阔胸怀。"世民坦然回答。

李渊听了,心里默默想着,世民果然胸怀广博,小小年纪不贪恋优越的生活环境,想去闯荡一番事业,这也是应该支持的。想到这里,他看着世民说:"你去洛阳,可不如在家里舒适,父母不在身边,亲朋好友也很少,你一个人能行吗?"

世民坚决地说:"父亲,好男儿志在四方,怎么能够因为条件限制而改变志向,无所作为呢? 我去洛阳是很久以来的打算和愿望,请父亲允许。"世民确实早就想去洛阳,即便这次父亲不带他去,恐怕不久他也会打马远行。

李渊听出儿子的意思,顺水推舟答应了他的请求,然后带他辞别窦夫人,一行人浩浩荡荡奔向东都洛阳。

这一去,意气风发的世民会有哪些收获呢?

不说李渊晋见隋炀帝杨广,单说李世民,他二进洛阳,不再是幼稚童子,而是能文善武、胸怀四方的翩翩少年公子。世民在洛阳很快就结识了许多名士侠客,并且开始与他们广泛交往。

一天,世民在大街上走着,突然一阵马嘶声传来,顿时,路边的商人、行人纷纷躲闪,仿佛什么灾难即将来临。世民随着人流躲到一边,只听马蹄声声,一对皇宫卫士打扮的人骑着高头大马扬尘而过,践踏百姓物品无数,可是却没有一个人敢开口说话。

马队走过,世民问身边一位老者:"他们这么着急要去干什么?"

老者悄悄说："听说皇上急等着下江南,恐怕这些人是为皇上准备路上用品的吧。"

世民对老者说："他们随意践踏百姓财物,也太可恶了。"

"嘘,"老者示意世民不要大声说话,"公子,这里可是天子脚下,说话要小心啊。"

世民领会老者的意思,微微点头表示感谢,然后挤出人群,向一家客店走去。这是世民经常去的地方,那里总是坐着一些闲杂人士,他们聊天谈地,虽说漫不经心,却能让人觉察出世事变化,接触到最新、最真实的百姓生活。

今天,店里坐着三个中年人,他们时而交头接耳,时而高谈阔论,谈得十分投机,完全没有留意坐在一边的少年世民。世民一边品茶,一边静静地坐着,等候陈二和无芳到来。就在这时,忽然一阵嘈杂的脚步声从楼上传下来,只见一位和自己年龄相仿的少年匆匆跑下楼来,神色极其慌张,见到人就问:"附近有没有大夫?"

店内的人奇怪地看着他,有人指着门外说:"往东拐不远处有一家医馆。"

另一个人说:"万岁爷最近要去江南,许多道路都查封了,往东去的路早就不通了,怎么去请大夫?"

"是啊,全都戒严了。"其他人附和着说。

少年焦急得汗水都流下来了,无助地望着店内的人。

世民起身过来问:"这位朋友,是不是有人病了?"

"是啊,是啊,"少年说,"我母亲突然昏迷了,不省人事,这可怎么好?"

世民劝慰说:"不要着急。我曾经跟着师父学过一点医术,懂得诊疗一些常见病症,不知道能不能帮上忙。"

少年听了,急忙抓住世民的手说:"太谢谢这位公子了! 劳驾你随我看一看母亲。"说着,拉着他跑上楼去。

结识长孙无忌

这是一间较为雅静的客房,收拾得十分干净。房间里一位十岁左右的小姑娘正伏在床边,呼喊着床上躺着的夫人。少年拉着世民几步冲到床边,说:"这就是我母亲,请快快为她诊治。"

小姑娘站立起身,回头看了世民一眼。世民与她目光对接,顿时有种似曾相识的感觉。容不得世民说话,小姑娘先施礼说:"多谢公子大恩。"

世民忙俯身观看床上的夫人。她看上去三十岁左右,脸色极差,昏迷不醒。世民一边搭手为夫人诊脉,一边问:"夫人从什么时候昏迷的?"

"就在刚才,不到一盏茶的工夫。"少年和那个小姑娘抢着回答。

世民接着问:"夫人吃什么了吗?"

"没有,"小姑娘哽咽着说,"母亲从昨天到现在什么都没有吃。"

世民打量这一家三口,觉得他们虽然穿着不甚华丽,却举止大方,谈吐间流露出贵族气质,看起来不像是穷困潦倒人家,不觉奇怪地想:他们怎么会住进客店,而且没有下人跟随? 夫人为什么还接连两天都没有进食?

带着一连串问号,世民诊治完毕,说道:"依我看,夫人平日身体虚弱,加上连日心情不畅,饮食不佳,导致气血虚弱,才会突发晕厥。"

"那该怎么办？"少年急切地问。

"问题不大，"世民说，"你去准备一碗糖水，给夫人服下，即刻就能好转。"

长孙无忌，唐朝的开国功臣，凌烟阁二十四功臣之首，封齐国公

少年快速奔出客房，去向店家讨要糖水。世民招呼一下小姑娘，两人扶起夫人，世民用拇指掐着夫人的人中穴位，很快，夫人慢慢醒来，看着眼前两个孩子长叹一声："无忌，母亲差点就要撇下你们兄妹走了。"

小姑娘上前抱住夫人说："母亲，您可醒了，把我们吓死了。"她指着世民说："这位不是哥哥，是一位救您的好心人。"

就在这时，少年手端糖水走进来，看见母亲醒来，他高兴地说："母亲，您终于醒了，快服下糖水，很快就会好了。"

夫人疑惑地看看世民，看看少年，好一阵子才分辨清楚，不觉欣喜地说："看来我真是糊涂了，把救命的公子错当成无忌了。"这下，一屋子人开心地笑起来。夫人一口气喝下糖水，顿觉有了精神，谈吐比刚才更有力气，接着吃了点心糖果，随即恢复了体力。

世民与这一家人交谈，方才得知他们的凄惨处境。

原来,少年名叫长孙无忌,小姑娘小名观音婢,他们的父亲是大隋赫赫有名的将军长孙晟。长孙一族,自北魏到隋朝,累代显宦,历史上说他家:"门传钟鼎,家誓山河,汉代八王,无以方其茂绩,张氏七叶,不能譬此重光。"长孙晟北抗突厥,立下赫赫战功,很受隋文帝赏识,后来,杨广登基,也一直非常倚重他。可是,长孙晟在前年去世了。他死后,他前妻生的几个儿子联合起来,竟然把年幼的长孙无忌兄妹和他们的母亲赶出家门,不让他们住在家里。长孙无忌的母亲只好带着一双儿女投奔娘家,路过洛阳,在此驻足。

听完他们的讲述,世民激愤地说:"天下哪有这样不容人的兄长!"

无忌也露出不忿表情,一边的小姑娘观音婢却神态平静,慢悠悠地说:"父亲尸骨未寒,兄长们这么做,当然不对,可是我们因此抱怨痛恨他们,就是我们不对了。"

世民听了这话,觉得小姑娘出语不俗,胸襟开阔,不觉暗暗称奇。

这时,夫人拉着世民的手说:"承蒙公子相救,还不知道您怎么称呼呢?"

世民笑笑说:"夫人不必客气,出门在外,谁都有遇到麻烦的时候,互相帮助也是应该的。"

夫人高兴地说:"公子年龄不大,却有如此侠义心肠,真是了不起啊。无忌,你以后可要好好向公子学学。"

无忌点头说:"那是当然。我刚才还想,这次被赶出来也不一定是坏事,这下遇到贵人相救了。"

世民与他们一家相谈甚欢,不觉已经天黑,他起身告辞。夫人再次答谢并请求说:"请公子一定留下姓名。"

无忌兄妹也盯着世民,不舍得他离去。

世民说:"我叫李世民,就在洛阳东街李府住,如果你们有什么需要帮忙的,都可以去那里找我。"

夫人听到李世民三字,似乎有些惊异,她突然问:"请问公子的母亲是不是姓窦?"

世民奇怪地看着夫人说:"夫人怎么知道?"

夫人并不回答,而是追问一句:"那么,令尊就是唐国公李渊大人啦?"

"正是。"世民回答。

夫人笑着说:"这可真是有缘啊。"

高士廉提亲

夫人竟然知道李世民的父母,让三个少年人倍觉惊异,他们急切地盯着夫人,希望她能告知其中隐情。夫人愣了片刻,却什么也没有说。

这让几个少年人更着急了,缠着夫人询问原因。夫人想了想才缓缓地说:"你父亲在世时,有一次,你伯父对他说,他在窦夫人年轻时就认识她,认为她聪慧、有头脑,是个才貌双全的奇女子。窦夫人嫁给了唐国公,生的儿子也一定个个聪明英武,所以劝你父亲与他家联姻呢。"

听了这段故事,几个孩子面面相觑,谁也没有言语。过了一会儿,无忌突然指着世民和妹妹说:"母亲,就让妹妹嫁给世民吧,这不正是伯父的心愿。"

观音婢顿时脸色绯红,看了无忌一眼,却也没有言语。

夫人摇头说："时过境迁,不要提那些事了。"她心里明白,婚姻最讲究门当户对,如今,他们被赶出家门,流浪至此,怎么敢高攀李家呢?

世民第一次听到他人议论自己的婚事,当然很不好意思,他红着脸,半天也没有想起说什么好。不过,他可没有门当户对的心思,他暗自觉得观音婢温柔可爱,是个不错的姑娘。

无忌还想往下说,却被母亲岔开了话题:"你舅舅说近日就来洛阳接我们,我想趁这几天赶紧准备准备,不要事到临头了,还慌慌张张的。"

无忌的外祖父家正是很有名望的关东高门,他的外祖父高敬德曾经任职扬州刺史,舅舅高士廉时任治礼郎。高士廉为人善良厚道,听说妹妹遭到不幸,即刻派人前来。

世民慢慢恢复平静,接着高夫人的话题说:"夫人,有什么需要准备的,世民一定尽力帮助,请您不要客气。"

申国公高士廉,凌烟阁二十四功臣之一

无忌高兴地说:"我初来乍到的,正发愁没人帮我呢,你要是来帮我,那可太好了。明天,我就去把所有行李打点一遍,舅舅来了,就可以快点离开这里了。"

二人说说笑笑,好不开心。突然,外面传来一阵吵嚷声。世民起身来到门外,无忌紧随其后。他们来到楼下一看,原来是无芳来寻找世民。世民介绍无芳和无忌认识,然后,就在客店要了饭菜,坐下来边吃边聊。

三个少年成为好友。随后几日,世民带着无忌在洛阳城闲逛,领略东都风貌。无忌觉得世民侠骨柔肠,很有学识,值得深交,也就心甘情愿地日日跟在他身边。

没有多久,高士廉亲自来到洛阳接妹妹一家。他听说李世民出手相救,心里很感激。在筵席间,高士廉被世民举止风姿吸引,悄悄对妹妹说:"这位公子将来必定是非常人。我听你说起妹夫在世时有意与李家联姻,何不趁此机会把观音婢许配给他?"

高夫人皱眉说:"我落魄至此,儿女受到牵连,无依无靠、无家无业的,怎么好意思开口提这样的事?"

高士廉却说:"长孙氏世代贵族,不比李家差,就算你们母子不能回到长孙家里,无忌兄妹不还是长孙氏之后吗?再说了,我们高家也是北齐世家,难道不够尊贵?妹妹不要妄自菲薄,这件事交给我去办。"

听了这话,高夫人眉头舒展,高兴地说:"我看世民是个有出息的孩子,要是观音婢真能嫁给他,是她的福气,也了却我的一桩心事。"

高士廉包揽此事,自有他的道理。作为关东高门之后,他对关陇军事贵族集团怀有崇仰之情,加上李渊是隋炀帝杨广的表哥,这层关系也令许多人眼红。当初,长孙晟的哥哥提议与李家联姻,也考虑到了李家的身世地位。不过,高士廉这次提亲,却是在见到李世民之后被他的行为言谈折服。所以,他不再犹豫,为了促成这件事,当下亲自去见李渊提亲。

李渊在洛阳晋见隋炀帝杨广后,被诏令去楼烦(今山西静乐)任郡守。他又要离开荥阳,远赴山西,做一个新地方的长官。接到诏令,李渊神情自若,在他心里,也许注定今生就是这样辗转各地,出任地方长官。年近半百,李渊年轻时的梦想与追求也渐渐淡化,他已经适应了眼下的生活。

高士廉登门提亲,多少让李渊有些意外,他当然清楚长孙家族的势力,也了解高家的地位,思量再三,决定与夫人商量再决定此事。回到荥阳,李渊把这件事告诉窦夫人,窦夫人分析说:"皇上派老爷远赴娄烦,无非是为了镇守北疆,提防突厥入侵。长孙晟曾经成功阻击突厥多次入侵,在边关享有威名。我看这次高士廉提亲还正是时候,一来世民已经十三岁,该订亲了;二来,高士廉主动为外甥女提亲,如果我们不答应,也不合时宜。老爷,您说呢?"李渊点点头,回答说:"就依夫人之见。"

古画《洛神赋图》

　　这桩婚事就这样订了下来。

　　此时，身在洛阳的李世民，依然日日与长孙无忌等朋友交往游历，他们或是拜见名士前辈，或是走马射箭，赋诗作词，不敢有丝毫懈怠。可以说，这段洛阳游历生活对少年李世民具有很大影响，不但丰富了他的阅历，也让他结识了许多朋友，对他以后的事业发展很有帮助。当他听说父母为自己与观音婢订亲后，心里泛起异样思绪，小小年纪的他顿时觉得有了更大的责任，对无忌一家更加关照和爱护。

　　世民与观音婢时常见面，两个少年男女之间朦胧的爱情也在悄悄滋长。后来，李世民在《感旧赋》一诗中曾经说过这样两句话："想飞盖于河曲，思解佩于芝田。"两句一共有四个典故："飞盖"典出曹植《公宴》，诗曰"公子敬爱客，终宴不知疲。清夜游西园，飞盖相追随"；"河曲"有曹丕在洛阳会友"鸣笳河曲"的故事，当时名士卢思道还有一篇《河曲游》以记当年盛事。"解佩"的神话摘自西汉刘向的《列仙传》，神话里讲一个叫郑交甫的少年遇见两个美丽的神仙女子，大胆和她们对诗后得到她们解佩以赠，然后在一转身间两个女子飘然而逝，所赠玉佩也物去无痕。美好当前，转瞬又逝，却无大悲大痛，怅然所失中又似有所得；"芝田"和"解佩"却有联系，曹植《洛神赋》中以芝田比喻洛水之滨和神女相遇的所在，并且也在模拟的人神对话里化用解佩一典，以表达曹植对"翩若惊鸿，婉若游龙"之美丽的一种不确定、乍喜还疑的心情。这两句诗正是描绘当年李世民在洛阳城中的生活，以及与观音婢的情感故事。

　　不久，无忌一家跟随高士廉搬离洛阳，回到高家居住，李世民一直护送他们到洛阳城外，依依不舍之情溢于言表。观音婢挥手告别，泪花闪烁。见此情景，李世民心中颇多感伤。他劝慰说："你尽管放心，过不了多久，我们还会再见的。"

送走无忌一家，李世民孤单单地骑在马上，看着远山出神。突然，一阵阵号角声响起，惊得座下骏马嘶鸣不已。李世民拨转马头，顺着声音望去，顿时，眼前庞大的阵势将他惊呆了。

远征大军前的疑惑

李世民看到一支绵延数里的军队开拔而来，军号声声，战马嘶鸣，旌旗遮天蔽日，战士斗志昂扬，乍一看，真是令人望而生畏。他记起来了，最近时常听人议论，大隋天子认为高丽（今朝鲜半岛）不臣，准备发动征讨高丽的战役。没有想到，战争这么快来到眼前。对于生长在和平年代却胸怀壮志的世民来说，这种规模宏大的场面非常有吸引力。他提马跟着队伍朝前走去。

很快，大军开拔的消息传遍洛阳内外，道路上挤满前来观看的人们。他们指指点点，议论纷纷，有的赞叹队伍的强大，有的预测战争的胜败。当时，几乎没有人想到这次战争会失败，隋炀帝杨广调集一百一十八万三千八百人的大军前去征伐高丽，如果全部进驻高丽的话，恐怕比当时高丽的所有军民还要多。这场战争从人数上看，隋朝占有绝对优势。以多胜少，是军事上最常见的事情。小小高丽敢于抵抗吗？能抵抗得住吗？

李世民跟随庞大的队伍前行，遇到前来观看的无芳等人。他们一路观看，一路议论。无芳说："我听说大军光出发就要几十天，我们可以天天来看热闹了。"

陈二说："如此规模，真是旷古少有。我听父亲说，当年平定南陈，也不过动用了几十万大军。"

世民没有言语，盯着士兵们背后的行装出神。他摇着头说："兵士们远赴辽东，路途遥远，还要背负这么沉重的包裹，肯定会延迟行军日程，对作战不利。"

无芳说："我听人说，高丽不过是弹丸之地，就是知道我军的行程、知道我军的计划，他们也难以抵抗。何况这么多人一起压上去，他们一定会不战而败的。"

世民一听，更加疑惑地说："高丽那么小的地方，我们出动一百多万人，到时候双方怎么展开阵势对战？况且，这么绵长的队伍如何保障给养？"

三个人边看边议论，不觉天色已晚。这时，大军停止开拔，就地休息。

接下来的日子，世民天天来到城外观看大军开赴前线的壮观场景。随着日子一天天过去，他心中的疑惑也越来越多。一天，他看到几个武将模样的人骑马边走边聊，议论向前方运送物资的事。一个说："百万大军，战线拉开上千里，运送物资、保障供给太费劲了。"另一个说："费劲也得运送，不然怎么办？前方大军都快到辽东了，总不能饿着肚子打仗吧。"又一个人说："唉，我看这一仗不像是打高丽，倒像是自己打自己，就图个好看吧。"几个人说着走过去了。

世民听到这些话，联想自己所学兵法，多日来的疑虑更加真实起来。他不无担心地想，这么多人马绵延上千里，一旦失去后勤保障，大军则会陷入恐慌之中。而且，如果敌人从中间切断大军，使首尾不能相顾，这可是兵家大忌。想到这里，他再也无法安心观看下去，而是提马奔向前面，去寻找队伍的负责人，希望有人采纳自己的想法。

大军逶迤前行,世民好不容易找到一位长官,急忙上前说:"将军请留步。"

长官披挂整齐,骑着高头大马,听到有人喊,漫不经心回过头,看了一眼世民,见是个小少年,不在意地问:"有什么事吗?"

世民高声回答:"将军,在下以为百万大军东征,战线拉得这么长,一旦物资供应不上,将不利于战事。"

长官睨视着世民,半天才缓缓道:"国家大事,是你小孩子该操心的吗?不要妨碍大军前行,下去吧。"

世民说:"将军,战事关系国家安危,不能大意啊。"

将军挥挥手,让手下人赶走世民。

世民还想争辩,却没有机会了。

然而,世民在大军出征前的种种疑惑,随着战事的失利却一步步得到了证实:百万隋军绵延千里,为行军作战带来极大的不便。首先是后勤供应问题,百万人的后勤和绵延上千里的转运、分配路线,导致整个后勤系统混乱。为了简化后勤流程,杨广命令每个士兵带上百日口粮,再加上相应的武器、铠甲等装备,一个人需要负担的重量有二三百斤。兵士无力负荷,只好大量丢弃口粮,一是造成浪费,二是给后勤供应带来很大麻烦。

杨广为了保证军队统一作战,要求诸军必须请旨以后才能行动,很多时候圣旨从千里之外传回战场,情况早就变了样。

很快,隋军在渡萨水时被高丽人偷袭了后续部队。一击之下,庞大的隋军立刻全盘崩溃。这次声势浩大的东征从二月开始进军,到七月彻底失败,五个月里渡过辽水进入前线的军队只有三十多万,剩下的七十多万人马甚至都没有进入战场,更别说与敌交战了。

　　李世民涉猎广泛，胸怀高远，小小年纪开始了游历东都洛阳的生活。在洛阳，他散财结士，结识了未来的妻子长孙氏，这是他人生中非常重要的一件事情。同时，他在洛阳也亲眼见到百万大军远征高丽的恢宏场景，让他感触颇多。

第五章

乱世初显露 机智巧劝父

　　随着先后两次征辽失败，国内局势出现动荡，表面繁华之下隐藏的各种矛盾纷纷暴露，李世民一家在乱世初显的岁月里，受到诸多牵连和影响，母亲病故，妻子的舅舅被贬谪岭南，父亲李渊受到杨广戏弄后倍感心灰意冷，终日饮酒聊以自慰。面对这些突如其来的变故，一直生活在父慈母爱之下过着优越日子的李世民，会受得了这些打击吗？他是继续积极向上还是消沉堕落呢？

第一节　乱世初显

杨玄感谋反

　　第一次征讨高丽时,作为接应前线、运输物资的山东、河北两地,因为无法承受兵役和徭役,发生了叛乱。天下"反王"第一人,名号自称"知世郎"的王薄唱着《无向辽东浪死歌》,揭开了一场大乱的序幕。漳南窦建德被生活所迫也开始了他的"盗贼"生涯。

　　动荡伊始,乱世初显,大隋朝面临新的危机。可是隋炀帝杨广并没有因此改变政策,安抚百姓,反而加紧镇压各地义军,积极筹备第二次征伐高丽的战争。大业九年,杨广不顾百姓死活和国家安危,发动了第二次讨伐高丽的战争。这次,他启用李渊作为后勤供应长官之一,负责怀远地区(今辽宁辽阳西北)的督粮工作。另外,派杨玄感去黎阳地区(今河南浚县北)负责督粮。从此,李渊的官职发生了变化,他不再是单纯的地方长官,而成了参与国家军事活动的重臣。

　　这次东征依然没有脱逃失败的命运。让隋炀帝杨广无法想象的是,杨玄感竟然临阵谋反。说起来,杨玄感一家"深受国恩",他应该是绝对不会背叛的人。杨玄感的父亲杨素,在杨坚篡夺北周政权时投靠杨坚,为大隋王朝南征北战,平陈战争、平定岭南叛乱、打击突厥作战,都建立了赫赫功勋,是大隋朝首屈一指的功臣。杨素带兵极其严酷,每次战前他总是找借口杀人,以示军威。在两军相互试探之际,他会故意派一小股士兵前去挑战,只许向前不准后退。即便这些士兵能活着回来,也会不问是非通通被砍头。他用这种残酷的方法激励士兵奋勇向前,摧城拔寨,所过之处敌军无不望风披靡。杨素虽然为人残忍,却赏罚分明,部下即使战功再小,也可以得到赏赐。所以,有很多将士都愿意为他卖命。

后来,杨广为了争夺太子之位,千方百计拉拢杨素,使其成为自己的党羽,并且成功地利用他获得父亲对自己的好感,最终阴谋得逞。杨广登基后,杨素一家也就因此得福,显贵无比。

随着皇位的稳固,猜忌心极重的杨广对权倾朝野的杨素渐渐萌生戒备之心,进而产生铲除他的念头。杨素也不是等闲之辈,觉察出了皇上的意图,于是日夜忧虑全家性命安危,不久便生病了。他拒绝就医吃药,打算用自己的死来消除皇上的猜忌,以此保全子孙后代,免得落个诛灭九族的下场。就这样,一代枭雄杨素不治身亡。杨广听到杨素去世的消息后,暗地里十分高兴,悄悄对身边近侍说:"如果杨素不死,我早晚要灭他的族。"看来,杨素死得其所。

杨素已死,他的儿子杨玄感子承父业,出任大隋朝的礼部尚书一职。杨玄感对父亲的死心有余悸,表面上极力恭顺杨广,害怕遭到残害,实际上内心十分痛恨杨广,暗地里发展自己的势力,打算有朝一日取而代之。

大业九年,杨玄感奉命督粮,在黎阳一带遇到许多麻烦。多年来,隋朝两代皇帝都喜欢囤积粮食,他们在洛阳、辽东修建仓库,储备的粮食足够全国百姓吃好几年。就是这样,他们仍然不满意,一味大肆收取租税,扩充国家的粮库和银库。所以,在大隋鼎盛年代,国家仓库里储备的粮食和银钱都堆得满满的。老百姓要不断服劳役,修建粮仓、宫殿,还要缴纳数不清的赋税,生活远远没有达到富庶的程度。在这种情况下,杨广两次发动战争,损伤了大量人力、物力。接着,山东、河南等地发生了多年来少有的旱灾,人们的生活一下跌进水深火热之中,面对前来督粮的官兵,他们拒绝缴纳粮草——自己的性命都难保,又拿什么去缴纳官租军粮呢?

杨玄感早就对杨广不满,这次督粮又极其不顺,他似乎预见到自己即将遭受严厉惩罚。他思来想去,觉得与其坐以待毙,还不如主动出击。这时,自负甚高的杨广正在辽东督战,几十万国家精锐大军也已经开拔到前线。国内空虚,正是可乘之机。杨玄感历经两朝,知道大隋取代北周的前后经过,联想三百年来乱世纷争、皇帝轮流坐的局面,取代杨广,自立为帝的野心日益增长。

最终,他还是无法抗拒皇帝宝座的巨大诱惑,在督粮大本营黎阳打起反隋的旗号,起兵造反。黎阳属于关东重镇,杨玄感谋反,立刻得到关东豪强的大力支持。几年来,杨广大肆兴建宫殿、粮仓,征调大量人力、物力,给当地百姓带来诸多灾难,人们早就怨声载道了。

看到拥护自己的人越来越多,杨玄感十分得意。他听取军师李密的建议,决定攻打洛阳,夺取东都。

李府变故

杨玄感谋反前，李渊已经有所觉察，他认为自己新近得到隋炀帝杨广重用，所以没有响应杨玄感谋反，而是思虑再三，决定把这件事报告杨广。他飞马离开怀远，前去涿郡（今北京市境内）面见圣上。此刻，杨广正在涿郡巡视大军，做征讨前的最后准备工作。

李渊来到涿郡，先去见了驸马宇文士及，与他商讨杨玄感谋反的事。宇文士及态度颇为暧昧，对李渊说："万岁长久以来在各地巡视，很少回长安，咱们也不知道长安境况如何啊。"

原来，杨广扩建洛阳作为新都后，再也没有回过长安，只是令太子在长安监国，负责日常管理工作。从宇文士及的话语中可以推测，当时文武官员已经十分担心朝政安危了。

李渊听了，叹了口气说："作为臣子，怎敢妄议朝政。"

宇文士及没说什么，摇着头说："杨玄感集合关东豪强，欲图大事，实际上是泄私愤，谋取个人利益。我看他外强中干，不会有太大作为。我倒是觉得唐公你宽厚仁慈，颇有人望，比起杨玄感不知道强多少倍。"

李渊一听，吓得脸色煞白，摇着手说："大人千万不要开这样的玩笑，在下就是死了也担当不起啊。"

宇文士及笑了，他说："唐公真是太多虑了，现在天下人谁不为自己谋划，这已是昭然若揭的事，你害怕什么。"

李渊唯唯诺诺地应付几句，然后起身告辞。回到住处，李渊左思右想，决定立即向杨广报告杨玄感谋反这件事。于是，他骑马赶赴行宫，准备晋见皇上。此时，杨玄感谋反的消息已经传遍各地，身在涿郡的杨广早已得到消息。他没有理会李渊，而是急忙亲自率领大军南下平叛，一路疯狂剿杀，很快就来到洛阳附近。

杨玄感的队伍虽然依靠关东豪强支持，但作战能力比不过大隋正规军队，不久就被赶出洛阳，朝西溃逃而去。随着杨玄感被俘，这次谋反彻底失败。

这件事让生性多疑的杨广更加不信任手下的官员，他大肆搜捕与杨玄感一起谋反的同党，杀掉了几十名朝廷官员，受到牵连的人不计其数。其中，弘化郡（陕西庆阳）留守元弘嗣被撤职查问。杨广觉得李渊在谋反中表现不错，忠于自己，便让他代替元弘嗣一职，掌管关右十三郡兵马。从此，李渊结束二十多年的地方长官生涯，开始真正掌握了兵权。

可是世事难料，就在李渊掌管兵权，以为可以重振门风、光宗耀祖的时候，不幸的事情接二连三地发生了。

世民未婚妻的舅舅高士廉虽然没有参与谋反，却受到牵连，被贬谪到岭南（今越南境内）。舅舅落难，无忌一家三口又陷入了困顿。让高夫人更为担忧的是，本来与李家联姻就是高士廉主动提亲，如今高家也败落了，李家会承认这门亲事吗？世民还能娶女儿观音婢吗？

高士廉被贬谪的消息很快传到李府。李渊夫妇听了，不由眉头紧皱：在这混乱的当口，自己侥幸逃脱灾难已属不易，要是继续与高家联姻，会不会引火烧身？

就在夫妇二人焦虑难断的时候，世民大步跨进室内，坚决地说："父母大人，孩儿听说高家遇难，我认为为人做事应该光明磊落、信守诺言，不能落井下石、违背良知。如今，无忌一家失去舅舅保护，无依无靠，如果我们毁坏婚约，肯定会逼他们走上绝路。

所以，我想尽快娶回观音婢，让他们放心生活。"

听到世民这番话，李渊夫妇对视一眼，没有说什么。

世民见此，急切地盯着父母继续说："请父母千万不要悔婚，世民不能做无情无义的人。"

说着，跪在地上，不肯起来。

窦夫人心疼儿子，俯身拉着世民的手说："母亲知道你是个情义中人，不肯辜负长孙姑娘，这是好事。我听说长孙姑娘不但长得端正，也是个识大体的女子，我想，高士廉不过被谪岭南，也不是什么株连九族的大罪，既然你这么恳请，我和你父亲就同意了吧。"

李渊微微点头，表示同意窦夫人的说法。在他们心里，对世民的婚事还是有些不满，毕竟世民文武双全，才貌过人，是李家最有希望的子弟，娶一个被逐的女子，怎么与李家显赫的家世相配，又怎么与世民相配？

但是，世民为了保护未婚妻一家，毅然选择与世人不同的做法，劝父母立即为自己完婚。

得到李家聘娶的礼单，还未启程的高士廉喜出望外，他急忙告诉无忌母子，高兴地说："我果然没有看错人，世民行事磊落，不愧是大丈夫所为。"接着，他命人准备嫁妆，决定将外甥女风风光光地嫁出去。

就这样，这桩婚事在略显匆忙中完成了，不足十三岁的观音婢嫁给李世民，成为他的终身伴侣。婚事暂时冲淡了时事动荡带来的种种不安情绪，高士廉卖大宅，换小宅，安顿妻儿和无忌母子，准备启程。观音婢和世民为送舅舅回家探亲，夜里，他们住在高府别院内，却发生了一件异事。

　　高府一名姓张的丫鬟，意外地看见在观音婢所住的屋外出现了一匹从未见过的大马，高达二丈，鞍辔齐备，神采飞扬。转眼间，这匹似乎从天而降的大马却又平地消失了。她大吃一惊，连忙将此事告知高士廉。高士廉遂命人卜卦，得《坤》之泰卦。筮人曰："至哉坤元，万物资生，乃顺承天。坤厚载物，德合无疆。牝马地类，行地无疆。变而之《泰》，内阳而外阴，内健而外顺，是天地交而万物通也。《象》曰：后以辅相天地之宜而左右人也。龙，《乾》之象也。马，《坤》之象也。变而为《泰》，天地交也。繇协于《归妹》，妇人之兆也。女处尊位，履中居顺也。此女贵不可言。"这神乎其神的说法，让高士廉心生敬畏，他联想世民为人，暗暗思忖：观音婢居然有这样至贵的命运，看来世民日后定会做出一番惊天动地的伟业来。

　　果如高士廉所预测，日后，世民成为一代英主，开创了"贞观"盛世。而观音婢身为皇后，表率天下，劝夫纳谏，爱护忠臣，夫妇二人是历代帝王后妃中难得的成功伉俪。

　　初嫁李世民，观音婢谨慎地侍奉公婆，与家人和善相处，很快赢得了众人的好感。世民看在眼里，喜在心上。他们十分恩爱，经

长孙皇后——中国历史上著名的贤德皇后

常一起读书赋诗，谈古论今，彼此鼓励，度过了一段甜甜蜜蜜的美好时光。

　　可是好景不长，观音婢嫁过来不久，李府又发生了一件大事。

第二节　末座少年

末座少年

窦夫人跟随丈夫李渊前往弘化郡任职，不幸身染重病，卧床不起。二十多年来，窦夫人相夫教子，管理家务，里里外外都是一把好手，她一染病，李渊顿感焦燥难安，急忙派世民四处去请医生。

世民请来当地许多名医为母亲治病，可是疗效甚微，世民心中十分焦急。这天，他来到母亲卧室请求说："母亲，我听说有位名医叫张仲景，医术高明，我想去请他为您医治。"窦夫人听罢，强撑着坐起来，盯着世民说："世民，生死由命，不可强求，即使华佗在世，该去世的人还得去世。母亲心里明白，你不用费力气了。眼下时局动荡，你父亲握有兵权，肯定会搅进这个漩涡当中，这才是你该考虑的大事。"

世民用心听着，垂泪说："母亲，您保重身体要紧，不要为父亲的事操心了。"

窦夫人笑了，看看世民说："你父亲为人宽厚，心性随和，这些年来忠心于朝廷，虽然没有立下大功，却因为身份关系，成了某些人的眼中钉、肉中刺。如今，你们兄弟还年轻，不能不考虑周密些。"

世民向来佩服母亲，觉得她聪慧机智，富有谋略，今日听她重病之际对自己说出这番话，更觉得母亲不平凡，点着头答应说："母亲，世民记住您的教导了，您放心吧。"

窦夫人微微点头说："这就好，世民，你兄弟姐妹虽多，可是母亲明白，只有你自小志向远大，不比常人，将来不仅会是父亲的好帮手，还能创立一番大事业。记住母亲的话，如今乱世已显，你父亲握有兵权，会越来越受到朝廷重视，你一定要见机行事，及时劝导父亲，保护好全家人。"

世民明白母亲的意思，郑重地点头答应。

时隔不久，年仅四十五岁的窦夫人病情加重，医治无效而客死他乡。世民在父亲的安排下，护送母亲灵柩转回老家武功安葬。少年丧母，人生大痛。乍一失去母亲，人生变故对世民的打击十分沉重，也让他顿时成熟不少，他无比沉痛地踏上返往武功的路程。

花季少年，忍受着丧母的剧痛渡过黄河，回归故里。十年离别，故乡是陌生的，也是令人十分怀念的。幼时在岐州大地上跃马玩耍的日子时时映现在世民的脑海中，他既渴望快速回到故乡，又担心回去以后会更加伤心。母亲已经不在人世，父亲又不在身边，物是人非，撇下这一大堆儿女该怎么办？世民不禁落下伤心的泪水。观音婢懂事地安慰世民，劝说道："母亲说得对，生死由命，你如此难过只会让母亲不能安心。我看我们还是节哀顺变，尽快处理后事，也好让母亲安心离去。"

世民答应着擦去泪水，快马加鞭，很快将母亲的灵柩护送回武功。

安葬完母亲以后，世民日日在广阔的关中大地上骑马射箭，发泄心中的郁闷痛苦,有时候一天一夜也不休息。多日的磨练,让他的心胸变得坚强起来,他记起母亲临终前的嘱托,逐渐走出丧母的阴影,开始为父亲和家庭的前途考虑。

可以说,这个时候的世民发生了一些变化,他变得沉稳成熟、坚忍有度,与以前那个活泼好玩、无忧无虑的孩子不同了,他已经成为富有谋断、敢于承担家庭重任的男子汉。

一天,世民受邀参加朋友聚会。席间,他默默坐在一角,倾听大家高谈阔论。原来,世民回到武功后,经常到长安居留。长安是国家都城、政治中心、各路人才聚集之处,世民来到长安,好似鱼游大海,顿觉天地之宽广。他善于应世而学,一旦意识到自己的不足,就虚心接受他人的各种长处,丰富自己的学识和见解。所以,每次聚会,善谈好辩的李世民反而不大言语,只是用最多的时间去熟悉环境,倾听别人的见解。

召集聚会的主人名叫王珪,出身名门,他的祖父是南北朝末年的名将王僧辩,他的家族太原王氏也是关东五大高门之一。王珪的叔父王颇是汉王杨谅的手下。太子杨广登基初年,杨谅起兵造反,遭到镇压,王颇因为参与造反,失败以后被杀。王珪属于王颇近支亲人,跟着倒霉,犯下谋逆大罪,罪该株连处死。王珪不甘就此白白送命,只好逃到外地。

王珪交友众多,有一些还是江湖上的豪杰。当年他就是在"长安大侠"史万宝的帮助下,逃到终南山"隐居"下来,侥幸躲过一劫。如今,十年过去了,杨广忙着征伐高丽,巡游各地,自欺欺人地觉得"国家稳定、百姓富足",过着越来越脱离现实的日子,渐渐失去人心。王珪就是在这时候回到长安的,他的胆子也够大的,一个被朝廷通缉的要犯,居然敢大模大样地在天子脚下晃悠。

　　王珪的母亲见儿子整日在外游荡，很少回家，担心他学坏了，就吩咐他说："你成天在外面交游，应该把你的朋友们带回家来让我看一看啊!"王母想透过儿子结交的朋友来判断儿子的品行。

　　王珪"隐居"久了，手头比较拮据。他的妻子见丈夫为难，就把蓄了很久的长头发剪下来，拿出去换钱置办了一桌丰盛的宴席。

　　酒宴摆好了，前来参加聚会的人很多，大多是贵族子弟或者名流雅士。王珪的母亲仔细观察每一位客人，注意他们的言谈举止和风度学识，突然盯着其中两位说："这两位客人有做辅相的才能，我儿子的富贵就不用操心了。"王母指的这两个人一个叫房玄龄，一个叫杜如晦。他们一个极富学识，善于分析谋划；一个虑事周全，善于决断，的确是不可多得的人才。他们后来辅佐李世民，南征北战，建立大唐，创立盛世，人称"房谋杜断"，是李世民的左膀右臂。

　　听到母亲对自己朋友的夸赞，王珪十分高兴，他刚要离席去请房玄龄和杜如晦，就见妻子走过来轻声说："依我看，你的这些朋友日后能够成就功名，却要依靠其中的那位少年。"说着，她手指向坐在末座的李世民。

　　王珪不禁疑惑地问："你是说李

杜如晦，凌烟阁二十四功臣之一，中国唐初名相

家二公子？”

“正是，”王珪的妻子说，“上次你请袁先生算卦，他对你说的话你可记得？”

王珪想了许久，拍拍脑袋，恍然大悟地说：“记起来了，记起来了。”

三人算卦

隋大业元年的时候，一个叫作袁天罡的人从天府之国的蜀郡，来到当时尚在大肆修建之中的东都洛阳。

后人提到袁天罡的名字，总和神秘的阴阳方技、测命相面的术数联系在一起。实际上就他本人来说，不过是一个天文历法学家，只是那个时代的天文历法都被笼罩上一层“天命”的神秘面纱，他也就成为人们津津乐道的一位出色相士。有关袁天罡的预言故事很多，在故事里他总是能够百言百中。

当时，袁天罡预言很准的传说流传很广，引起许多人的好奇。他来到洛阳以后，立即有不少人前来登门拜访。

王珪因为叔父一案遭到追捕，恰好逃到洛阳，在朋友韦挺和杜淹处躲避。他听说袁天罡来到洛阳，决定请袁天罡给自己相相面，测测未来。于是，三个年轻人结伴同行，一起来到袁天罡的住处。

袁天罡接待三人，并分别聊了聊他们的脾气性格，对他们将来的出路做了个大概的预测，然后非常神秘地说：“你们三人都是名门之后，将来却要做出违背朝廷的举动。”

此话一出，三人大吃一惊，王珪忙说：“现在天下太平多年，再说我们的家世早就不如从前，怎敢妄想其他？”

袁天罡笑着说："这由不得你们。你们只需记住,你三人将来都会成为朝廷重臣,而你们的命运会因为同一个人、同一件事而发生巨大变化。"

三人似懂非懂听完袁天罡的预测,互相看看也就起身离去。后来,王珪一直流落各地,丝毫看不到出人头地的

唐代著名的命理学家袁天罡与李淳风

机会,逐渐淡忘了当年算卦的事。随着东征高丽失败,各地义军纷起,朝局出现变动,王珪的生活发生着细微的变化,他隐约觉察出国家将有大事发生。

前些日子,他的妻子外出探亲的时候,听说袁天罡来到长安,于是记起当年算卦的事,怂恿丈夫再请袁天罡为自己算卦。这次,王珪又约了韦挺和杜淹,三人再次请袁天罡算卦。

袁天罡见到三人,立刻就认出他们,笑呵呵地说:"你三人的命运即将出现转机了。"杜淹忙说:"多年前,先生预测我们会背叛朝廷,是不是指的就是这件事?"袁天罡笑而不答。

韦挺说:"天下盗贼纷起,我听李建成说他父亲奉命在太原一代剿灭叛贼呢。"韦挺与李世民的哥哥李建成年龄相仿,两人从小就是挚友。

时局变动,已经不是几年前的太平盛世,人心浮动,这些名

门之后当然不会置身事外,所以杜淹和韦挺才敢这么大胆地议论时政。

袁天罡听到李建成的名字,当即抬起头说:"李家乃关陇旧族,军事豪强,听说他家一位公子出生时门前二龙起舞,世人无不为此惊叹。"

韦挺说:"他就是李建成的二弟李世民,今年十六岁了。"

袁天罡手捋胡须,微笑着说:"真是天机巧合,我看你三人的命运起伏都因为一个少年郎啊。"然后,闭目不再言语。

三人辞别袁天罡,各自回家。王珪把这次算卦的经过告诉妻子,当时只顾考虑个人前途,倒没有在意袁天罡说的最后一句话。

今天,宴席上妻子手指李世民说的话提醒了王珪,他记起袁天罡说的"命运起伏皆系于一少年"的话,不由一阵激动。这是他第一次见李世民,对他了解不多。这时,他再次细细端详这个深藏不露的少年,只见他面如冠玉,气宇轩昂,举止间颇显大家风范,果然不同于一般人,心里更是惊喜交加。惊的是满座名流,倒不如一个末座少年;喜的是自己能够请到这样的贵人,真是三生有幸。让王珪想不到的是,正是这个末座少年,不久就要纵横疆场,运筹帷幄间建立一番丰功伟业,而他投靠世民,在一场翻天覆地的大变动中成就了个人的事业。

后来,王珪、韦挺、杜淹同时触怒李渊,被撤职查办。在他们离开都城长安时,李世民派人送去黄金三百两作为他们的路资。这件事也被传为佳话。

当时的筵席之上,除了房玄龄、杜如晦、韦挺、杜淹之外,还有许多有名望的人物,诸如薛收、温彦博、陈叔达等人。他们作为前朝贵族后裔，多多少少都不怎么得志，甚至和当朝抵触。比如薛收，他的父亲是隋代名士薛道衡，在隋文帝时颇受重用，却因为一篇《高祖文皇帝颂》惹得刚刚即位的杨广不悦。当时薛道衡的至交房彦谦觉察到隋炀帝对薛道衡的歹意，就劝薛道衡杜绝宾客，闭门自守，以求保全。薛道衡却不以为然，结果不久就被杨广找了个借口论罪杀死。房彦谦正是房玄龄的父亲，而薛收作为薛道衡的儿子，认为父亲的死不当其罪，从此怨恨杨广，发誓不在隋朝做官。

　　少年李世民参加王珪宴会的事，被王家几代人铭记心间。后来，王珪的孙子王砅把这件事告诉唐朝大诗人杜甫，杜甫写了《送重表侄王砅评事》一诗，诗中写道："次问最少年，虬髯十八九。子等成大名，皆因此人手。"当时，世民不足十六岁，唐人以旧历计算年龄，所以有十八九岁之说，不管世民究竟有多大，从诗中我们都可以窥探到他少年时期的一段岁月，并且可以联想到当时的社会境况。

第三节　两次劝父

阿婆唐主

李世民在长安生活一段时间后，接到父亲书信，让他去太原帮助自己。世民不敢怠慢，急忙收拾行装，快马加鞭赶往太原。谁能料到，他这一去就是两年，而他再次回转长安时，已是率领千军万马、所向披靡的少年大将军了。

世民见到父亲，看他鬓发灰白，面容倦怠，不觉暗自伤心，劝慰说："父亲，孩儿不在身边，您一个人受苦了。"

李渊看着世民说："父亲一大把年纪，还怕受苦吗？只是朝廷多变故，让父亲心力交瘁啊。"

"发生什么事了？"世民急忙问。

"万岁要巡幸塞北，让我在三个月内修建成汾阳宫。"李渊叹气说。

世民听了，也皱起眉头。汾阳地处北疆，邻近突厥，多年来作为军事重镇，人们生活不算富裕。此地的行宫规模不大，如果再次修建，肯定会花费大量人力和财力。要在三个月内完工，时间实在是太紧了。而且隋炀帝杨广好大喜功，讲究排场，要是修建得不够华丽，定会惹恼他，引来大祸。看来，修建汾阳宫不是件小事。想到这里，世民说："汾阳宫已具规模，父亲可以在原有的基础上扩建几处宫室和墙垣，一来节省财物，二来也可以缩短周期。”

李渊摇头说：“万岁下旨，汾阳宫必须修建得富丽堂皇，与堂堂大隋相匹配，才足以震慑突厥，以显国威。”

世民忧心地说：“国乱未靖，盗贼未平，皇上怎么不以此为重任，反而耀武扬威于邻邦，这不是加重内忧外患吗？”

李渊无奈地说：“身为臣子，我们又有什么办法？这次让你来就是帮我修建汾阳宫的，我们不要议论时政了，还是赶紧行动吧。”

世民想了想，记起母亲临终前的叮嘱，觉得只有听从父亲安排，才会减轻他的压力。于是他答应父亲，开始安排筹建汾阳宫事宜。他一面召集工匠，制订详细的修建计划，一面发动百姓，利用农闲时间前来修建宫苑。由于世民舍得出钱，不管哪方面的人才，只要出力就会得到应有的报酬，这样一来，前来修建宫殿的人非常多，经过几十个日日夜夜不停地劳动，汾阳宫焕然一新，气派非凡。望着完工的汾阳宫，李渊高兴地说：“这下好了，我可以按时向万岁交差了。”

时隔不久，隋炀帝杨广果然从繁华的江南转道洛阳，带领着众多嫔妃、官员、侍卫，以及得到他宠幸的各色人物，共计几万人，浩浩荡荡奔赴太原而来。说起来，杨广夺取太子一位之前，封为晋王，封地就在太原。当初他在此地修建汾阳宫，作为自己的王宫驻地。登基以后，他很看重太原，曾经多次巡视此地。今天，他率领众人再次来到太原，准备巡狩北疆，向天下人显示国家的强盛和太平。他却不去想想，如此大规模的人马行动，不管到哪里都会给当地带来很大的压力，不仅浪费巨大的财力，也会给百姓的生活带来诸多麻烦。

李渊作为这次接驾的主要官员,奔走在汾河上下,力图把一切事务做得完美,以求让杨广满意。杨广来到汾阳宫,看到宫殿比先前华丽不少,心里十分高兴,随即下令让众多嫔妃进驻行宫,安排其他随行人员在宫殿附近驻扎下来,然后下令排摆酒宴,招待地方官员。席间,杨广品尝着各地进献的时鲜美味,不无得意。李渊小心翼翼随侍在侧,不敢抬头说话。

杨广兴致很高,边吃边与官员们闲聊,一副志得意满的样子。忽然,他看一眼坐在下面的李渊,问道:"李渊,你怎么不说话?"

李渊忙施礼说:"万岁,臣不敢妄言。"

杨广看着李渊,见他面色拘谨,脸上皱纹横生,一副老迈的样子,不由笑了起来,开玩笑说:"李渊,朕记得你不过比朕大四岁,怎么老得这么快,简直像个阿婆。"

在座官员听到杨广称呼李渊阿婆,顿时哄堂大笑。

李渊满脸通红,呐呐半天没有说什么。几个月来的辛勤劳作,换来杨广这样的戏谑,他的心情糟糕透了。好不容易挨到筵席结束,他拖着疲惫的步伐回到府邸。

李世民听说父亲回来了,急忙出去迎接,看到父亲满脸不痛快的表情,上前问道:"父亲,皇上对汾阳宫不满?"

李渊摆摆手说:"没有。"然后再无言语。

到底发生了什么事?世民焦急地思索着,转身走出府邸,去找刘文静。刘文静跟随李渊多年,后来得到李渊推荐做了晋阳令,正是当地长官之一。

刘文静把筵席上杨广戏弄李渊的事转告世民:"当今天子喜

欢羞辱他人,不把臣属放在眼里,这也是经常发生的事,你回去劝劝李大人,叫他不要放在心上。"

世民强压住怒火,回到府邸,联想多日来为修建汾阳宫迎接皇上,他们父子日夜辛劳,调动当地百姓在农忙中抽出时间参与修建,没想到却落得这么个下场,心里好不烦恼。世民边走边想,突然,他眼前一亮,记起母亲以前说过的一句话:"阿婆是堂主,是一家之内主的意思。"他想,父亲世袭唐公,唐与堂同音,如今皇上说父亲是堂主,也就是唐主。这样说来,阿婆一语暗示父亲将为人主。想来想去,世民不觉高兴起来,他兴冲冲回到家,把这番想法解释给父亲听。李渊听了,仔细想想,觉得很有道理,也就坦然释怀。

就在李渊兢兢业业为朝廷做事,打算换取杨广信任和重用的时候,一件危险的事情又发生了,这次,李渊能否逃脱一劫呢?在危机面前,世民又能为父亲做些什么?

劝父励志

连日操劳,加上心惊胆战地随侍杨广左右,李渊身体不适,病倒了。这天,杨广在汾阳宫召见群臣,打算离开太原,继续巡视北疆各地。李渊因病不能前往,没有去汾阳宫见驾。

杨广看到李渊没有来,觉得他对自己不够尊重,心想:怎么,你小小李渊在朕的面前还要摆摆威风吗?虽然朕让你在此处镇守,难道你握有兵权就敢蔑视朕?想到这里,生性多疑的他不由怀疑起李渊来,担心他像杨玄感一样起兵谋反。当时,李渊的外甥女王氏在一边侍立,杨广没好气地问:"你舅舅李渊呢?怎么还没有来?"

王氏忙说："回禀万岁，李渊病了，不能前来侍驾。"

杨广抬眼扫一下王氏，冷冷地说："病了，是不是快要病死了？"

王氏低头不敢回话。

杨广随后下令启程，也就把李渊的事抛诸脑后。

可是，这件事很快传到李渊耳中，他又惊又怕，惊的是皇上对自己如此态度，看来是不信任自己，盼望自己早死；怕的是一旦皇上追查起来，自己即便再忠心耿耿，也难免遭人诬陷而死无葬身之地。想到此，许多冤死在杨广手下的大臣一一浮现在李渊眼前，前面所说的文学家薛道衡才高八斗，仅仅因为一篇《高祖文皇帝颂》便得罪了杨广，最终难逃被杀的厄运。他死后，杨广恶狠狠地说："看看你还能写出'空梁落燕泥'这样的诗词吗？"嫉妒之心昭然若揭。还有杨素，生病不敢就医，唯恐连累家人只求速死。

他越想越多，越想越怕，胆战心惊地过日子。后来，他干脆不理政务，吃喝玩乐虚度光阴，但求如此放荡能够不让杨广怀疑自己，换来身家性命的安全。

一向勤恳宽厚的父亲像变了个人，日日花天酒地，不理政务，不恤民情。李世民看在眼里，急在心上。他想，父亲如此沉沦下去，只能换取一时苟安，现在天下纷乱，身在其位而不谋其政，不是有愧于国家和百姓吗？热血少年，一颗为国为民之心在沸腾燃烧着。世民希望天下太平，百姓安乐，这种胸怀正是他有别于他人、创立盛世的基础。

这天，世民听说父亲召集当地有名的歌妓在府上饮乐，情急之下，他冲进府邸，准备劝说父亲。走到门口的时候，里边传出一阵琵琶声,悠扬悦耳。世民听了片刻,突然计上心头。他叩门而入,走到略显醉意的父亲跟前说:"父亲,世民读书习武,却不懂得音律,我听说贵族子弟应该通晓音律,这样才能与身世相配,今天就请父亲教我弹琵琶吧。"

古画《秦府十八学士》之琴图

李渊醉眼惺忪,看着世民真诚的眼神,突然一笑说:"什么通晓音律,父亲不过玩乐罢了,你自幼擅骑能射,颇懂棋术兵法,这才是成就军功的基础,学音律有什么用?"

世民故意说:"四面楚歌,项羽大败,这难道不是音律的作用吗? 我觉得不管学什么,只要用心都会有成就,对事业有帮助。"

李渊听到这句话,放下酒杯说:"二郎啊,父亲年龄大了,无所作为也就算了。你可正在风华正茂的好年华,李家未来的希望都靠你了。"说着,他命人拿过琵琶,亲自调试琴弦,然后拂弦而歌。乐声阵阵,歌声扬扬,充满着奢靡之韵律,李渊深陷其中,一副自得其乐的模样。

弹罢一曲,世民上前说道:"父亲,我听说古代有军乐十八曲,曲曲激昂动听,催人奋进,是不可多得的好曲子,您可不可以教我弹奏?"

李渊想了半天,方才说:"记起来了,我小时候听你祖父弹奏过,曲子确实不错。"说着,再次手拂琴弦,款款而弹。

世民听到曲声高亢,似有千军万马奔腾之势,心里一阵阵激动，似乎置身于战场之上。

李渊弹奏完毕，放下琵琶说："多年不弹，今日弹奏这首曲子，还真让人觉得累啊。"

世民趁机说："父亲，您以前曾经说，琴棋可以娱乐，也可以影响人的性情，激励人的志向，我今天终于明白了。如果经常弹奏此曲，我想肯定不会沉沦下去，而是满怀激情地去做事，您说对吗？"

李渊拍拍儿子的肩膀，一股英豪之气油然而起，赞赏地说："你说得对，我今天就教你弹奏这首曲子。"说完，他屏退诸歌妓，只留下世民，父子二人边弹边聊，倒也其乐融融。

从这以后，世民以学琵琶为名，陪伴父亲左右，不时进言说："父亲，宦海沉浮，本是人生常事，您要多多保重，不要急坏了身体。"说完，他若无其事地继续拨弄琴弦。

李渊听了，心里又惊又喜，看着拂弦的世民，眼角不由得湿润了。

他从这件事上看到少年世民善于洞察时局，处理微妙关系游刃有余，心里更是高兴。此后，李渊对世民更加刮目相看，把家庭和政务上的许多事情都交给他处理。

不久，世民向父亲献策，把家里的几匹良马进献给皇上。果然，杨广非常满意，认为李渊并无二心，于是正式任命李渊为右骁将军。

李渊得到提拔后，更加倚重世民，时刻把他带在身边，让他帮助自己处理各种事务。世民得到锻炼的机会，开始广泛接纳贤才，扩展势力，很快成为太原一代有名的贤士，人称太原公子。

　　李世民有勇有谋智劝父亲,深得父亲欣赏。他十六岁时,父亲李渊奉命到太原平叛,时刻把他带在身边,让他帮助自己。期间,十万突厥兵围雁门,将杨广及其数万随行人员围困在塞北。危急关头,杨广下令全国军队北上勤王。李世民报名入伍参加勤王军队,并且献计破敌。

第六章 雁门智勤王 初试露锋芒

　　李世民跟着父亲征讨叛军历山飞。他单骑出阵，多次与敌正面交战，渐渐显露勇猛无畏的英雄气概，许多叛军在失败后纷纷投靠到他的帐下。一次，李渊深陷重围，眼看就要被敌军俘获，李世民奋起冲杀进去。敌军立刻蜂拥而上将世民围在当中，他能不能救出父亲顺利脱险呢？

第一节　突厥犯境

十万突厥围雁门

金秋八月，秋风送爽，塞北大地，丰收在望，喜悦流淌在人们的眼角眉梢。今年是个难得的好年景，老百姓们一年到头的辛苦终于有所回报了。这几年来，皇帝大兴土木，东征高丽，加上各地盗贼蜂起，搅乱了人们平静的生活。在乱世之中，谁不盼望有个好收成，过几天安稳的日子？

恰在此时，隋炀帝杨广率领的几万人马离开汾阳宫，奔驰在塞北广袤的大地上。杨广一心巡狩，只顾个人享乐风光，他的理由冠冕堂皇："巡狩各地，可以体察民情。远巡塞北，可以震慑突厥。"

隋文帝在位时，派将军长孙晟镇守北关，成功地扶植起一个弱势的启民可汗。启民可汗不仅

隋朝大将长孙晟武艺超群，能够一箭双雕

向隋臣服,终其一生都表现得十分恭顺。大业初年,杨广就曾经到北边巡游,在长孙晟的安排下,启民可汗奉旨迎驾,大大地满足了杨广皇帝的虚荣心。但杨广万万没有想到,这次巡狩塞北将是与上次截然不同的结果,他差点成了突厥人的俘虏。

杨广坐在御辇之内,左右美女相伴丝毫没有觉察到任何危机。一路上,他看到大片丰收在即的庄稼,时不时赋诗作词,歌颂自己创立的"太平盛世"。文武官员逢迎阿谀,极力称赞杨广诗词的华美。期间,不时有东方战报传来,杨广每次听到胜利的消息就会手舞足蹈,一旦听到失利的消息就大怒发火,动辄斩杀送信的使者,许多官员吓得不敢呈送消息。各地传来盗贼作乱的消息,也令杨广十分恼火。他看到这样的奏章就扔掉,并指着外面说:"你们看看,这么多盗贼作乱,为什么不把他们赶尽杀绝,反而来请示朕?传朕旨意,以后只要有盗贼,就立即派兵镇压,将他们一网打尽,别再来破坏朕巡狩的雅兴!"

如此一来,再也没有人敢向杨广反应实情,只是附和他、应承他,任其尽情玩乐享受,搜刮所到之处百姓的财物。杨广登基以来,多次巡狩各地,每次巡狩都像强盗一样榨取民脂民膏,这次当然也不例外。

一天,杨广正兴致勃勃地坐在华丽的乘辇上,边走边与嫔妃赋诗作乐,忽然前方传来急报。一名侍卫气喘吁吁地跑过来说:"启禀万岁,前方发现突厥大军。"

杨广吓得猛一颤,坐直了问道:"突厥大军?他们想干什么?是不是来迎驾的?"看来,他还沉浸在昔日的美梦中。

侍卫奏道:"万岁,突厥大军不下十万,声势浩大,攻城略地,见到粮食牛羊就大肆抢劫,不像是迎驾。"

被誉为"三关冲要无双地，九寨尊崇第一关"的雁门关

杨广顿时傻了眼，急忙问："竟然有这种事？裴矩呢？"长孙晟去世后，裴矩成为镇守北关的将领，这些年来都是他负责与突厥打交道，所以杨广急着找裴矩，询问其中缘由。裴矩忙来到御辇前，施礼道："陛下，自从始毕可汗继位，臣奉旨瓦解突厥内部团结，没想到始毕的弟弟不但没有听从臣的建议，反而向始毕告密，引起始毕对我朝不满；去年，突厥一股小部队入侵边关，臣派人阻截，杀死了始毕的心腹幕僚。这两件事都得罪了始毕可汗，臣曾向陛下禀奏过，估计他们不会善罢罢休。"

杨广听了，气得拍打着御辇说："你这个糊涂虫，与突厥搞成这种关系还不赶紧向朕说明，是不是盼着朕前来送死？"

裴矩跪在地上，不敢说话。这时，内史萧瑀奏道："突厥一贯秋天侵犯边境,抢夺粮食财物,今年塞北大丰收,恐怕他们是有备而来。"

杨广心想,自己怎么不偏不倚选这么个时候北巡,这不是自找挨打吗?看来,他忘记了自己打算借北巡震慑突厥的豪言壮语了。就在他暗自后悔的时候,随侍的文武官员一起进言说:"突厥大军逼近,请万岁到附近城池躲避一下,以避其锋芒。"杨广这才回过神来,慌慌张张带着几万人马朝最近的雁门(今山西代县西)逃去。雁门是大隋时期最北的军事城郡,其雁门关是太原的重要防守关口,就如潼关之于西安、居庸关之于北京、剑门关之于成都一样。雁门邻近突厥,多年来,担负着防御突厥的重任,经常遭到突厥军队的骚扰。

如今,杨广带着几万人马涌进雁门,小小的城镇顿时拥挤不堪,粮草供应成为摆在眼前的重要问题。原来,雁门地处偏远,人口不多,除了军队以外,生活在这里的百姓仅仅一两万人。平时,粮草供应都是从太原等地运送,只能供应少量人马食用。面对如此庞大的皇家队伍,小小的雁门何以应付?

此时,突厥铁骑长驱直入,势如破竹,很快就攻占了雁门郡所辖四十一座城池的三十九座,只剩下雁门和崞县(今山西原平北)未破。各处城郡失守,雁门城内人马骤增,一时间集合了十五万军民。而囤积的粮草只能够食用二十天,局势危如累卵。

突厥人依靠游牧狩猎为生,依水草而居,没有固定的住所和财物,向来羡慕中原富足的生活条件。所以,每到秋天丰收时节,他们就会出兵塞北,抢夺粮食和牛羊财物,作为过冬的物资。突厥始毕可汗继位后,听说隋炀帝杨广巡狩塞北,决定亲自率领大军侵犯边关,并打算活捉杨广,逼迫他纳贡称臣。

如今，杨广带着巡狩塞北的几万人马，落荒而逃进入雁门，成了突厥人的瓮中之鳖。眼见粮草将尽，援军未到，他除了抱着幼子失声痛哭之外，竟不知该如何应付危局。

汾水河上的勤王令

隋炀帝杨广面临危机，惶恐难安，唯有日夜啼哭，不知如何逃脱困境。说起来，杨广年轻时作为平定江南的主帅，曾经亲率大军，指挥过多次战斗，今天突遭围困，竟一时间无计可施。杨广联想多年来耀武扬威的生活，在众人面前总是一副高不可及的神态，与今日的狼狈真是天壤之别，心理防线彻底崩溃，唯有以泪洗面度日。

这时，随从的大臣们纷纷献计，有的说："粮草不足，不能坐以待毙，应该抓紧时间突围。"有的说："突厥十万铁骑，我们怎么突围？还不如固守城池，以待援军呢。"突围还是固守，成为文武官员们争论不休的话题。

杨广听来听去，最终无法决断。他焦急之下，哭泣说："当日在洛阳有享不尽的荣华富贵，为什么跑到这里来？"随从大臣们听了，面面相觑，无以回答。

这时，萧瑀提议说："陛下，当今之计，一是固守城池，二是抓紧时间派出人马请求援军。"

杨广这才止住悲泣，传令派兵突围送信，诏令附近军队前来勤王解围。

可是，派出去的人一批批被突厥人射杀，倒在城下，无一人能够幸免于难。危急关头，有人想出一个主意，将诏令写在木板上，放到河里，木板顺水漂流，自然也就将危情传递出去。

太原城外的汾水河边，一位少年正在饮马，他回头与站在身后的几个少年谈笑风生，好不快活。这个少年正是李世民，今天，他与无芳等人来到郊外骑马射箭、练习武功，十分尽兴。最近，李渊在山西各地奔走讨贼，把世民留在太原，让他负责府邸事务，随时等候消息前去帮忙。这期间，世民一直等着父亲的消息，所以从不怠慢，日日习武修文，熟读兵法，准备在战场上擒敌立功。就在几位少年谈笑之际，世民的宝马突然发出一声嘶鸣。世民回身拍拍宝马，说道："怎么，等不及了？急着上战场？"

他在拍打宝马的工夫，被河面上的几块木板吸引住了。他定睛注视了片刻，大声喊道："快，木板上有字，捞上来看看。"

无芳等人一起上前，将木板打捞上岸。世民仔细辨认，不由惊叫道："突厥入侵，围困雁门，皇上深陷重围，诏令四方军队前去勤王。"

几位少年顿时都惊呆了。

世民很快镇静下来，拿着木板说："突厥多年来一向恭顺，这次突袭，看来是有备而来。走，赶快去太原报告这一消息。"

此时，李渊正带领兵马在河北地界，附近的兵马只有左屯卫将军云定兴率领的不足一万人的部队。李世民来不及多想，快马赶往云定兴部，递上汾水河里捡到的木板，请求见将军云定兴。云定兴年近五十，他女儿本来是文帝时太子杨勇的宠妃，后来，杨广夺取太子位，云定兴本应受到牵连。可是，他为人狡诈，风头一转，加劲去讨好新太子杨广的宠臣宇文述等人，又主动要求杀掉杨勇的子女，因此化险为夷，不仅免于死刑和罢黜，还在新帝的朝堂上占据了一个位置。云定兴为了讨好宇文述等人，经常制造一些小而精致的日常生活用具，花费不多，却非常好用、贴心,比如遮住耳朵御寒的帽子、后方缺一角坐着可以更好地炫耀华服的马鞍,十分精巧别致。当时,很多人跟风学着他的方法做新帽子、新马鞍,这些新鲜事物常常在贵族中流行。宇文述推荐云定兴监制军械,造出来的武器甲具等等也都非常精良。可见,云定兴不仅善于媚上,还有些才能,是个不寻常的人物。

少年李世民自然对云定兴缺乏了解,只知道他是率兵的将军,外敌入侵,国家有难,当然要向他报告实情。云定兴见到世民送来的勤王令,当即令人带上世民,责问他说:"你从什么地方得到的这个诏令?"世民据实回报。云定兴似乎颇多怀疑,盯着李世民半天,才慢吞吞地说:"好吧,我会派人打探,你不用管了,回去吧。"

李世民急忙说:"突厥入侵,关乎国家安危,皇上深陷重围,将军理应速速发兵救援,不能拖延啊。"

云定兴不耐烦地说:"你小小年纪,懂得什么? 速速退下,不可多言。"

李世民正想据理力争,就见外面跑进一名士兵,急急地递上一份文件说:"将军,皇上被困雁门,前方传来急令,请各地速发兵解围。"原来,驻守在离雁门最近的城防官兵观察到雁门危急,几经探听,了解到事情的真相,不敢怠慢,连忙向各地发出勤王的急令。

这下,云定兴慌了手脚,立即擂鼓升帐,点兵排将,准备发兵雁门,勤王解围。

李世民一面观看云定兴调动军队,一面思忖着:突厥十万铁骑,云定兴部不过万人,悬殊如此之大,怎么样才能取胜呢?

第二节　疑兵计

世民参军

就在李世民认为敌众我寡、出师不利时，云定兴手下一位参事进言说："将军，突厥十万大军，我军兵少将寡，应该招募兵马，才能与敌人对抗。"

云定兴看看参事，想了想说："立即传令，年龄在十八岁以上、五十岁以下的男子必须参军勤王，不得有误。"

李世民听了，立即上前说："将军，在下愿意参军效力，勤王解围。"

看李世民如此积极奋进，云定兴不由得再次上下打量他一番。只见他衣饰华贵，举止威武，谈吐大度，一看就是贵族子弟，云定兴心里略略平静下来，问道："你叫什么？多大了？"

李世民朗朗答道："在下李世民，十六岁。"

云定兴思索一会儿，忽然问："你父亲可是唐国公李渊？"

"正是。"

云定兴笑起来，拍拍李世民的肩头说："原来是贤侄，你忧国忧君，真是个有为的好少年啊。不过，勤王解围，可不是闹着玩的，我看你年龄还小，就不要参军了，回去好好读书吧。"

世民急忙说："将军，世民自幼读兵书，习武功，学习骑射，一心想着为国建功,如今,眼看突厥大军压境,怎么能袖手旁观?"

云定兴和几名参事听着世民的请求,嘿嘿一笑。在他们心目中,像世民这样的贵族子弟除了吃喝玩乐、挥霍无度以外,还能有什么真正的本事? 所谓骑射不过是日常游戏罢了,还能真的带兵打仗? 云定兴不愧是官场老手,他当然不愿得罪李世民,于是说:"这样吧,我看不几日唐公的兵马也会赶到,你到时候跟随唐公出战,也是一样保卫边关了。"

世民听出云定兴的话中之意,义正词严地说:"将军,所谓兵贵神速,救人如救火,如果世民等父亲的兵马赶到,还能赶上勤王杀敌吗? 要是每个人都像世民一样,左等右靠,什么时候才能解救雁门之围?"

云定兴边听边点头,随后满怀喜悦地对手下人说:"李公子年纪轻轻,却有如此抱负和志向,是我们每个官兵都要好好效法的啊。"他借机鼓舞士气,意图出兵顺利。

就这样,李世民身为唐国公公子,参军到云定兴部,作为一名普通部将到雁门勤王抗敌。

经过一番整顿,云定兴集合了两万多人,他们悄悄离开驻地,趁着夜色朝雁门方向开拔。这些兵马大多是临时拼凑的,作战能力十分有限。一路上,有人无视军纪、随意谈笑,有人拿着兵器玩耍。李世民看到这种情景,实时向云定兴反映说:"将军,我军兵马都是拼凑起来的,战斗力弱,这样与突厥军队对抗,根本不堪一击。"

云定兴带兵多年,当然明白军队作战能力强弱对战局的影响,只是他新近来到北关,对突厥作战特点还不十分了解。他想了想说:"突厥远途跋涉而来,势力虽众,却无根基,我们只要隐蔽行动,乘机偷袭,攻其不备,说不定会获胜。"

听到云定兴的这个战术安排,李世民大吃一惊,急忙说:"将军,突厥人擅长奔走骑射,他们作战的目的是抢掠,而非战必胜、攻必克。他们作战的特点就是擅于机动和野战。我们如果采取偷袭战术,只能利于敌人行动,而非我军所长。这样的话,我们不但无法击退敌人,恐怕还会被敌人所牵制,区区两万兵马也会很快被敌人冲散。"

云定兴听罢,心里着实一惊,他想起长孙晟守边关时,突厥人形容其"闻其弓声,谓为霹雳,见其走马,称为闪电",从此,长孙家族赢来一个很威风的名号——"霹雳堂"。可见对付突厥必须有勇有谋,根据其特点作战,才容易取胜。如今,他的两万人马多是步兵,与擅长骑射的突厥大军难以抗衡,一旦双方交战,势必陷入被动,不但无法解围,反而可能被敌人消灭。既然偷袭敌军的策略是下策,怎么样才能以两万兵马击退十万突厥铁骑呢?

献计疑敌

云定兴带兵勤王,却苦于没有退敌良策,两万人马走走停停,等待观望,希望与其他援军会合一起赶赴雁门。转眼间,部队开拔已经两天了,才来到楼烦郡,离雁门还有一段距离。李世民心里十分着急。这天,世民登高远望,看到队伍绵延数里,旌旗随风飘摇,不由计上心头。他策马来到大军前对云定兴说:"将军,世民想出退敌之计了。"

云定兴忙勒马说道:"公子有何良策,请速速讲来。"

李世民望着蜿蜒行进的队伍,对云定兴说:"将军,世民以为这次勤王，必须大张旗鼓行进。"

云定兴疑惑地问："兵行贵在隐蔽，趁敌人不备，方能见机行事，我军区区两万人马，大张旗鼓行进，不是暴露目标吗？"

李世民回答说："所谓兵者，虚虚实实，这次始毕可汗倾全国兵力围我天子，必然认为仓促之间，我国内无援兵可至，他能乘机行事。如今，我军如果张旗行军，鸣鼓而行，突厥必定认为我救兵云集，人马众多。他们远途而来，不敢久留，见我援军势力强大，一定望风而逃。"

一席话让云定兴茅塞顿开，他高兴地说："公子真是足智多谋。我先前也考虑过这个办法，只是担心突遭强敌，我方不能支撑。"

李世民继续分析说："箭在弦上，不得不发，如今勤王之师已经出发两天，估计各地勤王军队会陆续到达。如果将军顾虑太多，不但错失良机，还会失去勤王的意义。"

这句话说到云定兴的痛处。他是个擅于钻营的人，岂肯浪费这次表现的大好机会？要是他率领的勤王部队首先到达雁门，并且成功击退突厥大军，将来杨广还不得对他大加封赏？世民看出云定兴的犹豫心情，为了促使他下决心采取行动，所以说出这番话来。云定兴当即采纳世民的建议，命令部队大张旗鼓前进。

这样，两万兵马拉开距离，绵延达数十里路，遍布在塞北大地上。白天，只见旌旗飘飘，漫山遍野都是大隋兵马；夜里，只听战鼓声声，号角连连，似有千军万马。如此"大规模"行军，令人望而生畏。出兵勤王的消息很快传到突厥始毕可汗耳中，他听说有大队人马朝雁门而来，急忙召集将军们商量对策。有人说：

"隋军援兵来到，与雁门隋军里应外合，必将夹击我军，我们怎么对抗？还不如趁援兵未到，先行撤退。"有人说："我们围城已久，眼看雁门就要粮尽了，如果不趁机抓住隋朝皇帝，以后恐怕就没有这样的机会了。"是继续围城还是撤退，始毕可汗左右为难。

这时，又有人说："我们进犯中原，无非为了夺取粮食牛羊，不是为了抢占土地，久占雁门有什么用？这次，我们洗劫雁门三十九座城池，所获颇丰，还有必要留在这里与大隋王师对抗吗？"原来，突厥属于部落联盟，组织比较松散，他们习惯游牧生活，即便攻下城池也很少长久占有，不过是掠获财物而已。

始毕可汗见军心动摇，害怕时间久了士兵会私自奔逃，到时候恐怕连自己都无法安全返回。他想起父亲在位时，曾经多次警告自己，汉人兵法奇妙，常常出其不意，攻其不备，也就痛下决心，下令班师回国。

十万铁骑得到军令，顷刻间纷纷掉转马头，携带财物，溃散远遁。看到他们狼狈撤退的样子，雁门城中军民一片欢呼。多日来，他们奋勇抗敌，军民一心，绝不向突厥投降，才坚持到如今。

此时，云定兴的两万兵马正逶迤前行，距离雁门还有六十里路。镇守醇县的齐王杨暕看到大军勤王，顿时振奋精神，一边鼓舞将士们奋勇追赶敌人，一边派兵马火速赶往雁门，禀告援军的消息。

雁门城内，杨广经过十几天煎熬，面容憔悴，心神疲惫。他听说突厥撤军，才长叹一声，起身来到外面，准备亲自迎接勤王的部队。文武官员随行两侧，一起来到城外，看到援军不过区区两万人，大多还是临时招募的士兵，顿时惊呆了。杨广不解地问："区区两万弱兵,怎么会击退十万突厥铁骑?"

云定兴说："臣采取疑兵计,大张旗鼓行进,疑惑突厥,他们以为王师已至,所以吓跑了。"

宇文述听了,忙禀奏杨广,极力吹捧云定兴退敌有功。杨广当即封赏云定兴,对他大加夸奖一番。听到这个消息,跟随李世民勤王的无芳愤愤地说："云定兴倒是个老狐狸,自己得了好处,也不向皇上推荐公子的功劳。"

世民哈哈一笑说："我参加战争,不是为了捞功,而是御敌卫国,锻炼能力,我的目的已经达到,还求什么功劳?"说完,他带着无芳等人离开云定兴部队,快马加鞭赶回太原,继续等候父亲的消息。

在这次兵不血刃的战斗中,世民"上兵伐谋"的疑兵之计及时挽救了一场危难,显示出他过人的智能和敢于决断的能力。多年后,他身为唐朝天子率兵抵御突厥入侵时,在渭水桥边六骑轻出,独对突厥大军,在生死边缘毫不畏惧,更显示出无比豪迈的英雄气概。天子一人退突厥,也成为流传千古的一段佳话。

再说雁门城内,围困已解,何去何从却成为摆在杨广面前的问题。一国天子,竟然不知道该回到哪里去了。这究竟是怎么回事呢?

第三节　征剿历山飞

奉命讨贼

杨广逃离险境，又陷入新的苦恼之中。多年来，他远离都城长安，一直生活在洛阳和江都，修运河、建宫苑、征高丽、巡游不断，国家财力损失巨大。眼下，他多年经营的成果不但没有让他保住繁华的表面现象，突厥犯境和各地纷乱不断，还给他带来沉重的打击，这位极度虚荣的天子不知道自己该何去何从，回长安还是继续去洛阳？回长安，关陇贵族会买自己的账吗？去洛阳，会不会还有杨玄感之流起兵造反？

为难之际，大臣苏威劝杨广回长安。他认为长安是国家根本，皇上不能再四处巡游了。杨广表面答应下来，内心里却非常矛盾。多年来，他为了巩固统治，多次杀害关陇军事贵族。如今极不光彩地回到长安，在关陇势力的包围下，他未来还有多少做主的机会呢？那些手握兵权的臣属，那些在关中声望卓著的豪门，会不会挟天子以令诸侯？这成为杨广的一大心结，他清楚大隋夺取天下的前后经过：三百年来动乱的局势让人人都有做皇帝的野心，他们杨家父子不正是这样取得天下的吗？

思前想后，杨广不敢回长安，而是执意回到洛阳，不久又从

被突厥吓破胆的杨广急忙逃往扬州

洛阳去了江都。从此,这位荒淫无度、虚荣奢侈的皇帝就再也没有回来,在此起彼伏的各地义军征讨声中,他被自己的宠臣杀害。正所谓"我梦江南好,征辽亦偶然。但存颜色在,离别只今年"。

杨广离开雁门前,下令征高丽的大军回归,全力征讨各地逆贼。樊子盖、李渊、王仁恭等人成为山西、河北两地讨贼的主要官员。

李渊临危受命,被提拔为太原留守。他上任前,安排李建成带着家人在河东蒲阪安顿,然后独自带着李世民进驻太原。从此,父子二人开始了平叛盗贼、北据突厥、广结英豪、经纶王业的大事业。

　　进驻太原不久,李渊接到飞报,历山飞、甄翟儿率众正由雀鼠谷进犯太原。说起历山飞,在隋末众多的"反王"里面并不算特别出名,但是,他们从大业十一年二月开始在河北中部起事,随后很快占领上谷(今河北怀来县附近),并且在易州(今河北易县)一带大肆活动。其中,号称"历山飞"的有魏刀儿、甄翟儿两人;号称"漫天王"的名叫王须拔,他靠近北部,联合突厥,成为当地很大的一股势力。

　　大业十一年冬十一月,王须拔攻破了河北高阳郡,之后,王须拔攻打涿郡(今北京地区),防守左御卫大将军、涿郡留守薛世雄和右武卫大将军李景出兵镇压。王须拔中箭身亡,势力大为削弱。在这次战役中,薛世雄的两个儿子薛万均和薛万彻、李景手下的武贲郎将罗艺以及尉迟恭因为讨贼有功逐渐崭露头角。后来,他们辗转投靠到李世民帐下,成为隋末唐初有名的将领。

　　王须拔死后,魏刀儿也很快遭到镇压。他躲进定州附近的深泽中,带着部分人马隐居起来。这时,他手下一名叫作宋金刚的将领继续待在易州和他互相呼应、彼此救援。魏刀儿手下还有一个偏将,就是甄翟儿。他直接采用"历山飞"的名号,带着一拨人越过井径关口,从河北北部一口气打到了太原附近。甄翟儿带领兵马四处抢掠,为害一方,在太原地区的南部、上党等地劫掠。

　　李渊听说甄翟儿进攻太原,当即召集将士,商讨迎敌战略。有的说:"听说历山飞兵多将广,在河北一带屡屡攻城略地,就连薛世雄和李景也很难对付他们。我们兵力不足,还是以防守为主。"还有的说:"区区毛贼,有何可惧的,我们正规军还打不过他们吗？"

　　就在众人议论纷纷的时候，坐在一边的世民起身说："甄翟儿不得民心，所率领的人马大多是临时聚合起来的乌合之众，缺乏战斗力，虽然号称十万，实际作战者不足两万，所以我们不用担心对付不了他们。另外，他们路经雀鼠谷，我们正可以乘机左右夹击，击溃他们。"

　　副将王威担心地说："贼兵两万，而我们可以调动的兵马不足五千，怎么与敌人对抗？"当时，李渊派出部分兵力北上抵抗突厥，所以势力减弱，兵马很少。

　　李世民却很有把握："我派人观察，发现敌军两万人马，绵延十里路还多，他们队形松散，纪律不严。如此长距离的队伍，一旦被从中间切断，必定首尾无法呼应，两万兵力实际上不足一万。这样的战斗力还有什么恐惧的？"

　　帐中诸将听了，都点头称是。这时，李渊说道："这支贼军战斗力比较差，我们兵分三路，派出中军诱敌，另外两支骑兵左右夹击，一举擒获他们。"

　　于是，李渊派王威带领辎重和部分较弱人马从正面迎击敌人，而他和世民分别带领一支精锐骑兵从左右两方袭击。

　　战争按照计划实施了。王威迎击甄翟儿，很快就被击败，他丢下辎重，带领兵马退却。甄翟儿部队将士看到战场上大量辎重物资，纷纷放下武器，前去抢夺战利品。如此一来，本来就不严密的队形顿时大乱，后面的士兵也跑到前面来抢东西。战场变成了抢劫场，不用攻击，甄翟儿部队已经乱得不成样子。就在这时，李渊和世民带领骑兵呼啸而出，直扑敌军。

　　正在抢夺物资的甄翟儿急忙传令，重新集合部队迎击李氏父子。李渊箭法高超,连连射击,击中敌军数人。就在他准备再次拔箭射敌的时候,就见甄翟儿亲自率领一支部队冲上来,冲散了李渊身边诸位将士,将他团团围在当中。

李渊仓皇四顾,不觉大吃一惊,不知道该如何脱离险境。

单骑救父

李渊深陷重围,眼看就要被冲上来的敌兵活捉了。就在这时,只听一声大喝,一匹宝马突然拦在李渊面前。马上少年威风凛凛,手持弓箭,片刻间射杀敌军数人,他正是李世民。

李世民与父亲兵分两路,左右夹击敌人。他看到敌军大乱之际,挥刀率军杀向敌军。这是世民第一次与敌交手,前次勤王,因为谋略得当,还没有交战就把突厥吓跑了。这次与敌军面对面交锋,激烈的场面让他热血沸腾,他率众杀得敌军连连后退,很快就攻破敌军一大片阵地。

正在他指挥作战的时候,远远看见一伙敌军朝父亲包抄过去,他来不及细想,提马冲了过来。李渊看见世民来到眼前,精神为之一振,拔出弯刀,与他并肩作战,拼死杀开一条血路。世民眼疾手快,手中的大弓比平常人重很多,每次射出一箭,必会射中一名敌人。看到他如此勇猛,敌军无人敢上前迎战。经过一阵拼杀,李世民保护着父亲脱离险境,退到后面的安全地带。

李世民对父亲说:"您是主帅,不要轻易深入敌阵,世民前去杀敌,您在后面指挥全局。"说完,冲进战场,与敌军厮杀在一处。

李渊看着世民亲冒箭矢、奋勇杀敌的身影,不住地点头说:"二郎如猛虎下山,真是不可多得的将帅之才。"

唐太宗与文臣武将的塑像

在骑兵猛烈射击之下,甄翟儿中箭身亡。敌军失去首领,顿时陷入混乱之中,大部分人开始奔走逃命。四周骑兵不断射箭,射杀敌军无数。眼见敌军已成败局,世民振臂高呼:"尔等听着,凡是放下武器,自动投降者,可免一死,如果顽固抵抗,杀无赦!"说完,让将士停止射击,采取围而不攻的策略。

听到这句话,敌军人马立时不再骚乱,他们停止奔走,看着站在高处的世民,好似黑暗中看到一丝光明,极其渴望,却又极其怀疑。世民再次大呼:"凡是放下武器自动投降者,确保你性命安全。如果顽固抵抗,则杀无赦!"说完,他命令无芳等人一起大声疾呼,整个战场回荡起同一喊声。

甄翟儿的部队开始有人放下武器,陆续走到世民身边,大声问:"将军,这是真的吗?"

李世民看着这些充满怀疑的眼神，当即立下誓约说："平叛意在平定骚乱，恢复百姓安宁的生活，怎么可以滥杀无辜。今天，你们愿意继续当兵的，可以留下来编入太原军中，不愿当兵的，发放给你们银两，各自回家好好过日子去吧。"说完，命令手下人让开一条道路，他指着出口说："各位尽行其便，以后不要再聚众闹事了。"

这些人见李世民少年英雄，纷纷放下武器，口呼将军，表示愿意归降。一位年龄稍长的敌兵上前说："将军真是神人啊。我们起兵几年来，被朝廷派兵镇压追杀，死伤无数，如今将军不杀我们，就是我们的再生父母。我们都是穷苦人，哪里还有家业？我们不回去，愿意追随将军。"说完，带头站到世民的队伍一边。紧跟着，很多人跑到世民的队伍里。

世民见此，高兴地吩咐手下人收编他们，进行统一管理。经过这次战役，世民不仅彻底平定了为恶多时的历山飞之乱，还扩编了整个队伍。

王威听说李世民没有乘胜赶杀敌军，反而临阵收兵，非常生气，来到阵前指责说："李公子，这些贼人反叛朝廷，皇上多次下令要将他们赶尽杀绝，你怎么敢违抗圣旨，庇护他们？"

李世民义正词严地说："王将军，平叛是为了安抚一方，让老百姓过稳定的日子，不是为了杀人。如果把他们全部杀了，不是更加激起民愤，让天下人不服吗？"

王威瞪着眼睛说："李公子，不管怎么说，我们一定要奉旨行事，不能违抗陛下的旨意。要不然，收编盗贼的消息传到万岁那里，我们可要吃不了兜着走！"

李世民反驳说："王将军，前番樊子盖将军率兵平定敬盘陀，沿汾水而上，一路见人便杀，见村即烧，大肆毁坏农田庄园，引起百姓怨恨，相继为盗者不计其数，结果越剿贼越多，您觉得这样做就是奉旨行事吗？世民看这样做只能让国家越来越乱，不堪为继。"

王威气得脸色发白，转身看着李渊说："将军，依你看，这些盗贼该如何处置？"他说服不了世民，当然希望李渊能够听从他的意见。

李渊生性宽仁，樊子盖大肆屠杀的事他也听说了，而且听说樊子盖因为剿贼不利，遭到皇上训斥，限令采取措施尽快剿灭叛贼。今天，李渊见世民收编叛军，以安抚为主，很快降服了诸多盗贼，倒不失为一个好办法。他内心十分赞同世民的做法，听到王威这么发问，说道："王将军，如果我们杀了这批叛军，历山飞余部可能会前来报复，这样的话，盗贼久剿不息，我们会不会像樊子盖将军一样受到万岁训斥呢？"

王威是杨广派来监视李渊的副将，是杨广的心腹之臣，他一心效忠杨广，希望尽早立功请赏。这次成功剿灭甄翟儿部，要是报告给杨广，自己也算立功了，如果真像李渊说的，杀了这些盗贼，引来更多历山飞余部，不是更麻烦吗？想到这里，他犹豫起来，沉思半晌，什么也没说，悻悻地骑马离去。

李世民见王威离去，亲自指挥兵士收拾战场，安抚降兵，进行整顿工作。另外，他还招抚降兵，扩编队伍，也为日后经纶王业开创了一个良好的局面。

李世民身为太原留守公子，在戎马岁月中不断结交当地豪杰，名声大振，许多文人侠士听闻他纳才结士前来投靠。其中虬髯客登门下棋、杀鹰祭雀，以及世民义结盗贼刘弘基等诸多故事流传甚广。李世民门客众多，除了武将之外，他还注重与文人名士交往，向他们学习文史，并拜师读《春秋》。

第七章 散财结英豪 以诗图大举

就在世民多方接纳人才之际，江南传来一道诏令：李渊讨伐突厥无功，责罚他前去江都负罪。这道诏令无疑是李渊的催命符。去还是不去，李渊痛苦焦急地思索着。李世民面对父亲的灾难会怎么办呢？是劝父亲前往复命还是劝说父亲举兵保命？他三次直谏能促使李渊痛下决心吗？

第一节 广纳英豪

虬髯客赠刀

随着第一次剿贼成功，李世民威望大增，他的身边聚集了许多豪侠义士。一天，世民正坐在府内与无芳对弈，家人来报说有人求见。李世民起身迎客，来人正是世民的远房舅舅，窦夫人的堂兄窦抗，他与刘文静并排而入，身后还跟着一人，此人二十五六岁模样，一脸络腮胡子。

世民忙招待客人落座，然后派人去请父亲李渊。今天，李渊一早去了军营，与副将商量抗击突厥的事。前次征剿历山飞时，副将高雅贤奉命与马邑守将王仁恭一起对抗突厥，他们没有按照计划行事，结果被突厥打败。高雅贤狼狈逃回，请求救兵。李渊担心失利的消息传到江都，杨广怪罪，所以急忙派兵增援。

再说李府内，世民与客人谈笑风生，议论时局和战争。这时，那位满脸胡子的年轻客人眼望棋局，突然提议说："久闻二公子棋艺精湛，在下想讨教一二。"

李世民忙谦虚地说："过奖了，我不过自幼跟随家父学习围棋，略通一二，哪有精湛之说，还望您多多赐教。"

刘文静笑着说："二公子不要客气，我这位朋友是个围棋迷，研究围棋与兵法多年了，见到围棋下得好的人就想请教。今天，他就是来向李大人和公子请教的。"

原来如此,李世民微笑着摆好棋局,与年轻客人对坐下来,示意客人先摆棋子。年轻客人也不客气,抓起四个黑色棋子摆在四个角落,嘴里还说:"我以数子守天下。"世民轻轻抓起一颗白色棋子,稳稳地放在天元上,坚定地说:"我以一子定中原。"

年轻客人脸色顿显异样,看着棋局呐呐地说:"公子果然是人中俊杰,我认输了。"说完,站立起身,不再下棋。世民笑着说:"您过谦了,刚刚开始,怎么就知道输赢。来,继续下。"

刘文静等人也奇怪地看着年轻客人,不知道他葫芦里卖的什么药。

年轻客人并无丝毫谦色,镇定地说:"我以围棋观天下,如今乱世纷纷,各路兵马并起,北有窦建德,南有杜伏威,中间瓦岗寨英雄云集,最近李密加入瓦岗军,势力更加强大。他们占据四方,以图大事,我综观这些人物,他们并没有一统江山的气魄。今天,公子一子定天下,当真是天下奇才。"

他侃侃而谈,似乎没有留意这是太原留守府邸,李渊父子正担负着讨贼重任。窦抗不时看看世民,观察他的反应。世民静静地听着,没有言语。其实,世民不是不明白。这些天来,他看到百姓流离失所,朝廷政治腐败。国将不国,民不聊生的时局让他痛心不已。他早就听说各路反王的种种事迹,对他们敢于反抗、不畏强暴的侠义之举非常佩服。前几天,他派人前去洛阳,打探瓦岗军的动向。如今,瓦岗军如燎原野火,越烧越旺,让他预感到朝廷的安稳日子不多了。可是,自己身为留守公子,怎么做才能于乱世之中救万民于水火?简单地镇压,还是投入到热火朝天的反隋大业当中?

看到世民无语,窦抗大着胆子说:"二公子,你知道李密吗?他正是当年杨玄感造反时的主要谋士。杨玄感兵败后,他四处逃难,最后无奈落草为寇,成为瓦岗军的新领袖,现在所向披靡,威震四方。"李密出身关陇旧族,少年时深受杨素信任,后来辅佐杨玄感。大业九年,杨玄感谋反,李密为他出谋划策,是他的第一位谋臣。杨玄感兵败后,杨广回到洛阳,看到繁华的都城和熙熙攘攘的人群,竟然说:"玄感一呼而从者十万,益知天下人不欲多,多即相聚为盗耳。不尽加诛,无以惩后。"于是,他下旨大肆杀害无辜百姓和官员。天子一怒,血流漂橹,浮尸百万,民不聊生。

今天,窦抗提起旧事,在座人无不唏嘘长叹。世民妻子的舅舅高士廉就是因为那次受到牵连,至今谪居岭南未回。

世民看看各位,最后将目光落在年轻客人身上说:"客人远道而来,见多识广,世民请您留在府邸,共同谋事如何?"

年轻客人微微一怔,手按佩刀没有答话。

刘文静见此,接过话题说:"二公子,虬髯公意在天下,恐怕不愿受制于人。"他称呼年轻客人为虬髯公。前面提到的李密正是刘文静的亲家。近些日子,李密率领瓦岗军攻城略地,震惊朝野上下,已经让刘文静倍感心惊。他知道,自己早晚要遭到朝廷追捕。不过,在入狱前,他希望见到李渊父子,与他们讨论一下天下局势。刘文静从年轻时就与李渊相识,了解李渊的为人;尤其是李世民,刘文静觉得他不拘小节,英武过人,将来会是个了不起的人物。所以,他这次带着虬髯公拜见李渊父子,有意试探他们的打算。

世民点点头,镇定地说:"天下大势,人力不可强为,如今人心所向,恐怕不是简单镇压就能稳定时局的,世民会见机而动。虬髯公意在天下,世民不会强求。"

被称作虬髯公的人站立起身,拱手施礼说:"人谓二公子侠义英雄,磊落豪杰,今日一见,果然不负盛名。我本来瞧不起天下众豪杰,打算一争天下。不过,二公子一子定天下,已经胜出在下许多,我看当今纷乱,最终会归于一统,完成这个大业的人将非公子莫属。"

他的话说得这么透彻,在座人无不惊异有加,呆呆地望着他。虬髯公不再多言,摘下佩刀递给世民说:"乱世纷纷,我既然无心争夺天下,就把宝刀赠英雄。"他赠完宝刀,转身对刘文静说:"在下告辞了。"说完,飘然离去。

传说虬髯公远渡东洋,到一座海岛上隐居了。后来,李世民追忆自己的戎马生涯,曾经多次写下关于围棋的诗,其中写道:

> 治兵期制胜,裂地不要勋。
> 半死围中断,全生节外分。
> 雁行非假翼,阵气本无云。
> 玩死孙吴意,怡神静俗氛。

以兵法言棋,下棋如同用兵,目的当然在于谋取胜利,但攻城略地,割据称雄,却不是为了个人建功立业,而是为了天下大计。所以,他认为雁阵排列得当,无须凭借翅膀也能直上云天;兵法贵在神气,虽无杀气,也能威慑敌人。从这种超然物外的用兵作战方法上,可见李世民指挥自若的大将风度。难怪虬髯公当年与李世民对弈,仅仅一子就甘拜下风。皇帝对围棋的褒扬,自然会影响到社会各阶层特别是文人士大夫对围棋的态度。李世民的棋诗引来弘文馆学士许敬宗、刘子翼等的唱和，也由此掀起了一个围棋诗歌的小高潮。上行下效，唐代围棋的繁盛也由此开始。

"风尘三侠"——虬髯客、李靖、红拂女

再说李府内，世民手扶宝刀，心潮澎湃，他似乎看到乱世纷纷当中自己一马当先，率天下人以图大举的壮观场面。

杀鹰祭雀

李世民以棋会友，引来虬髯公赠刀之举。这件事很快传遍太原，很多义士纷纷投靠到世民手下。这样一来，李家军队迅速扩充，人数骤然增多。凡有才能的人只要前来相投，世民总是以礼相待，毫不怠慢。

这天，世民带着一队人马巡视城外。日近中午，他们在汾水河边下马休整，演练队形。世民引出一位新近俘虏的步兵将领，请他指挥操练队伍。无芳提醒说："他刚刚被俘，会真心帮助我们吗？公子要谨慎。"

世民坚定地说："所谓用人不疑，疑人不用，既然他已经投靠我，我当然要相信他。"

得到重用的步兵将领十分感动，他尽心操演队伍，将士们十分投入地做着各种动作，步调一致，进步很快。

世民远远地在河岸上与窦抗、长孙顺德等人围坐交谈。长孙顺德是长孙无忌的族叔，在征高丽战役中失利，担心隋炀帝制裁自己，所以逃到李府避难。忽然，一只喜鹊飞到世民身旁，哀哀鸣叫。世民奇怪地看着弱小的喜鹊，说道："这只鸟叫声惶恐，肯定遇到危险了。"他一边护着喜鹊，一边抬头观望。果然，蓝天之上，一只老鹰正展翅盘旋，盯着下方。看来，这只老鹰正在追捕喜鹊。喜鹊无路可逃，于是钻到世民衣袖下求救。

凌烟阁二十四功臣之一、邳襄公长孙顺德

世民见此，笑着说："你们看，小小雀鸟尚且知道寻求生路，何况我们。如今民生凋敝，战乱频仍，人人寻求生路也是正常的事。"

长孙顺德说："正是。"

世民把喜鹊藏在衣袖下，过了许久，看不到老鹰，才抬起衣袖，放走喜鹊。

可是，喜鹊刚刚飞上天空，就见老鹰猛地从一株茂密的树冠后飞出，一下子就捕住了喜鹊，转眼间，将喜鹊啖食殆尽。

目睹喜鹊惨遭吞噬的过程，世民大为伤心，他失声悲泣道："喜鹊投靠我寻求保护，我却没有保护它，致使被老鹰所害，这是我辜负了它啊。"

看到他如此悲泣，诸义士无不动容。

后来，无芳组织诸人捕捉老鹰，一天就捉到了一百多只。他把老鹰放到笼子里，献给世民说："义士们听说公子为喜鹊伤心，纷纷捕捉老鹰，请公子处决老鹰，为喜鹊报仇。"

世民看着这么多老鹰，按剑叹息说："吃喜鹊的不过一只老鹰，我怎么可以随便处决这么多老鹰呢。无辜者不能受到连累。"说完，他转身对着众多笼中老鹰说："你们谁没有吃喜鹊，可以向我悲鸣示冤，我一定放你生还。"

顿时，老鹰们齐声悲鸣。世民逐个观望，发现其中一只低头不敢仰视，毫无声息。世民命人取出此鹰，对着它说："你吞吃喜鹊，罪当致死，今天我杀你你服气吗？"此鹰垂着头，始终不发一声。于是，世民命人杀了它祭喜鹊。

听说此事的人无不竞相传颂。他们感叹说："李公子不忍心辜负一只喜鹊，更不会辜负前来投靠他的诸人。"从此以后，无论贤愚贵贱、文士武将，纷纷归投世民。太原公子大名如雷贯耳，响彻山西大地。

当时，投靠世民的人才很多，其中有名的诸如唐俭、殷开山、刘政会、李思行、李高迁、武士彠、张后胤等。他们后来辅佐李世民父子起兵举义，立下汗马功劳，成为初唐的功臣名将。

这些人有的是隋朝的地方官吏，如刘政会，他是太原鹰扬府司马。鹰扬府是隋朝府兵机构，府兵起于北周，至隋朝完全成熟。司马是鹰扬府的副官，是很有实权的中层官吏。还有殷开山，他此时在山西太谷县做县令，治理能力不错：他秉承南朝的文化传统，以学行见称，尤其擅长处理文书，是一个能吏。

有的是世家子弟，如唐俭。唐俭，字茂约，家居太原。唐俭的祖父唐邕是北齐显贵。唐俭的父亲唐鉴，字君彻，是唐邕次子，入隋为官后与李渊是老朋友，如今虽已过世，但两家的交情都在。唐俭比世民年长十几岁，两人关系极好，自从世民来到太原，两人日夜相伴，成为无话不谈的至交好友。

有的是李家亲戚，像前面说过的长孙顺德、窦抗、长孙无忌等人。

当然，投靠世民的还有其他方面的人才，诸如李思行，他本是河北赵州人，家世也算显赫。在征讨高丽时，他积极纳粮捐款，反而被人诬告，说他串通叛军，意图不轨。李思行害怕遭到捕杀，于是逃到太原避难，听说世民散财纳士，便投靠世民门下。

在诸多投靠世民的豪杰中，有一个人的故事非常曲折，他是谁呢？

义结刘弘基

这个人名叫刘弘基,雍州池阳人,家居关中。他的父亲曾经做过河州刺史,官品不低。可以说,刘弘基也是官宦子弟。可是,在他很小的时候,父亲就去世了,撇下他们孤儿寡母,家境一日日贫寒下去。

刘弘基年少时喜欢行侠仗义,天天习武练功,游走江湖,不理家业,这样,他的家族更加衰败。很快,他连日常开支都紧张起来。朋友见他可怜,就推荐他做了一名卫士,成为朝廷府兵。东征高丽时,他被征入伍,前往辽东。当时,杨广下旨每个士兵都要携带足够的物资,诸如衣被、武器、食品等。这些物资由个人自费准备。结果,刘弘基穷得无法备足,只好东拼西凑,好不容易备齐所有物资,急匆匆赶往山西总部报到。路上,他发现行程紧迫,不能按时赶到总部。按照杨广下达的指令,如果延误行军日程,应当斩首。刘弘基和随行的几个同伴心急如焚,不知道该怎么办。去,是死路一条;不去,更要时时面临被抓捕的危险。

怎么办呢? 刘弘基几个人进退两难。危机关头,刘弘基想出一个主意。他对同伴说:"我们与其这样提心吊胆地过日子,还不如另寻出路。"

"什么出路?"

刘弘基指着路边的一头耕牛说:"我们走了这么多天,连顿像样的饭都没有吃上,还要时时担心被砍头,依我看,我们就是死也要做个饱鬼,不能做个饿死鬼,我们先杀了那头牛,饱餐一顿如何?"

同伴吃惊地说:"屠杀耕牛,可是犯罪啊,至少得坐一年牢!"

在农耕社会,耕牛属于极其贵重的农业生产资源,所以律法

凌烟阁二十四功臣之一，辅国大将军、夔国公刘弘基

规定屠杀耕牛是犯罪行为，惩罚比较严厉。

刘弘基哈哈大笑，说道："坐一年牢怕什么？总比砍头要强吧。"

同伴眨巴着眼睛想了半天，才恍然醒悟："明白了，你是说我们杀牛自首，这样就不用承担延误军期的罪名，不用被砍头了。"

刘弘基得意地说："对，杀牛报官，官府把我们抓起来了，投放牢狱，谁还追查我们耽误军期的事？"

他们说干就干，抄起准备上前线杀敌的武器，从四面包抄耕牛。耕牛正在田里怡然自得地甩着尾巴，吃着青草，一副无忧无虑的样子，哪里料到祸从天降！刘弘基武功高强，对付一头耕牛自然非常轻松。很快，他们就抓住耕牛，三下五除二就把它杀死，又着一块块鲜血淋淋的牛肉放到篝火上烧烤起来。

几个人肆无忌惮地杀牛吃肉，当然瞒不过附近的村民。耕牛的主人听说一帮年轻人在地边杀了一头牛，慌慌张张前来观看。他发现自己的牛被杀了，号啕大哭，回到村子带着一伙人来找刘弘基等人算账。

刘弘基也不躲藏，迎着耕牛的主人说："我杀了你的牛，没有钱赔你，你去官府告我吧。"

耕牛的主人一气之下，跑到官府告了刘弘基几人。这样，刘弘基如愿以偿被抓入狱，终于逃脱了砍头之灾。

一年后，刘弘基被释放了。这时，征讨高丽的战争也以失败结束，全国各地纷乱不断。出狱后没有生路的刘弘基无处可去，眼看天下局势将变，他也不愿回到关中，就在山西占山为王，开始了盗贼生涯。

刘弘基胆大豪爽，很快就团结了一大批豪侠。他们劫富济贫，对抗朝廷，势力逐渐增强，成为山西众多盗寇中一支很有名的队伍。眼看他们一日日强大，朝廷非常害怕，传令地方官员全力捕剿。这时，李世民跟随父亲进入太原，奉命讨贼。李渊作为山西、河北两地讨贼总指挥，自然十分渴望抓住刘弘基，也好向朝廷复命。在需要剿灭的众多盗贼中，李渊不是没有征剿刘弘基的打算，可是东面历山飞来势汹汹，北方突厥时有侵犯，让他没有能力顾及其他。在这种情况下，刘弘基依然逍遥法外，竟然时时出入太原，一方面打探朝廷消息，一方面寻找打劫的富户。在这个过程中，他多次听人说起太原公子李世民豪侠仗义，疏财纳士等等事迹。刘弘基听了，不以为然，心想，哼，又是拍马屁的人在吹捧吧。

不久，李渊派人去马邑运送物资，路上被刘弘基的人盯上了。他们在关隘设下埋伏，准备捉拿官兵，抢劫物资。刘弘基亲自指挥手下人行动，击败了官兵，俘获了所有物资。消息传到太原，震惊留守府邸。李渊大怒之下，准备亲自带人征剿刘弘基。李世民请命说："父亲身系山西河北两地安危，还是不要贸然行动，让世民前往，足以降服刘弘基。"

李渊正在为突厥的事忙得焦头烂额,听说世民愿意独自讨贼,当下安排心腹刘雷鸣等人随同世民,带着一千人去征剿刘弘基。

世民来到刘弘基的山寨附近,并没有采取立即攻山的策略,而是派人通知刘弘基,让他到山前迎战。刘弘基单枪匹马与李世民单独过招,两人厮杀了一百多个回合都不分胜负。所谓英雄相惜,在对打中,他们互相被对方吸引。后来,两人又比拼兵法。刘弘基敌不过李世民,被抓住了。

刘弘基不服气,要求再比。世民当即放了他,与他约定再次比试。这次,他们比试射术,看谁最先射下空中飞鹰。世民大弓长箭,率先射中飞鹰。刘弘基依旧不服,要求比试骑术。世民笑着说:"我自幼所长,正是骑马。我看我们不比我擅长的,还是比你擅长的吧。"

刘弘基想来想去,觉得自己善用埋伏,于是提议设下埋伏,如果世民能够逃脱埋伏,他就彻底认输。世民刚想答应,无芳等人阻止说:"恐怕这是刘弘基的计谋,公子不要上当。"世民说:"两兵交战,彼此埋伏,这是常事。如果我临阵逃脱,怎么能降服刘弘基?"

结果,世民临机善断,巧妙躲开刘弘基设置的各种埋伏,成功胜出。刘弘基再也无话可说,扔掉兵器说:"我早就听说公子的威名了,今日一战,公子诚心待我,以德服人,我心服口服,愿意归附公子,听凭公子处决。"

李世民笑呵呵地拉着刘弘基的手说:"义士武功超群,兵法娴熟,流落此间,岂不虚度一生,浪费了你一身本事?世民诚心接纳天下豪杰,如果你不嫌弃,就到我那里如何?"

　　刘弘基当即点头同意,带着他的一百多个兄弟投靠世民,成为世民得力的助手。世民没有因为刘弘基的出身和经历疏远他,相反,他对刘弘基极其友善和诚恳,"出则连骑,入同卧起"。

　　眼看世民的名声一天天响亮,前来投靠的人日渐增多,他身边有一个人忍不住向他吐露了一个秘密,并且由此为他引荐了许多文人,为他队伍的扩展增添了新的力量和生机。

第二节　文人相佐

陈季达荐客

向世民吐露隐情的不是别人，正是与他朝夕相处的陈二。多年来，陈二始终追随世民，与他一起读书习文。随着时局变动，世民日夜忙着演兵布阵，也就无暇顾及读书的事。不过，他对于陈二一直很尊重，将他作为谋士，引置左右。

陈二眼看政局动荡，世民一心为国为民积极奋起，再也无法沉默下去。这天，他见世民正在研读兵书，趁机近前说："公子，在下有一事隐瞒公子多年，现在想说明真情，不知道公子愿不愿意听？"

世民一愣，问："你有什么事瞒着我？只管讲，不碍事。"

陈二长叹一声，泪水流了下来，断断续续地说："我本名叫陈季达，是南陈王族后裔。当年隋灭我朝，我年龄尚幼，二哥陈叔达带我逃难到洛阳，没想到在那里离散了。后来，我变卖随身携带的家财，勉强度日。那一年，公子买我的存画，我有幸结识公子，被公子引置身边。这些年来，我隐姓埋名，不敢说出实话，是害怕被朝廷追杀。如今，天下动乱，公子侠义豪情，纳才结士，必会有一番大作为。陈季达不敢再隐瞒下去，告知实情，请公子裁处。"

世民听罢，伸手拉住陈季达说："原来先生是南陈皇族子弟，这些年置身府邸，受委屈了。你能将实情告诉世民，世民绝不会辜负你。"他想起陈季达初来府邸时母亲怀疑的目光，这才明白，原来母亲早就怀疑他的身世。

陈季达忙说："多谢公子，季达粉身碎骨也要追随左右，以效犬马之劳。"

"言重了，"世民笑着让陈季达坐在身边，说："天下大乱，世民有心振臂一呼，安抚天下，先生出身南朝世家，文化功底深厚，颇有文才，正可以出谋划策呀。"

陈季达当即献计说："公子，我观察多时，发现公子身边多是豪侠义士，缺少文人相佐。季达以为，安抚天下，不仅要有强大的军事力量，文化影响也非常重要。您看大隋天下，两代帝王只知道屯积粮食，削弱军事贵族的势力，进行武力统治，丝毫不懂得文治。建国多年，人心依然浮躁难安，这样怎么能够真正统一广大的国家呢？"

世民不住地点头称是。

陈季达接着说："依我看，公子除了吸纳义士之外，也要广泛结交文士，将他们团结在身边，一来可以构建和谐的团队，二来可以依靠他们谋划策略，三来还可吸引天下文人，掌控人心走向，岂不是一举多得的妙计？"

世民听罢，拍手称赞，高兴地说："先生所说真是太对了。世民尚武，却忽略了文人的作用，要不是先生提示，世民与普通盗寇有什么两样！"

随后，他安排陈季达全面负责结交文人一事。不管贫富贵贱，只要对方有文才，都可以引置府邸，散财供养他们。这样，当时落魄的文人也好，有名的雅士也罢，或者为了活命，或者为了成就功名，或者为了躲避乱世、求得保护，纷纷投靠李府，成为世民众多门客中的一员。这些人中比较有名的是温氏兄弟。

温氏兄弟指的是温大雅、温大临、温大有三兄弟。温氏是关东世族，祖居太原。北周与北齐对峙时，太原是北齐重镇，温氏兄弟的父亲温君攸在北齐任文林馆学士，是有名的文人。温大雅，字彦弘。温大临，字彦博。温大有，字彦将。他们大约生于北周建德年间，年龄与李渊相仿，比世民年长许多。温氏三兄弟都是当时著名的文学之士，和关东名士们关系密切。前面提到的著名文人薛道衡就是他们父亲温君攸的至交，薛道衡每次见到他们三兄弟都会大大称赞一番，说他们都是卿相之才。隋朝一统后，属于关陇旧家的名士李纲和温君攸多有来往，关系密切。因此，温家兄弟得到他推荐，得以在朝廷任职。

随着各地叛乱纷起，温家三兄弟觉得局势太乱，担心对自己不利，于是老大辞职回了太原老家，正赶上他们的老母亲去世，老二、老三也借奔丧之名回到太原。

温氏三雄

三位文化名流都在太原，陈季达当然不会错过时机。他天天上门拜访，很快就与他们成为朋友。温家兄弟早就听说李渊父子抗拒突厥、征讨盗贼的事迹，在与陈季达交往中，了解到世民的为人和志向，有心结识这位英豪的小公子。陈季达把这个信息转告世民，世民立即整衣弹冠，带着丰厚的礼物亲自去拜望几位文人。

乱世之中，有兵就是老大，就可以不把其他人放在眼里。年少的世民不但没有如此做，反而主动上门请教，让温家兄弟倍感激动。他们迎出府邸，恭敬地接待这位留守公子。世民非常谦恭，极其认真地与他们探讨文学和时局，对他们礼貌有加，还极力邀请他们到李府做客。

通过交往，温家兄弟与世民父子成为关系很好的朋友，多次登门向世民献计献策。后来，他们辅佐世民父子起兵举事，成为大唐的开国元勋。

随着温家兄弟与世民交往的加深，他们不断为世民引荐当时的有名文人。这些人一传十，十传百，都知道太原公子李世民散财纳文士的事。他们相互引荐，投靠到世民手下。正是有这些文人相佐，世民的事业才呈现出与众不同的特点，在隋末诸多反王中脱颖而出，最终胜利地攻克长安，逐鹿中原，建立了大唐帝国。可见李世民集文治武功于一身与他少年时期多结交文人、重视文化有很大关系。

拜师读《春秋》

李世民广纳文士，虚心向他们求教。这时，一位叫张后胤的人成为世民的新老师。张后胤，苏州人，家族显贵。南北朝时期，南朝的士族主要由两个部分组成，一个是五胡乱华时迁徙过去的中原士族，另一个就是真正的江南本地士族。这些真正的江南本地士族号称"吴郡四姓"，即吴郡四大家族"顾、陆、张、朱"。其中，张氏从东汉末年开始，历经东汉、东晋、宋、齐、梁、陈几百年起伏，多出文人名士，声望久经不衰。张后胤正是张姓士族的后人。他的父亲张冲南在陈灭亡后被征入隋廷，为汉王杨谅讲授文学，迁到太原居住。张后胤家学渊博，尤其擅长《春秋》。

张后胤也是南朝士族后裔，与陈季达很快就成为好友。陈季达了解到张后胤的所长后，即刻向李世民推荐他。世民很高兴地拜见张后胤，请他为自己讲解《春秋》。

张后胤虽出身士族，但这些年来家国动荡不安，父亲因为汉王杨谅谋反差点受到牵连，所以一直谨慎做事，不敢有丝毫张扬。听说李世民是留守之子，他担心牵连进时局之中，惹火烧身，因此拒不接受世民的邀请。

世民多次求见，都吃了闭门羹，无芳等人气愤地说："有什么了不起的，《春秋》谁不会读？公子，不用求他了，我派兵把他抓回去，看看他还有什么能耐！"世民忙制止说："周文王访贤，在渭水边求得姜子牙，共商天下大计；汉王刘备三顾茅庐，请出诸葛亮，创建蜀汉。前人纳贤若渴，成就伟业，我们应该向他们学习。"说完，他独自徒步前往，再次来到张家府邸门前。守门人看到李世民又来了，忙过来说："二公子，老爷出门远游了，不在家。"

世民微笑着说："不妨事，我等他回来。"然后，他站在张府门前，一动不动地等着。时值夏日，烈日炎炎。曝晒之下，李世民很快汗流满面，衣服都湿透了。可是他没有放弃，依旧定定地站着，虔诚地等候张后胤接见自己。

很快，张府的门人看不下去了，他们慌忙进进出出，把李世民的情况回报给藏在府内的张后胤。张后胤几次见到世民，觉得他虽然年少英武，却不乏坦诚仁义，心里十分喜欢他，不过碍于时局，总是有所担心。现在，听说世民独自来到门前，而且顶着烈日不肯离去，心里又多了几分挂念。就在他左右为难的时候，一名下人跑进来说："老爷，不好了，留守府的兵马开过来了。"

张后胤大惊，拍打着手中折扇说："哼，果然不出我所料，软的不行就来硬的，李渊，这次你可小看我了。我张后胤就是死也绝不向你投降。"说着，他大步流星走出府邸，准备面对留守府兵马。

他走出府邸，却见一队兵马掉转方向，朝着远离自家的路走去了。门口，李世民看到张后胤，恭敬地施礼说："世民打扰张先生了。"原来，无芳听说世民被拦在张府外，立即带人前来助阵，可是世民哪里容他们胡闹，当下就把他们打发走了。

张后胤看看世民，说："公子，我不过一介文人，没什么本事，你还是另请高明吧。"说着，转身就要走进府邸。世民忙上前说："先生，世民常听人说'文可安邦，武可定国'这句话，想必文武齐备，国家才能建立和稳固。如今天下纷乱，武夫横行，长此以往，国家依旧不能安定，世民有心安抚天下，请先生不吝赐教。"

听到世民这番话语，张后胤不由惊讶地想，早就听刘文静说李世民是奇才，将来必会成为天下英雄，果然不错啊。他小小年纪，竟然深深懂得安邦定国的道理，如果在乱世中振臂一呼，岂不是天下响应？与各地反王相比，他文韬武略，侠义豪情，胜算自然更多。想到这里，张后胤不禁开口说："公子果然不同凡俗，请进吧。"

就这样，世民拜张后胤为师，开始深入地研读《春秋》。《春秋》是我国第一部编年体史书。按年记载了春秋时鲁国从隐公元年到哀公十四年或十六年间（公元前 722 年～前 481 或前 479 年），共计二百四十年间春秋各国的历史大事。其纪年依据鲁国，记述范围却遍及当时整个中国。内容包括政治、军事、经济、文化、天文气象、物质生产、社会生活等诸方面，是当时有准确时间、地点、人物的原始记录。所以司马迁在《史记》中曾说："故《春秋》者，礼义三大宗也。"以此强调《春秋》在政治、文化方面的巨大作用。

关公夜读《春秋》

春秋时期，诸侯割据，各自为政，与隋末的形势有些相近，所以，世民应世而学，希望从古人的经验和智慧中吸取有用的东西来指导自己的行动。张后胤不负所望，将毕生研究成果一一传授世民，让他在实践中很快就掌握了《春秋》精髓。

一天，世民手捧《春秋》问张后胤："先生，春秋时期，五霸相继称雄，又相继败落下去，这是什么原因造成的呢？如今隋室暗弱，反王并起，逐鹿中原，究竟花落谁家呢？"

张后胤回答："古人认为国家更替就像天道运行一样，所以用五行来解释天下大事。我觉得五霸强盛，首先在于国王会用人，懂得构建一支强有力的和谐团队来管理国家，这样就像是日月星辰各安其道运转，百姓安心生产，官吏尽职尽责，国家就逐渐稳定繁荣。如今隋室已经像秦末一样，衰败不可避免。不过各路反王之中，能够像汉高祖那样，手下人才济济、目光远大的人却不多。依我看，唐公仁厚，公子礼贤纳士，遍交英豪，与高祖类似，如果振臂一呼，当会从者无数。"

就在师徒两人兴致勃勃谈论的时候，忽然，门外慌慌张张跑进一人，大声说："公子，不好了，万岁下旨，召老爷去江都。"

不知道强弩之末的杨广为何要召见李渊，李渊面对诏令，又为何如此慌张。

第三节　系狱事件

李渊负罪

远在江都的杨广突然下旨召见李渊,吓坏了李府上下所有人。原来,李渊派副将高贤雅辅佐马邑守将王仁恭抵御突厥,两人接二连三失利,马邑兵败的消息传到了江都。杨广大怒,对李渊和王仁恭大加斥责,即刻传旨将他们押解江都负罪。当然,让杨广对李渊深感不满的不仅于此,还有一个更重要的原因。

当年杨坚做了一个噩梦,梦到洪水淹没都城,水中唯有一棵李树独立存活。为此,杨坚曾经怀疑过李姓重臣,对李氏家族多有打压,后来也把这件事告诉了杨广。杨广登基后,他信任的宠臣更是直接对他说出"李氏将兴"的谶语。多年来,杨广始终对这件事念念不忘,大业十一年春天,宠臣宇文述诬告郕国公李浑,重新提及李氏的危害。李浑的家族是"十二大将军家"之一,处于关陇军事集团的核心地位,恰恰李浑的名字就带三点水,侄子李敏小名又叫"洪儿",杨广愈发忌讳。李浑得罪宇文述,真是自寻死路,杨广借机说起父亲常常在梦中提醒自己,以此逼迫李浑一家自杀。李浑哪里相信这些鬼话,不愿自杀。于是,杨广下旨将李浑满门抄斩。处置完李浑后,杨广稍稍安稳了些日子。不过很快他又陷入烦恼之中,这是因为李氏在朝中做官的太多了。当年"八柱国家"就有两位姓李，一个是唐国公李虎，他的继承人就是李渊；另一个李弼，他的重孙李密已经造反了。想来想去，杨广怎么能够对李渊放心呢？

恰在这时，马邑失利的消息传来，杨广觉得正好借机处置李渊，因此传旨让李渊来江都请罪。谁都清楚，李渊交出兵权，远赴江都，就像老虎离开山林一样，只能任人宰割。

李渊当然听说李浑一家惨遭杀害的事，也知道多年来隋朝两代皇帝

唐高祖李渊的画像

对自己家族的种种猜忌和提防。他似乎看到自己被押往江都、客死他乡的悲惨命运。想想孩子们年龄尚轻，妻子早亡，自己死了，撇下一群孩子可怎么办？想到这里，他面对诏书，不禁泪流满面。心腹刘雷鸣上前劝道："和大人一起问罪的还有马邑太守王仁恭，大人何不与他商量一下，看看如何应付眼下局势？"

说起王仁恭，曾经也是一时名将，他在隋炀帝杨广数征高丽的战役里有过很不错的表现。第一次征高丽时，因为隋军过于庞大，大多数队伍没有与敌人交战就自行溃乱，唯独王仁恭指挥的队伍自始至终队形齐整，军纪还算严明。大军遭到追杀时，他的队伍也没有溃散，算是保住了天朝威仪。他的做法满足了虚荣心极强的杨广，受到嘉奖和提拔，他也成为镇守北关的大将。王仁恭所镇守的马邑，与突厥接壤，前些年双方关系融洽，这里的任务不算重。自从杨广遭到雁门之围后，双方关系恶化，马邑

成为突厥人经常骚扰的地方。

王仁恭虽然受到杨广重用，可是他的实际作战能力却一般。特别是对付突厥，他缺少经验和灵活机动的战略战术，因此屡屡失败。而且，王仁恭作为郡守，不以百姓和国家为重，贪污纳贿，私吞军需物资，虐待将士，手下人对他多有抱怨。这样一来，他所率部队的作战能力大大降低，很难与强悍的突厥对抗。时逢灾荒，百姓民不聊生，王仁恭却不开仓赈灾，救济百姓，引起当地百姓怨恨。他的部队失去支持，更加孤立。所以，他只有经常派人向李渊求救。李渊本来就担负北抗突厥的任务，也就时常派遣副将去支持他。

一次，李世民跟随高贤雅一起去马邑对抗突厥。他带着一支百人左右的骑兵队伍，在广袤的战场上与突厥展开激战。世民使用的弓非常大，他用的箭都是羽箭，速度极快。他弯弓远射，势大力沉，连发十七箭，接连射中十七名突厥士兵。突厥军大惊，四散而逃，不敢上前应战。

突厥败退，王仁恭非常高兴，设宴款待世民。世民谢绝说："将军，世民杀敌卫国，这是分内的事。我认为，突厥兵马强悍，擅长奔走，而我军多步兵，难与他们对抗。要想长久震慑突厥，让他们不敢进犯中原，我们也应该发展骑兵，培养强大的骑兵队伍。骑兵与步兵联合作战，一定有利于战胜突厥。"

王仁恭一面点头，一面说："公子说得有道理啊。"他虽然答应了，却没有付诸实施，依然采用老办法对抗突厥，也就一直没有威慑住对方。

李世民从这次战役中深有体会。他回到太原后，加紧培训骑兵，自己的骑兵队伍发展很快。后来，他带领的骑兵东征西战,成为一支战斗力极强的队伍。此后,我国真正意义上的骑兵就产生了,所以说,李世民在发展骑兵事业上功绩卓著,不愧为我国骑兵第一人。

就在王仁恭消极对抗突厥、屡战屡败之际,皇帝杨广不耐烦了,一纸诏令,问罪两位太守,命他们赶赴江都请罪。王仁恭在当地飞扬跋扈,作威作福,看到皇帝的诏书却傻了眼。他哭哭啼啼地派人去找李渊商量对策。

李渊本来还想向他讨主意,他却提前来找李渊。看来,这两位镇守北关的太守面对皇帝问罪,内心慌乱没有了主意,真不知道他们如何躲过这场灾难。

世民三谏

就在李渊惶恐无计的时候,世民挺身而出,为父亲分析时局,做出了一个大胆的决定。他劝父亲说:"如今天下大乱,人心思变,除了父亲固守的太原外,其他各地战火纷纷,义军遍布大江南北,朝廷越剿,盗贼越多。长此以往,隋室肯定无力安抚天下,父亲又怎么能够坚守一方呢?我看父亲不如顺民心,举义兵,转祸为福,免遭羑里之厄。"

羑里之厄指的是周文王起兵前,商纣王对他多有猜忌,借机将他关押在羑里。结果,周文王在牢狱里一待就是七年。后来,他的大儿子伯邑考通过各种关系去解救他,却被商纣王的宠妃苏妲己陷害,做成了人肉丸子。商纣王强迫周文王吞食人肉丸子,对他进行精神摧残。

李渊听了世民的话,大惊失色,跌坐在椅子上惊慌地说:"你怎么敢说这样的话!要不是你我父子亲情,我现在就要把你送

周文王姜里演《周易》

到官府去。"说着,拿出纸笔,就要书写举报的奏章。

世民并不害怕,他坦然地说:"世民虽然鲁莽,但这几年在太原拒突厥,征流寇,广结文武人才、世之豪杰,了解时事变化,人心向背,看到皇上无道,百姓穷困,国将不国,哪里还有家园乐土?事实面前,世民觉得只有顺应天时和人心才是真正的英雄所为。如果父亲执意告发世民,我也不会躲避!"

看到世民正气凛然,所言句句属实,李渊长叹一声,摆摆手说:"父亲与人亲善,历来不分贵贱远近,今天哪肯忍心告发自己的亲生儿子!你要当心,以后不要妄言妄语。"说完,闭目垂头,再也不理世民。

时事危急,李渊当然也很清楚,但他思前想后,始终难以决断。

第二天,世民一大早又来到父亲住处,开口进言道:"父亲,如今各地起兵的人越来越多,您奉命讨贼,贼哪里能够讨尽? 要是讨贼不尽,终究免不了问罪。"

李渊来回踱步,沉默不语。世民接着说:"多年来,世间流传着李氏将兴的谶语。所以,郕国公李浑一朝灭门,三十几口人惨遭屠戮。前车之鉴,父亲不得不深思。即便父亲讨贼立功,也会因为功高盖主受到皇上更大的猜忌,危险更大。所以父亲应该慎重考虑世民昨天的建议,只有这样,才能避免杀身灭门之祸,请父亲不要再犹豫了。"

李渊仰面长叹,极其无奈地说:"我昨天夜里想了一夜,觉得你说得也有道理。只是你们兄弟年轻,到现在还没有聚拢,我担心一旦行动,对你们不利,这样一来,岂不是自取灭亡吗? 还是不要乱说了。"

看来,李渊对于起兵一事没有把握,不敢痛下决心。

第三天,世民再次来到父亲居处,慨然进言说:"太原兵马精壮,蓄积巨万,足够应付举事大义,请父亲不要疑虑,速派人传信,让大哥带家人前来,共举义旗,以成大业。如果沉思不决,夜长梦多,反而错失良机,引来杀身之祸。"

李渊沉思良久,无奈地点头说:"事已至此,也只好听从你的主张了。全家人的性命都托付给你,家国前途也交付于你。"

世民毫不畏惧,语气豪迈地说:"芒砀山泽,是处容人。请父亲不要担心,我们举兵起事,也是效法汉祖,以观时变。"

当年,汉高祖刘邦举兵起事,隐藏在芒砀山中,聚集兵马,以待时局,最终西入长安,成就帝业。世民以汉祖比拟,也是为了激励父亲,意思是说,我们完全可以像刘邦一样,在躲避朝廷追捕中团结人才,树立大业。

　　李渊既然决定起兵，就抓紧时间招募人才。这时，他才发现李世民广纳英才，散财养士，已经为他培养了大批文士武将，可谓人才济济。于是，李渊安排世民招募兵马，扩展势力。

　　世民受命后，立刻派遣身边的人诸如刘弘基、长孙顺德为他招兵买马，训练士卒。同时，他广泛接触太原各级官吏，以争取他们对自己的支持。这些人中，有许多人早就看清了朝廷的腐败和赢弱，不愿意继续为隋室卖命，于是或明或暗投靠到世民手下。其中，一位叫刘世龙的低级官吏在太原起兵中发挥了重要作用。

　　就在世民紧张地招募兵马时，事情一波三折，又起变化。原来，隋炀帝杨广的第二道诏书传到太原，大意是不用李渊去江都了。李渊接到这道诏书，惊喜交加，急忙命令世民停止举义的准备工作，另做打算。眼看大事就要兴起，父亲却临阵改变主意，让世民好不烦恼。他想，杨广摸透了父亲的性情，所以对他恩威并施，无非为了让他死心塌地效忠隋室。可是杨广反复无常，对父亲疑心很重，早晚有一天会对父亲采取严厉措施。到那时再行动，悔之晚矣。况且，杨广无道昏君，致使国家百姓深陷水深火热之中，我世民怎么能够袖手旁观，眼看着人们遭殃，国家受难呢？

　　世民自幼志向远大，以天下为己任，乱世面前，岂肯置身事外？

　　乱世纷纷，反王并起，李世民劝父举兵，李渊依旧左右徘徊，难下决断。世民知道机不可失，于是探监问计，刘文静在狱中献上直取长安的计谋，还提醒世民通过裴寂劝说李渊。李世民散财结识裴寂，终于成功劝动李渊，开始招募兵马，做着南下的准备工作。

第八章 劝父起义兵 少年献奇计

就在世民积极劝父起兵、招募兵马之际，杨广派遣监视李渊的两位副将觉察出了李家父子的动机，开始阻挠举兵大事，双方剑拔弩张，一场残酷争斗即将上演。

第一节 探监寻计

不计前嫌

李世民劝父举义,父亲却一再犹豫,不肯起兵。眼看着天下大势所趋,胸怀远大的世民不愿意束手待毙,蜗居太原。他雄心勃勃,一心渴望到广阔的天地中去拼搏、奋进,实现自己的梦想,创建一番伟大的功业。可以说,十六七岁的李世民在乱世当中,不仅处乱不惊,还积极进取,显示出有勇有谋的超人胆量。

父亲一声令下,世民准备举义的各项工作不得不减缓下来,许多工作转入地下。这天,世民正在府中与刘弘基等人一起吃饭,忽然听说有人前来求见。他忙放下饭碗,跑出去迎接。来人却是世民母亲的堂弟,名叫窦琮。窦琮本在长安任职,因为与人吵架,失手伤了顶头上司的子弟,害怕追查,逃到太原来投靠李渊。世民听了事情经过后,一边安慰窦琮,一边命人添置碗筷,请窦琮坐下来一起吃饭。窦琮却极不自然,他看看世民说:"我脾气暴躁,你小时候回舅家,我还经常责骂你,真是对不住啊。"世民哈哈一笑:"我小时候特别淘气,将皇上赏赐给外公的玉瓶打碎了,受责骂也是应该的。"原来,窦琮性情暴躁,动不动就打人。世民小时候顽皮,总爱带着一帮表兄弟们摸鱼捞虾,骑马猎鹰,闹得府上一片乱糟糟,没有片刻安宁。窦琮知道后,追查之下,得知是世民带头捣乱,于是,经常责骂世民。有一次,世民和几个兄弟玩耍,跑到了窦毅的书房。书房里堆满了书籍,还有各种珍奇物品,十分珍贵。世民几人只顾玩耍,哪里顾得上这些珍玩,他们一边躲藏一边喊叫,不小心把摆在架子上的一个玉瓶碰落地下,只听哗啦一声,玉瓶顿时碎了一地。看着碎裂的玉瓶,窦府上的大小孩子吓坏了,他们你看看我,我看看你,谁也不敢说话。

窦琮当时正在窦府值班,听到玉瓶碎裂的声音,急匆匆来到书房,见珍贵的御赐宝瓶碎了,不由分说抓起在场的几个孩子就要责打。世民站在一边制止说:"玉瓶是我打碎的,你惩罚我一人好了,不要打他们。"

窦琮见是世民,生气地说:"你还庇护他们,我先打你。"说着,上前就把世民踢倒了。世民并不胆怯,爬起来拍拍身上的尘土,什么也没说。窦琮看他如此态度,觉得他不服自己,心火上蹿,上前又要踢世民。这次,世民灵巧地一闪,伸手抓住窦琮的脚,用力一拉,把窦琮拉倒在地。孩子们看到窦琮狼狈的样子,笑成一团。窦琮气坏了,爬起来追打世民,世民早就带着一帮孩子跑远了,他哪里追得上。

这件事让窦琮非常生气,从此对世民格外严厉,经常在窦家人面前说世民的不是。他在心里与世民结下怨恨,对这个少年十分不满,两人之间的矛盾也就越来越明显。

今天,窦琮远道而来投靠李渊,没想到第一个见到的竟是世民,而且世民似乎忘却两人多年来的怨恨,非常客气。这反而让窦琮不好意思,所以他旧事重提,言下之意也是希望世民能够原谅自己。世民笑呵呵地说:"你太多虑了,这些事情已经过去多年,你不要总是放在心上。今后,我们还要共谋大事,哪能纠缠在过去的恩怨中不思进取呢。"

窦琮认真地点头,赞许地看着世民说:"都说二郎豁达大度,果然名不虚传啊。"说着,他放心地端起酒杯大口喝酒。一桌子人说说笑笑,祝贺他们二人化解矛盾。此后,世民对窦琮非常友善,经常向他请教各种问题,还安排他暗中负责培训兵马。他为了让窦琮尽释前嫌,与他同出同入,吃住也在一起,举义大事从不避讳他。窦琮深受感动,积极出谋划策,尽心完成各项任务。经过一段时间接触,他完全信任了世民,成为李渊父子的心腹之臣。

一天,窦琮出门办事,路过晋阳县属下一个乡时,遭到几个盗贼偷袭。他自幼练习武功,拳脚了得,当然不把几个毛贼放在眼里,三拳两脚就把盗贼打败,还活捉了其中一人。他生性豪烈,擒住盗贼就往当地乡府走去。当地负责人名叫刘世龙,见到窦琮送来盗贼,忙屈身相迎。窦琮也不客气,把盗贼扔给刘世龙说:"地方治安不良,盗贼横行,这可是你失职。"

刘世龙是个机警人,虽是区区一地之长,却结交广泛,有些头脑。他见窦琮行事果断、举止豪爽,再看他一身打扮,知道他有些来历,于是留下窦琮吃饭。没想到,两人谈得十分投机,大有一见如故之感。后来,刘世龙经过窦琮引荐,也成为李世民的手下大员。他是太原本地人,由于职务关系经常为朝廷募兵纳粮,所以早就认识李渊的两个副将王威和高贤雅,而且与他们还有些来往,这对后来太原顺利起义发挥了很重要的作用。

就在世民暗蓄势力,为时局积极做准备的时候,一件大事又发生了。

狱中问计

随着瓦岗军势力扩大,李密的名声响彻大江南北。他带领义军攻打洛阳,开仓放粮,动摇了处于风雨飘摇之中的大隋江山。杨广大开杀戒,抓捕所有与李密有来往的人员。其中,晋阳县令刘文静因为祖上曾经与李密家联过姻,也受牵连下狱。

刘文静是李渊父子的挚友。多年来,他们交往甚密。世民深知刘文静足智多谋,是个不可多得的人才。而且,刘文静对于隋室的认识深刻。去年,他带虬髯客登门拜访,极大地激起了世民的雄心。这次他下狱受难,让世民非常着急。

这天,世民携带食物前往监狱探监。他来到监狱,见刘文静一脸凄惶,往日神采皆无,心中不忍,趋步向前关怀地说:“刘大人受惊了。”

刘文静见到世民独自探监,精神为之一振,忙招呼世民近前,两人在狱中交谈起来。刘文静对世民极其看重,觉得这个少年从小英武神俊,长大了更是神武异常,乱世之中散财纳士,此举不可小觑。有一次,他与汾阳宫宫监裴寂喝酒,两人一直喝到深夜,喝醉了就爬到城墙上休息。当时,为了防止各地盗贼,城墙烽火连夜不息。望着跳动的烽火,联想日渐纷乱的局势,裴寂仰天长叹,悲愁地说:“唉,家道败落,我身微职贱,如今又赶上乱世纷纷,我看我是没有什么作为了,只能潦倒此生了。”刘文静听他如此丧气,当下笑着说:“大丈夫怎么会惧怕纷乱呢?所谓乱世英雄,汉高魏武不都是在乱世中创立基业的吗?你我二人相知相得,共同面对时事,还怕什么卑贱!”在他的鼓励下,裴寂精神好转,与他侃侃而谈起来。后来,刘文静谈到天下豪杰,不无感慨地说:“留守大人的二公子,是非常人物。豁达大度像汉高祖，神武勇猛像魏武帝，虽然年龄不大，却具有安抚天下的志向。"他如此评价李世民，倒让裴寂吃了一惊。裴寂没说什么，此后，他对李世民也关注起来。

现在，刘文静深陷囹圄，李世民独往探视，让他倍觉感动。他与世民交谈多时，握住世民的胳膊说："天下大乱，隋室败亡已成定局，如今天下缺乏汤、武、高、光这样的人才，国家永无安宁啊。"

汤、武、高、光指的是商

周武王

汤、周武王、汉高祖和东汉光武帝，他们起兵于乱世，平定四方，创建崭新的政权，历时几百年，是历代帝王中的杰出人物。

李世民当即反问道："大人怎么知道天下没有这样的人才？恐怕一般人不了解罢了。世民今天入狱相见，绝不是为了儿女私情，而是忧虑天下，有意来向大人求教的。时局已经如此，世民特地与大人图谋大计，请大人为世民谋划。"

世民毫不遮掩，吐露真情，刘文静更加佩服世民的勇气和果断，急忙拉着世民坐下。两人就在狱中席地而坐，商讨举义大事。刘文静足智多谋，这些年来身为地方官吏，切近百姓生活，洞察时局，非常了解天下大势。

他对世民说出两条建议：

首先，他总结当前天下的形势。杨广自己跑到江都去了，李密领导的瓦岗军在河南中原地区与官府对抗，洛阳平原鏖战不休。此时，杨广只留下年幼的孙子杨侑坐镇长安，关中相对空虚，长安恰如无主之地，李氏父子可以趁虚入关，一举夺得天下。这正应了世民与虬髯客对弈时"一子定天下"的局面。而且，当年汉高祖刘邦与霸王项羽互争天下，也是抢先入关取得先机。

其次，山西当地也不太平，很多人避难躲进太原城，因此城中有许多难民和地方豪杰。刘文静在这里做了多年县令，地头熟，可以帮忙收揽人才召募军队，再加上李渊手中掌握的兵马，很快就能组织起一支队伍来"举义起事"。

刘文静激动地说："公子应天顺人，举旗大呼，四海响应。我刘文静啸聚豪杰，可以聚集十万人马，助唐公起事，乘虚入关，号令天下，不到半年，帝业可成！"

世民坐不住了，他站立起身，围着牢房来回走了几圈，激昂地说："大人所说的，正是世民心中所想。我即刻派人把大人营救出狱，共谋大事。"

他辞别刘文静，回到府邸，一边派人营救刘文静，一边积极筹备举义大事。他的举动，当然没能瞒过父亲李渊的眼睛。上次李渊被召去江都，危难面前，他听从世民的建议，同意起事；后来危险解除，他又否定了起事的决议。这次，李世民虽然决心已定，可也得先争取父亲的同意，才能调动太原兵马，以图大事。不知道他是怎么劝服自己的父亲同意起兵的。

第二节　巧计结裴寂

散财结裴寂

这天,李世民面带忧愁地来到狱房,问刘文静:"大人,世民决心举义兵,可是家父却心存疑虑,不敢决断,怎么样才能说服他呢?"

刘文静笑笑说:"二公子,唐公与汾阳宫宫监裴寂关系甚密,你为什么不从他那里入手处理这件事呢?"

裴寂,字玄真,公元 570 年,即北周天和五年出生,比李渊小五岁,比刘文静也小两岁。裴寂家居蒲州桑泉,蒲州和河东郡是指同一个地方,这个时代里河东有三个大族,分别是薛氏、柳氏和裴氏。北周、北齐对峙河东时,河东三族对北周多有支持,虽为关东门第,但他们和关陇家族的关系却非常密切。

尽管如此,裴寂一家在河东裴氏里并不是非常出众的,他的祖父、父亲虽然也在北周和隋室做官,职位却相对较低。裴寂的父亲裴瑜死得早,家境并不富裕。裴寂在隋开皇年间做左亲卫卫士时,穷得连匹马都买不起,他只有步行到长安去值班。比起显贵的子弟来,他属于潦倒一类。裴寂和刘文静交往甚密,特别是同在太原任职后,他们的关系更加密切。

裴寂长得眉目俊朗,身体丰伟,历任御史、驾部承务郎、晋阳宫副监等职务,都是些逢迎交往的事务。时间久了,裴寂也就沉沦其中,日日饮酒赌博,自得其乐,意志消沉。恰在这时,李渊来太原做留守,裴寂十分高兴。原来,他们自幼相识,关系甚密。两个年仅半百、事业蹉跎的中年人在他乡相见,还要共事,当然非常开心。他们经常日夜饮宴、博弈,通宵达旦,玩得不亦乐乎。

刘文静作为裴寂的好友,当然清楚裴寂与李渊的关系,因此他提议世民结交裴寂,通过裴寂去劝说李渊。

裴寂与李渊交谊深厚,为李渊太原起兵的策划者之一

一句话点醒梦中人,世民虽然与裴寂不熟,但他却了解裴寂与父亲的关系。自从来到太原,父亲每每遇到烦恼或开心的事,总爱找裴寂聊天谈心。可见在父亲心目中,裴寂的地位是非常特殊的。今天,听刘文静献计让自己去找裴寂,世民当即高兴地答应下来,决定通过裴寂劝说父亲。

可是,裴寂是父亲的朋友,与自己的关系一般,李世民怎么样才能结识裴寂,并且让他主动劝说父亲呢?

世民反复观察、思考,发现裴寂有一个特点,就是喜欢赌博。裴寂喜赌,每每赌博,总是将身上的钱全部输光为止,这成为太原城大小赌馆共知的秘密。因此,许多赌徒都爱找裴寂赌博,他本不富裕,哪里经得起这样的赌法,家里一日日贫穷下去。在这种情况下,李渊常常资助他,借给他钱让他过日子。年仅半百,身为裴氏大家族后裔,还要依靠他人帮助生活,裴寂的心境可想而知。

了解了裴寂的这个特点后,世民想出一条巧妙的计策。他有一个朋友叫高斌廉,是龙山令,也是个善赌的家伙,曾经多次与裴寂赌博,两人多有来往。这天,世民叫来高斌廉,拿着一堆银票说:"高大人,世民打算让你把这些钱送给一个人,你能办到吗?"

高斌廉盯着银票,奇怪地想,送给别人钱,这是再受欢迎不过的事了,怎么会办不到?于是急忙回答:"请公子吩咐,不知道谁有这个运气,承蒙公子送给他钱?"

世民微笑着说:"汾阳宫宫监裴寂,他喜欢与你聚赌,对不对?今天,我把百万私钱送给他,你看如何?"

高斌廉丈二和尚摸不着头脑,不知道世民究竟要干什么,眨巴着眼睛不敢回话。

世民继续笑着说:"怎么,害怕完成不了任务?高大人,世民教给你一招,你可以屡屡邀请裴寂赌钱,每次都输给他,等你把所有钱输完,你不就完成任务了。"

高斌廉苦笑一下,说:"人人赌钱都是为了赢,公子让我拿着百万银钱去赌,还执意让我输给裴寂,这是为什么?在下糊涂了。"

世民来回走了几步,看着高斌廉说:"你只管把钱输给裴寂,其余的事就不要管了。如果完成任务,世民就多谢了。"

高斌廉想了想,觉得李渊与裴寂关系亲善,世民这么做也许是为了接济裴寂，就爽快地答应下来，笑嘻嘻地说："请公子放心，不就是输钱嘛，比赢钱容易多了，你就等着好消息吧。"

果然，高斌廉说到做到，他拿着百万银钱，日夜与裴寂聚赌，每次赌钱，总是输给裴寂很多银钱。裴寂哪里赢过这么多钱，高兴得心花怒放，缠着高斌廉赌钱不止。一来二去，百万银钱赌得差不多了，裴寂才了解到这是世民在暗中资助自己。他心里十分感激世民，主动上门去拜见世民，开始与他交往。

通过多次交往，裴寂与世民关系日渐深厚。他发现世民果如刘文静所说，豁达神武，不比常人，他经常随同世民一起外出远游，结交豪杰，两人成为忘年之交。

世民觉得时机成熟，于是将打算举兵的大事告诉裴寂，并且请他乘机向父亲进言，劝说他同意举义的事。裴寂对隋室早就不满，他眼见天下纷乱，又多次听刘文静论说时局，有意在乱世纷争中创立一番功业。听到世民的打算，他当即赞同说："公子放心，裴寂一定有办法劝说唐公，让他举义旗，行大事。"

世民郑重地点头，望着裴寂说："一切依靠裴大人了。"

裴寂会采取什么计策劝服李渊呢？

美人计

裴寂答应世民劝说李渊举义后，就开始积极筹划行动。他了解李渊，知道他行事谨慎，缺乏胆略，不像世民一样神武；而且，李渊心念旧朝，不愿背上背叛朝廷的恶名。怎么样才能让他彻底死心，敢于同隋炀帝杨广决裂呢？

一天，裴寂徘徊在汾阳宫内，忽然听到花丛中传来一声叹息。他回身望去，见到一个年轻女子站在花丛里，一副幽怨满腹的样子。裴寂仔细观看,认出这位女子是汾阳宫宫女,在这里已经好几年了。

按照隋炀帝旨意,他在全国各地建有行宫,每处行宫都安置许多宫女嫔妃,作为他巡幸各地时娱乐所用。汾阳宫在他做晋王时就建成了,前几年他又命令李渊扩建整修,还大肆添置宫女,以备他巡幸塞北时娱乐。结果,他在汾阳宫没住多久,就远去雁门被围,解围后仓皇南去,再也没有回来过。汾阳宫宫女几十人,她们日夜住在宫内,不许外出,过着不见天日的生活。这些女子在哀怨中度日,如果没有诏令放她们出宫,她们就只能老死宫中了。

裴寂作为汾阳宫宫监,当然清楚这些宫女的命运,他已经习惯听宫女们叹息哀怨了。不过,他今天听到这位女子的叹息,心里却一动,一条计谋涌上心头。

经过了解,裴寂知道这位女子世居江南,是南陈贵族后裔。她父亲回归洛阳后做了一名小官吏,家族逐渐败落,于是她被征召入宫,做了宫女。她来到太原汾阳宫已经将近十年,从没有回过家,与家中的联系几乎断绝。国家纷乱,这位女子独居太原,前途难料,心境自然十分不快。所以,她日日叹息南望,希望早一天见到家人,摆脱目前的处境。

裴寂掌握了宫女的心思,决定采取美人计,把她推荐给李渊。一天,裴寂邀请李渊到汾阳宫外的酒店喝酒,两人推杯换盏,很快就喝得醉意朦胧。随后,裴寂安排李渊在店内小憩,他自己借口去汾阳宫办事去了。裴寂来到汾阳宫,找到上次见到的宫女,对她说:"我听说你十分想念家人,今天有一个好机会,可以让你结识一位英雄,他会帮助你实现心愿,不知道你愿不愿意去见他?"

宫女惊喜交加,忙说:"大人如果能够帮助小女子实现心愿,我愿意听从您的任何吩咐。"

裴寂简单地介绍了一下李渊,然后说:"走吧,李大人就在外边,你有什么要求尽管跟他提。"

宫女早就厌倦了宫内暗无天日的生活,梦想有一天能飞出牢笼,过自由的日子。今天,裴寂出面相救,她当然求之不得,急急忙忙跟随裴寂走出汾阳宫去见李渊。

就这样,宫女在裴寂引荐下结识李渊,并且成为他喜爱的女人。乱世之中,裴寂设计劝李渊,没想到还促成一桩好姻缘。李渊直到这时才明白宫女的身份,内心既惊又惧。他作为留守,当然清楚自己所为的后果,私通行宫宫女,罪不可赦,这要是传扬出去,自己哪里还有存身之地?

裴寂见自己的计谋实施顺利,非常得意。这天,他再次请李渊喝酒。酒宴上,他开门见山说道:"二公子秘密招募兵马,广纳豪杰,打算举兵起事。他担心唐公不同意此事,特意请我劝说你。"

李渊叹气说:"二郎年轻,你不要把这些事放在心上。"

裴寂呵呵笑了一声,低声说:"唐公,二公子知道裴寂向你进献宫女的事了,他非常担心,害怕皇上追究啊。这件事要是传出去,你我免不了杀戮之罪,你难道不害怕吗?"当然,让宫女接近李渊,本来就是裴寂的计谋。

李渊打个激灵,脸色煞白,沉默无语。

裴寂接着说:"天下大乱,太原城内外,到处都是盗贼,唐公执意为朝廷剿贼,恐怕死亡就在眼前。如果举兵,上应天时,下合民意。现在,二公子身边的豪杰众志成城,已经做好所有准备工作了,您觉得怎么样?"

李渊思前想后,特别考虑到与宫女的事,他知道这件事的严重程度。再想想,自己多年的老朋友都出面劝说自己,而且世民已经做好准备,看来不同意是不行了。于是应允道:"世民早有此心,既然已经决定了,我看就听从他的吧。"他早就了解世民的动向,可是乱世纷纷,他也就睁一只眼闭一只眼,任由世民发挥,可没有想到事情发展这么迅速,世民竟然在短短的时间内团结众位豪杰,还能让他们各尽其能,做好举兵的各种准备。

听说父亲同意起兵,世民格外激动。他当即来见李渊,与他一起分析山西形势、举事的具体事宜。就在父子俩连同刘文静、裴寂以及各位豪杰商议大事的时候,一件震惊人心的事情传到太原。对于举义来说,简直是一波未平,一波又起。

第三节　招兵募马

刘武周投降突厥

就在李世民与父亲积极准备举兵的时候，马邑守将王仁恭被手下刘武周杀害了。刘武周本是马邑一名鹰扬兵府的校尉，属于中层军官。他在马邑本地是一个不大不小的地方豪强，因此深得王仁恭信任和器重。但是，刘武周却和王仁恭的侍妾私通，他害怕事情败露，就趁王仁恭遭到杨广怀疑之际，发布煽动性的言论，针对王仁恭不肯开仓放粮赈济灾民这一点大肆抨击。在生活困苦、不满现状的现实情况下，马邑的乡里豪杰很快和他站到了同一阵线。

在这种情势下，刘武周带上数十人前来谒见王仁恭，趁其不备将其刺杀。事成后，刘武周立刻打开仓库放粮，并以放粮为名招揽流民，很快就控制了整个马邑地区，得到兵士上万人，扩充了自己的军队和势力。

刘武周夺取马邑后，不但不阻击突厥入侵，反而和北方的突厥联合，自愿成为突厥的边境臣民，马邑也就此成为突厥的势力范围。马邑地区和太原地区相邻，如此一来，太原直接面临突厥势力，局势变得更加危急。

刘武周投降突厥，稳固地掌控马邑地区后，依然没有满足。

他听说有人看见汾阳宫方向在夜间光明如昼，异彩闪烁，呈现出"天子气"。其实，汾阳宫在楼烦郡，李渊最初来到山西，正是做楼烦郡守，要说起天子气，也该应在他的头上。可是刘武周十分自负，认为这是自己的吉兆，所以率领军队前来攻打汾阳宫，梦想有朝一日当天子。

刘武周塑像

危机突如其来，作为太原留守，李渊必须全力以赴对付刘武周。这时，杨广派遣来监视李渊的两员副将王威和高雅贤吓坏了。他们急忙求见李渊，与他商量对策。李渊了解这两个人的目的，故意吓唬他们说："汾阳宫要是失守，而我们又不能对付刘武周，一定会被灭族的。"王威、高雅贤更害怕了，连忙说："太原兵马不足，大人速速下令招募新兵，扩充军队，集中兵力对付刘武周。"李渊心里一笑，他说："二位将军果然同意招募新兵吗？"原来，王威、高雅贤作为杨广的心腹，担心李渊的兵马多了会有不利于朝廷的举动，所以经常向李渊提意见，反对世民私自接纳豪杰，对于世民每次剿讨盗贼都会降服许多兵马也多有不满。今天，他们因为害怕刘武周，忘记这些忌讳，慌慌张张请求扩充军队。

王威点着头说："大人，刘武周勾结突厥，势力强大，我们区区一地兵力，怎么能够应付呢？你不要犹豫了，快下令募兵吧。"

李渊答应下来，传令募兵。

就在李渊和王威、高雅贤准备招兵买马、扩充军队的时候，刘武周早就带领突厥骑兵，长驱直入，径直侵入楼烦，攻克汾阳宫，洗掠一空，并且把汾阳宫宫女抢走，送给始毕可汗做献礼。始毕可汗见刘武周果真"恭顺"，欣喜地封他做了"定杨可汗"。这位卖国贼不以为耻，反而很高兴地接受封爵，继续为突厥入侵中原做前锋，打头阵。

消息传到太原，举城震惊。王威、高雅贤日夜龟缩在留守府邸，吓得不敢出去，寄望于李渊父子抓紧想办法解决危机。平时，他们二人依仗杨广在背后支持，很少把李渊放在眼里，不但不听从安排，很多时候反而对他指手划脚。在太原剿贼和抗击突厥的过程中，他们两个人几乎没有发挥什么作用，而是时刻监视李渊，唯恐他做出对杨广不利的举动。太原上至各级官吏，下至平民百姓，对他二人的作为十分不满，他们在当地也就没有形成强大的势力。

其实，李世民早就洞悉到了王威、高雅贤两人的心思。他明白，如果举兵起事，他们将是最危险的敌人。所以，世民纳才结士、暗蓄势力等一连串工作不得不小心进行，就是担心他们上报朝廷，破坏自己的计划，危及整个举兵大事。

今天，王威、高雅贤主动请求李渊募兵，李世民当即请命说："世民愿意承担募兵重任，击退刘武周部队。"

李渊说："刘武周联合突厥，兵力强盛，这次他们偷袭汾阳宫，造成巨大损失。我们要抓紧时间募兵，追击刘武周，要不然，陛下不会轻易放过我们。"

李世民沉着地说："父亲放心，世民有办法招募新兵。"

王威着急地说:"公子,这次重任就交给你了。"他似乎忘却多次阻止世民收留叛军的事了。

世民笑着说:"只要将军放心,世民一定会很快招募到足够的兵力。"

王威脸一红,不好意思地说:"公子多疑了,我哪能不放心公子募兵。"他转身看着李渊说:"大人,我看公子年少有为,在太原结识了不少人才,就让他负责这次募兵的任务吧。"

李渊故意推辞说:"他太年轻了,哪有这样的本事?"

王威急着说:"大人,在太原谁人不识公子,他的名气恐怕比你我都要大,他负责募兵再合适不过了。你可不要担心公子受累,不让他承担重任啊。"

李渊笑笑,转身看着世民,问道:"王将军如此看重你,你有信心完成任务吗?"

世民站立起身,坚定地说:"世民保证不辜负众望,全力完成这次募兵任务。"

就这样,李渊下令,安排世民全权负责募兵事宜。

望着领命走出大厅的世民,高雅贤悄悄戳了一下坐在身边的王威,似乎有什么话要说。王威会意地点点头,两人抽空来到一边,就听高雅贤责问王威道:"你怎么让李世民去募兵?万一他握有兵权后,做出不利于朝廷的举动,我们该怎么办?"

王威满脸笑意,轻轻拍拍高雅贤的胸脯说:"这你就不懂了,我自有办法控制他。"

高雅贤不解地问:"什么办法?"

不知道王威会采取什么办法来控制世民募兵?

世民募兵

李世民奉命募兵,这是他一个极好的机会。他向李渊和王威等人提议,释放刘文静,将其作为这次募兵的主要人员。

前番,刘文静在狱中献计,曾经说过自己可以募兵十万的话。世民觉得现在王威等人急于募兵,正可以借机说服他们放出刘文静。

再说王威和高雅贤私下议论世民募兵一事。高雅贤怀疑世民借机扩充势力,对自己不利。王威却拍着胸脯说有办法控制世民,他的打算就是时刻盯住李渊,只要能控制李渊,李世民就不敢轻举妄动。他说:"这样才能保全我们二人。"足见其用心险恶!他知道自己没有能力募兵,无法抗拒刘武周,这样只能让杨广迁怒他们;可是他又不敢放手让李渊募兵,害怕李渊拥兵自重。如今,让李世民募兵,一来对杨广有个交代,二来他可以控制李渊,三呢,万一世民募兵失败,他也有个推脱。高雅贤听完王威的分析,高兴地说:"还是你想得周密!"

就在他二人暗自得意的时候,李世民提出释放刘文静的建议,认为刘文静身为地方长官,爱民勤政,深得百姓信任,如果让他出面募兵,一定会非常顺利。王威听了,犹豫着说:"他是叛贼李密的亲戚,我们怎敢私自放他出来?"

李世民说:"刘文静没有暗通李密,这是我们都清楚的,把他抓进去也是迫不得已的事。现在,刘武周虎视北部边关,如果兵力不足,恐怕很难抵御刘武周入侵。太原一旦失守,我们可就全完了。"

王威看看高雅贤,两人哭丧着脸说:"好吧,放出刘文静,让他抓紧募兵,要是干得好,可以将功赎罪,我们会请求皇上宽恕他的罪行。"

李世民心里十分高兴,忙亲自去狱中接出刘文静,把他安排到自己府邸住下。从此,刘文静作为世民重要的谋臣,开始正式辅佐他招兵买马、平定天下的大义之举。

李世民将这次募兵行动看得非常重要。除去刘文静外,他安排长孙顺德和刘弘基作为这次募兵的另外两个主要人物。为了鼓励百姓参军,李世民传下命令,所有参军人员都可以提前领取一定的银两补贴家用,对于家庭条件特别差的人员,还会给予更多的帮助。命令传下去,整个山西为之振奋。

当时,山西界内太原、西河、雁门、马邑数郡流民、难民、叛民非常多。他们流离失所,难得生计,听说李世民散财募兵,纷纷踊跃报名。

募兵行动如火如荼地进行着。一天,刘弘基领着一个穿着破旧的年轻男子走进世民的营帐,施礼说:"公子,这个人家里特别穷,他说只要我们能照顾他的老娘,他就参军入伍。"

世民打量这个年轻人,见他身材高大,眉宇间流露出一股正义之气,当即答应他的请求。这个人叫张通,家居马邑,是刘武周家的佃农,数年征战,屡遭突厥抢掠,让他特别痛恨突厥。刘武周勾结突厥,曾经下令让他参军。他没有同意,而是带着母亲逃到太原。这次,他听说李世民募兵对付刘武周和突厥,十分高兴,可是担心自己参军后母亲无人照料,所以提出这样的要求。世民听完他的故事,赞许地说:"为国出力,是英雄所为,你的母亲就是我们整个队伍的母亲,我会派人好好照顾她。"

张通感激地说:"人人都说公子豪侠义气,当世英雄,果然如此。”

世民派人将张通的母亲安置到一处安静的院落,还让手下人登记造册,定时给她送去足够的粮食和银钱,保证她的生活用度。消息传出,世人无不拍手称赞世民的义举,前来参军的人越来越多。面对众多家庭困难的士卒,世民一视同仁,都对他们的家属做积极的安抚工作。经过这次募兵,得到世民资助的家庭达到上千户。史书上记载世民募兵这件事时说:“倾财赈施,卑身下士。逮乎鬻缯博徒,监门厮养,一技可称,一艺可取,与之抗礼,未尝云倦。故得士庶之心,无不至者。”

很快,招募的新兵达到上万人,李世民安排这些人住在太原附近的兴国寺,派刘弘基、长孙顺德等人实时安抚和训练新兵。

面对红红火火的募兵行动,王威和高雅贤一面高兴,一面担忧。他们为了控制李世民,日夜与李渊在一起,生怕李渊离开一步,他们就会失去安全。世民暗地派人通知父亲,让他不要过问新兵的事务,尽可以放心与他们二人周旋。李渊于是对募兵一事不闻不问,依然悠闲自得地吃喝玩乐。这倒迷惑了王威和高雅贤。

世民却不放松警惕,他在让父亲迷惑王威和高雅贤的同时,秘密派出一人,让他打入王威、高雅贤内部,探听他们的计划。这个人就是刘世龙。

刘世龙自从认识窦琮后,很快就结识李世民,为他豁达勇谋的气度所折服,决心跟随世民干一番事业。

世民了解到刘世龙与王威、高雅贤熟识,依然十分器重他,并且派给他一个重要的任务,这就是深入王威、高雅贤小圈子内部,打探机密,控制他们的行踪,消除举义的隐患。

　　看来,双方互相猜忌提防,风云暗涌,不知道世民募兵后能否顺利举义。

第九章 计除二副将 太原起义兵

二副将埋伏兵马伺机刺杀李渊，太原城内杀机四伏。李世民将计就计，诱捕二副将，铲除举兵南下的最大障碍。接着，李世民首先带领兵马下西河，一路上收兵买马，与民相安无犯，获得百姓的一致称赞。兵临西河城下，李世民解甲胄下骏马在城下晓谕百姓，他准备采取什么策略收复城郡呢？

第一节　太原风云

二副将的打算

王威、高雅贤暗中行动，秘密牵制李渊。李世民当然不会束手就擒，他派出刘世龙，让其打入王威、高雅贤内部，伺机行事。刘世龙不辱使命，日夜与王威、高雅贤周旋，暗中探听他们的打算和计划。刘世龙本来就是二人的手下，与他们多有交往，王威、高雅贤并不怀疑他。为了更好地控制李渊，他们还抓紧培植自己的亲信，梦想着一旦李渊有所行动，他们能够及时下手。

这样一来，双方的行动都急促起来，关系也变得更加紧张，处于一触即发的状态。李世民临危不乱，他一方面秘密请求父亲派人去召集在河东的大哥，让他带着家属火速来太原；一面调集人马，防备王威、高雅贤的破坏活动。

随着形势的进一步发展，王威和高雅贤坐不住了。这天，他们秘密召集自己的心腹人员，商量如何处理眼下局势。一位叫田德平的官员进言说："将军，李世民招募新兵，多施恩惠，笼络人心，现在山西人人都知道李家在募兵，有谁知道是朝廷募兵？我看应该将李渊关押来作为人质，如若不然，如果李世民控制了太原，我们可就没有任何办法了。"

王威摇头说："抓人要有罪名，我们以什么罪名抓捕李渊？"

武士彠的女儿就是中国历史上唯一的女皇帝武则天。武则天是唐太宗李世民的一个才人,后来成了他的儿媳。此图画的是武则天巡行的情景

田德平说:"以募兵为己、结党营私为名,足可以抓捕他了。"

高雅贤也摇头说:"事情没有这么简单。"

这时,另一名官员说:"刘弘基原本是盗贼,做了不少危害朝廷的事,长孙顺德是东征高丽的逃犯,这些人在李世民庇护下逃脱罪责,成为此次募兵的主要人物。我看不如从他俩身上入手,先将他们擒拿归案,剪除李世民的党羽。"

王威和高雅贤听了,点着头说:"有道理,有道理。"他们立即商量抓捕刘弘基和长孙顺德的具体方案,决定由一人出面状告

二人,然后由王威和高雅贤亲自带人抓捕。在他们看来,抓住这两个人,一来可以削弱李世民的势力,二来可以敲山震虎,恐吓李世民,进而夺取兵权。

就在他们积极策划的时候,有一个人却提出反对的意见。此人名叫武士彟,太原本地人,是一个经营木材的富商。李渊在山西平叛的时候在他家住过,所以他得以与官府来往。后来,李渊命他做"行军司铠",管理军械甲胄。武士彟和王威、高雅贤同为李渊手下官员,关系不错,但是他出身商人,多年行走民间,深知百姓疾苦和朝廷腐败,看到各地义军蜂起不断,觉得隋室不会长久,所以他并不像王威和高雅贤那样死心塌地地效忠杨广,反而认为起兵抗隋才是正义的举动。在这种思想的影响下,他对王威和高雅贤准备抓捕刘弘基等人的计划提出了自己的看法。他说:"刘弘基和长孙顺德都是李世民的心腹,抓捕他们等于公开和李世民作对,不但不利于控制李渊父子,反而容易激起李世民的反心,他的一万多人一旦举事,我们如何应付?"

王威想了想,觉得似乎有道理,便看看高雅贤说:"高将军,你认为我们该怎么办呢?抓人还是不抓?"

高雅贤目露凶光,恶狠狠地说:"刘弘基、长孙顺德这等小人,本来就是朝廷的罪人,抓他们绳之以法,才能震慑他人。"

武士彟忙说:"将军万万不可操之过急。如今李渊身为留守,握有兵权;李世民募兵纳士,势力不可低估。他们举兵的事恐怕只在朝夕,如果我们冒昧行事,正是刺激他们举兵啊。"

高雅贤气得脸色发白,盯着武士彟说:"这么说,你是害怕了,是不是想投靠他们,背叛朝廷?哼,自古商人无义,真是一点不假!"

武士彟脸色唰地一变,竟然半天说不出话来。

王威笑着劝解:"二位何必争吵。国难当头,我们还是应该以大事为重。我让李世民募兵,目的是抗击突厥,现在可以让李世民带着新兵北上抗击突厥,又何必我们动手?"

高雅贤着急地说:"李世民岂肯听命你我!况且让他带着兵马走了,等于放虎归山,我们就更难对付他了。"

王威说:"高将军不用着急,我们要想对付李渊父子,必须将他们分开,才可以实施一石二鸟的策略。"

"什么一石二鸟?"高雅贤忙问。

王威看看武士彟,没有言语。他觉得武士彟并不完全可信,他要寻找可信的人商讨计策,消除李渊父子的势力。不知道他会采取什么计谋,又会找谁实施计划?

将计就计

武士彟因为反对王威、高雅贤的计划,遭到高雅贤辱骂,王威也对他表示出怀疑,让他更加伤心和气愤。考虑再三,他断然决定去找李渊,向他汇报二个副将的阴谋。李渊一直十分相信武士彟,听说王威和高雅贤打算抓捕刘弘基等人,还要采取一石二鸟的计划,急忙喊来世民,与他商量对策。

李世民早就从刘世龙那里了解到王威、高雅贤的打算,见到武士彟主动向父亲汇报此事,高兴地说:"武大人果真是情义之人,危急关头不忘旧交,世民多谢了。"武士彟忙回礼说:"公子太客气了,这是我应该做的。"他心里想,李世民不念旧恶,这么器重我,比起王威和高雅贤来,他的胸怀要宽广得多。

这时,李渊急急地问:"世民,王威和高雅贤要行动了,我们该怎么办?"

李世民冷静地说:"他们早晚会采取行动,这没有什么可怕的。我倒是觉得正好可借机行事,除掉他们。"

李渊说:"怎么个借机行事法?"

世民说:"估计王威会派我去抗拒突厥,这样,你我分开,他们就可以任意妄为了。依我看,父亲假装同意他们的建议,答应让我北去抵抗突厥。在送大军远行时,你秘密派人状告王威和高雅贤,说他们勾结突厥,意图不轨,我率领众人就可以先下手为强,抓捕他们。"

李渊想了想,同意说:"箭在弦上,不得不发,为今之计只有如此了。"

他们正在商量,门外慌慌张张跑进一人。来人不是别人,正是刘世龙。他进门就说:"公子,不好了。王威和高雅贤定下毒计,准备在大人去晋祠祈雨时谋害大人。"

李渊吃了一惊,叹道:"我平时没有亏待他们,他们怎么会这么狠心!"

李世民却很镇静,问:"世龙,你不要着急,慢慢说说他们的具体打算。"

原来,王威知道自己的势力比不上李渊,不愿与他公开抗争。他想出一条毒计,派李世民北上抗击突厥,趁机暗中行动,刺杀李渊。这就是他一石二鸟的计策,确实非常毒辣。王威、高雅贤考虑到最近李渊会到晋祠祈雨,就把刺杀活动安排在晋祠,命令刘世龙带领士卒包围晋祠,专门等待李渊。

听完刘世龙的汇报,李世民凝眉细思。突然,他高兴地笑起来,说:"父亲,刚刚我还想借机行动,现在来看只要将计就计,大事可成。"说完,他与大家详细讲述计划的过程。诸人听了,都拍手称好。

几天后,王威和高雅贤果然提议让世民带兵北上,李渊假装答应下来,然后说:"近来天气干旱,我打算到晋祠祈雨,祈雨后,即刻送世民北上。二位看如何?"

王威和高雅贤只好同意李渊的提议,随后安排人手,埋伏在晋祠外面。

李世民暗地嘱咐刘世龙,让他按照王威和高雅贤的计划埋伏。然后,世民安排刘弘基、长孙顺德、刘文静等人跟随父亲,保护父亲的安全。另外,他自己亲自带领五百壮士埋伏在晋祠附近,只等时刻一到,就冲进去救父擒贼。双方各自安排,争战就在眼前。

祈雨的日子来到了。这天,李渊带着各级官吏浩浩荡荡赶往晋祠。晋祠是周朝时成王的弟弟叔虞修建的。据说,周武王去世后,他的继承人周成王年幼,便由武王的弟弟周公辅佐。一天,成王与弟弟叔虞玩耍,拿着一片梧桐树叶开玩笑说:"我封你做唐王。"事后,周公请求成王兑现诺言,真的封叔虞做了唐王。这就是桐叶封弟的故事。唐地就在太原,叔虞长大后,即来到唐地做了国王。他清廉爱民,实施仁政。经过他的治理,地处偏远且较为落后的唐地发展繁荣起来。此后,太原一带成为春秋战国时期的晋国所辖之地,政治经济都比较发达,人们也就习惯把叔虞修建的祠堂称作晋祠。当初,李渊受命任太原留守,曾经喜悦地对世民说:"我世袭唐公,现在又果真来到唐地,看来这是天运助我啊!"

祈雨的队伍陆续进入晋祠,按照常规的程序进行着。李渊坐在祠堂门外，王威、高雅贤分坐两边。时刻一到，他们就可以入祠祈雨了。其实，每个人心里都很明白，祈雨时刻来临的时候就是双方决战的时刻。正在大家各怀心事、焦急等待的时候，就听外面一声疾呼，太原鹰扬府司马刘政会冲进祠堂，大声说："下官有密状呈报。"

晋祠圣母殿

李渊眉头一皱，故意沉默不语，看看一边的王威，示意他去取状子。王威满心以为自己的计谋非常出色，哪里知道世民将计就计，安排手下人员抓捕自己。他毫无防备地走过去，伸手接状子，可是刘政会不但不交给他，反而高声喊道："密状告的正是两位副将，只有唐公才可以取状观看！"

李渊装作吃惊的样子，很随意地问："哪里有这样的事？"于是，命刘文静和刘政会一起呈上密状。李渊慢慢打开密状，诵读道："王威、高雅贤暗结突厥，将要引突厥入侵！"此言一出，满座皆惊，高雅贤卷起袖子，跳起来大声骂道："这是造反的人要杀我灭口！"王威连忙拔出佩剑，击碎茶杯，这是通知刘世龙带人捉拿李渊的暗号。可是，哪里还有他们施展的机会，李渊身边的刘弘基、长孙顺德一拥而上，将王威、高雅贤一举拿下，捆了个结结实实。接着，李世民和刘世龙分别带着埋伏的人员冲进祠堂。王威定睛观看，这才明白原来刘世龙早就投靠了李世民，气得翻着白眼大骂道："刘世龙，我平时待你不薄，你为什么要背叛我、背叛朝廷？"

刘世龙侃侃而谈道："将军，天下人无不痛恨杨广暴政，群起反抗，唯有将军贪念荣华富贵，不顺民情、不顾天时，你这样做只能是自取灭亡。世龙虽然没有多少才能，却不愿意混淆黑白，助纣为虐。"

李世民命人带下王威和高雅贤，关入监狱，严加看管，等待审讯后再行定夺。

就这样，李世民成功扫除了举义道路上的第一道障碍。王威、高雅贤能否就此罢休，他们还有其他伎俩吗？

第二节　议和突厥

奇计再退突厥

说来也巧，就在李世民成功擒拿王威、高雅贤的第三天，突厥大军突然入侵太原。面对强悍的突厥，李渊急忙召集诸将商讨对敌策略。

李世民纵观时局，认为太原城兵马不足，难以与突厥大军对抗；新近募集的士兵缺乏训练，战斗能力较弱，如果与突厥硬拼，只能损兵折将。因此，他提出一个大胆的策略：打开城门，做好埋伏，以迷惑敌人。

刘文静听后笑着说："公子准备唱空城计！"

一句话点醒诸位将领，经过一阵探讨，他们觉得这个办法可行。于是，他们分头行动：裴寂带人打开内城各门，然后将城墙上的旌旗全部放倒，做出一副准备充足的样子。李世民安排各位将领各带兵马，埋伏在周围，一旦有机可乘，就袭击入侵的突厥。他传令下去，与突厥交战，只准智取，不可强攻，以保存我军的有生力量。

突厥大军从外廓北门进入，围绕内城大半周，看见四面城门都开着，城墙上的旌旗全部倒伏下去，知道里边设有埋伏，于是急忙从外廓东门撤到外城，继续观望逗留，不肯离去。

唐壁画《行军仪仗图》

这时,在世民埋伏的各路军马中,有一支由部将王康达与志节府鹰扬郎将杨毛率领,兵力大约有一千人左右,他们埋伏于太原外廓城的北门。本来,世民叮嘱他们趁突厥大军过后,劫掠突厥留在队后的备用战马,以补充自己的骑兵力量。结果王、杨二人没有听从指挥,突厥兵还没走完,便冲出来搏斗,被突厥人全部歼灭。消息传到太原城中,又引起一片惊慌。

慌乱之际,世民召集诸将,决定采取新的策略对抗突厥大军。他将城中的兵马集中起来,每到夜深人静时,便派遣部队悄悄出城。第二天,天色微明,他就让出城的兵马扮作援军大张旗鼓、声势浩荡地进入太原城。连续几日后,围在太原城外的突厥兵马有些恐惧了,他们想,太原城天天有援军加入,时间长了,兵力强大,我们就对抗不过他们了;而且,我们远道而来,缺乏后援,要是陷入埋伏,恐怕很难安全退出,不如先行撤退。

于是,突厥人决定火速撤退。当然,他们没有忘记入侵的目的,在太原外围抢掠一番,迅速逃走了。太原之围,虽然损失了部分兵马和财物,但总体来说,还是保护了大部分百姓的安全,保存了实力。

突厥退兵，太原城中百姓们纷纷呼吁处置暗通突厥的王威和高雅贤。这时，王威、高雅贤有口难辩。他们面对群情激愤的百姓，只有低下头颅，等候审判。当然，李渊不会容忍他二人继续破坏自己的大计，传令将二人斩首示众。

内乱已除，现在太原上下群心一致，各路豪杰摩拳擦掌，斗志昂扬，他们力请李渊父子即刻起兵，夺取长安。李渊与世民商议决定，将大业十三年五月十五甲子日擒拿王威、高雅贤作为正式起兵的日期。传说周武王讨伐商纣王，正是在甲子日牧野誓师，遂成就大事。李渊把自己比作文王，要李世民效法武王。后来，李世民东征西战，开创一代盛世，丝毫不比周武王逊色。

举义大事既定，各方面工作即刻紧张有序地展开了。除了制定进攻路线外，他们面临的最大威胁就是突厥。一旦他们兵发太原，留下一座空城，突厥趁虚而入，该怎么办？

李渊日夜召集诸将商量策略。有人主张派兵马驻守太原，有人主张放弃太原，夺取长安做根据地，还有人提议与突厥议和，免遭突厥偷袭。议论来议论去，各方意见难以达成一致。李渊再次把目光投向世民，希望听听他的想法。

议和突厥

李世民站立起来，面对诸位将领坚定地说："太原是我们的根本，不管进兵何处，太原绝对不能丢失。突厥善于乘虚而入，肯定会趁着我们离开太原时派兵洗掠。所以，我们在南下进攻长安时，一定要做好充分准备，确保太原安全。刚才我听取诸位的意见，觉得此时应该以'和'为主，主动与突厥达成协议，可以防止他们乘机入侵。"

听了李世民的想法，刘文静首先说："公子说得对。太原不能丢，突厥不得不防，主动议和应该是一条妙计。"

李渊看看众人，沉思着说："突厥反复无常，我们刚刚与他们交过手，与他们议和可行吗？"

裴寂说："突厥入侵，不过为了劫掠财物，我们主动与他们议和，多给他们点财物，他们还来入侵吗？"

李世民摇头说："裴大人，我听说始毕可汗是个有头脑的人，他不会因为一点财物就放弃入侵中原的打算。另外，刘武周投降突厥，有意借助突厥扩充自己的势力，他肯定会在我们离开太原时请求始毕可汗帮他攻占太原。我们不能效法刘武周，成为卖国贼，应该与突厥达成互不侵犯、共同发展的协议，这才是光明正大的英雄行为。"

裴寂脸色不由一红，说道："还是公子想得周到。"

李渊接着问："世民，你觉得该如何与突厥议和呢？"

李世民想了想，说："这是关系整个举义成败与否的大事，我看必须慎重处理。"

接着，几个人详细商议与突厥议和的具体做法。首先，他们决定由李渊亲笔书写信件，表明双方互不侵犯、共谋发展的主张。李渊提笔作书，很快就完成了一封议和信。诸人传阅信件，刘文静看了以后说："唐公，在下以为既然我们诚心议和，就应该有所表示，尽量留给对方谦和的态度，您看，是不是在信末写上'启'字。"（一般下对上呈文用"启"。）

李渊忙说："此言有理。"接过信件，就要将"书"改为"启"字。

李世民在一边看着，说："书信用'启'过谦了，还是用'书'吧。"裴寂也认为反正始毕可汗也是个没文化的狄戎，不会在乎这一个字的差异。

李渊摆手说："中原离乱后，许多汉人到塞外避难，始毕可汗那里收容了不少汉人，我们千万不要忽视这些细节问题。"

突厥在隋末唐初始终是朝廷的一大威胁

李世民从父亲的做法中受到启发。后来，他多次与突厥交战，总是从尊重对方的角度出发，与对方互订信约。有一年，突厥大旱，有人建议世民趁机发兵，收复突厥。但是世民考虑到刚刚与突厥签订互不侵犯的和约，因此不但不发兵问难，反而派人运送物资救济突厥。突厥深受感动，对李世民佩服有加，再也不敢随意侵犯北疆。正是李世民这种开阔的胸襟和尊重他人的态度，让他最终赢得北部许多少数民族的尊重。他们纷纷归属大唐，李世民也被尊称为"天可汗"，意思是天下人共同的可汗，开创了疆土面积最大的国家。

再说李渊，他写好书信，派遣刘文静出使突厥完成这一重任。

刘文静携带书信，轻骑上路，直奔突厥。

始毕可汗接到李渊的求和书信，非常高兴，一边与刘文静讨论中原的风土人情，一边打听李渊父子的起兵计划。在他看来，中原越乱，他就越有机可乘。当他听说李世民是长孙晟的女婿时，不免吃了一惊，当即说道："长孙晟坐镇北疆多年，给我们带来许多麻烦。"

刘文静微笑着说:"可汗多虑了,李公子为人豁达英武,可不是一般战将可比。他举义兵,伐虐主,为的是天下太平,不会与贵国横生干戈。"

始毕可汗想了想,说:"我清楚隋主的为人,他猜忌心重,好大喜功,如果唐公把他迎接回长安,我看他一定会迫害唐公,出兵伐我突厥。我看,唐公还不如自己称帝,这样的话,我一定鼎力相助。"原来,李渊在信中说准备迎回杨广,平叛天下。

刘文静当然清楚李渊的真实打算,因此急忙感谢说:"多谢可汗信任,刘文静回去后一定据实回报,请唐公定夺。"

七天后,刘文静返回太原,把始毕可汗的想法一说,诸将领无不欢欣喜悦,纷纷请求李渊先称帝立国号,再行出兵。这时,世民却出奇地冷静,他劝阻说:"突厥盼望乘机入侵,所以才有这样的主张。如果贸然拥立父亲称帝,我军就会成为众矢之的!"

诸将猛然醒悟。

后方危险暂时解除,举义不容延缓。这时,李渊的大儿子李建成、四儿子李元吉赶到太原,女婿柴绍也从长安匆匆赶来。李渊见时机成熟,命刘文静书写檄文,正式举起义旗。

第三节　兵进西河

请命战西河

刘文静奉命书写檄文，按照李渊的意思写明废杨广，立在长安镇守的代王杨侑为帝，以号令天下。檄文一发，天下尽知，李渊父子起兵的消息迅速传遍大江南北。前来归附的人络绎不绝，李家军的势力在此时已经初现规模。

山西各郡县接到檄文，纷纷倒戈相向，遵从李渊并派兵前来参加义军。可以说，号令一出，山西大半个地区成为李家天下。可是，也有不识时务的人顽固反抗，拒绝李渊发出的檄文，并派兵抗拒义军南下。

这个人就是西河郡郡丞高德儒。

他本是杨广的一名侍卫，大业十一年随从杨广巡行洛

李渊太原起兵

阳新都。一天，有两只孔雀飞到洛阳宫城墙上。许多人都看见
了这两只孔雀，高德儒却说是两只鸾鸟，并且在杨广面前大肆吹
捧一番。孔雀和鸾鸟是不一样的，孔雀虽然在当时也不常见，可
毕竟仍旧是凡鸟，而鸾凤就是"祥瑞"了。历代帝王都喜欢祥瑞
之说，以此证明自己的政绩斐然，深得民心。当时各地纷乱不
断，杨玄感谋反后，杨广在洛阳大开杀戒，受到牵连的无辜百姓
不计其数。另外，杨广多次下江南，征用许多年轻劳力负责拉
船，这些人常年奔波在运河上，不胜其苦，有的人泡在水里的时
间太长，腰部以下都腐烂了。就在这样的情况下，高德儒进言说
祥瑞，让杨广大大地高兴了一番。杨广命人在两只孔雀停落的
地方修了一座宫殿，取名仪鸾殿。杨广当然没有忘记奖赏高德
儒，并派他到山西西河任郡丞。

西河郡古城墙，现已毁

　　高德儒由侍卫高升为一郡郡丞，自然十分得意，对杨广感恩
戴德，忠心不二。他一心盼望有朝一日能够得到更多的奖赏和
更大的官职。可就在这时，太原留守李渊起兵造反了，这让高德
儒陷入慌乱之中，他急忙组织兵力，企图阻止李渊大军南下。

西河郡在太原平原西部偏南,背靠吕梁山山脉,是太原平原上的一个重要据点,如果李家要南进长安,西河郡正卡住他们南下的道路。

高德儒拒不听命、顽固抵抗的消息传到太原,李世民首先请命说:"西河虽然不大,但是正好处于我大军南下的要道上,不收复西河,就无法顺利南下。世民愿意带领一支队伍做先锋,直取西河,平定南下的障碍。"

李渊点点头。他知道举兵以后,将有数不清的战役等着自己,但不管与什么人作战,武艺超群、有勇有谋的次子李世民将是自己最得力的助手。前几次讨贼抗突厥,世民显示的超人胆略和随机应变的谋略都让李渊对他非常信任和器重。他一边点头,一边看一眼长子李建成。多年来,李建成负责家眷安全,一直没有跟随在父亲身边,如今他已经快三十岁了,却缺少历练。想到这里,他对李世民说:"这是举义以来第一场战事,让你大哥与你一起作战,共同对付高德儒。"

李世民很少与大哥一起生活,这次见大哥从河东安全赶到太原,非常高兴,听父亲派他们兄弟二人并肩作战,当即答应道:"父亲放心,我与大哥一定击溃高德儒部队,为大军铲平南下的障碍。"

李建成也随声附和,表示一定取胜。

李渊扫一眼帐下诸位将领,看着温大有说:"建成兄弟年轻,我打算派你参谋军事,协助他们攻取西河。大人是太原当地人,了解此地的山川地形,尽可以为他们谋划策略,分析战局。举义大事成败如何,这一仗可是关系重大啊。"

温大有本来就是李世民的幕僚,他接受了任务,欣然前往。

　　这样,李世民和大哥李建成在温大有的辅佐下,点起兵马,往西河方向开拔。临行前,李渊再次叮嘱世民兄弟二人:"你们都很年轻,没有经历过什么大事。现在让你们征伐西河郡,就是给你们一个机会,让你们得到锻炼。如今所有将士都看着你二人,你们一定要尽心尽力,不要辜负大家的一片期望。"看来,他有意让儿子在刀光剑影中得到考验。

　　世民说:"父亲的心意我们都明白,请您放心,我和大哥一定全力以赴拿下西河郡。"

　　李渊这才放下心来,看着世民兄弟带着军队离开太原,一路西进。

　　说起来,李世民虽然多次出战,可都是在父亲的指挥之下。这次就不同了,他们远离太原和父亲,具体的作战计划要全靠自己掌握。这支队伍也是世民招募的兵马,他们新近集合,缺乏操练。因此,两兄弟在行军中还要兼顾训练士卒的工作。为了更好地训练士卒,与他们打成一片,掌握他们的心思,便于管理,李世民坚持与士卒们同甘共苦,与他们一起休息,一起饮食。

　　李建成初来乍到,看到世民如此仁爱士卒,不解地问:"二弟,他们都是士兵,我们是统帅,与他们这么亲近,会不会失去威信?"

　　世民回答说:"士兵是战争的主体,作为统帅,必须重视他们,才可能取胜。孟子曾经说过民贵君轻的话,我想就是这个道理。"世民不仅看重普通士兵,还始终十分重视下层人民。他认为君王是船,百姓是水,"水可以载舟,也可以覆舟"。

　　李建成觉得世民说得有理,也跟世民一样,与士卒们同吃同住,共同训练。一路行来,两位公子平易近人的做法得到所有士卒的认可。当时,李渊还没有设置官署,所以众人以"大公子"、"二公子"称呼李世民兄弟,可见他们相处融洽,不分彼此。

治军严明

太原离西河只有二百里路程,他们穿村过寨,一路上经过不少村镇。在路上,李世民制定了十分严明的军纪,规定任何人不能私自抢掠百姓财物。军队所过之处,与民秋毫无犯,引来许多居民的称赞。他们听说这支义军是唐公领导下推翻杨广暴政的,纷纷献出饭菜水果支持义军。李世民见百姓如此热情,非常高兴,传令下去,所有百姓进献的物品,不出钱购买不准随便食用。

老百姓见这支部队如此爱民,都走出家门,夹道欢迎。这与当时军队一旦出现,百姓即刻躲藏的局面形成鲜明对比。许多人家主动动员家里年轻的男子参加义军,讨伐暴政。李世民一路行军,一路招收士卒,军队得以扩充。

就在他们挺进西河,快要到达目的地时,发生了一件事情。

这天傍晚,刚刚参军不久的张通求见李世民,他报告说:"二公子,有人违背军令,偷吃百姓水果。"

世民当即随着他来到出事地点。这是一片瓜地,远远望去,碧绿碧绿的叶子覆盖了大地,一个个滚圆的瓜隐现期间。一位五十岁左右的农人站在田间,不停地忙碌着。此时正是六月,瓜果成熟的时节。

世民很快来到农人面前施礼说:"这位老伯,世民有礼了。"

农人惊慌地看着这位身着戎装的少年将军,结结巴巴地说:"您……您有什么吩咐?是不是……是不是要瓜解渴?"

世民笑着说:"老伯不要慌张,世民率领军队征讨西河,下令不准任何人滋扰百姓。刚才有两个新兵偷吃你的瓜,我听说了,特地来给你送钱的。"

农人大睁着双眼,似乎没有明白世民的意思。张通大声说:"你不用害怕了,我们这支军队是正义的队伍,不像其他部队一样抢掠百姓,二公子要赔你瓜钱。"

李世民命随行的无芳取出银钱交给农人,然后说:"老伯,你放心看守瓜地吧,我不会让士卒们再次骚扰你了。"说完,带着随行的人转身离去。

农人站在田里,手捧银钱,半天才喃喃地说:"真是义师啊,吃了几个瓜还要给钱,我活了五十多岁,第一次见到这样的军队。"

李世民回到军营,命人带上几个偷吃瓜的士卒,责问道:"我已经下令不要骚扰百姓,你们怎么还去偷吃瓜?"

几个士卒低垂着头,不敢言语。

张通在一边大声说:"二公子问话,你们怎么不说话? 你们可知道,刚才二公子亲自去给瓜农赔礼道歉,还替你们还钱了。"

士卒们听罢,抬起头来看着世民,面露诧异神色,他们心想,都说二公子仁义,果然名不虚传。

世民看看他们,说道:"我知道你们都是新来的,可能对军纪不太了解。这是你们第一次违反纪律,我看就罚你们跟随张通学习军纪,牢牢记住,以后不得再犯。"

原来处罚这么轻松,几个士卒紧悬的心立刻放松下来,他们不住地磕头,感谢世民宽恕之恩。世民起身扶起他们说:"我们举义旗,讨暴政,为的是天下百姓。要是我们随意滋扰百姓,与暴虐的杨广有什么区别？我们起兵又有什么意义？"

经过这一事件，整个队伍的精神面貌得到改善，士气提高不少。他们遵守军纪，爱民如己，成为一支人人欢迎的军队。李世民治军有方，得到士卒爱戴，也受到百姓喜爱。可以说，这次行军让世民的声名大振，也为他以后带兵作战打下了基础。

行军三日，西河郡就在眼前。世民观看西河形势，传下一条奇怪的作战命令，不知道这条命令能否帮他收复西河？

恩收西河

李世民与大哥率军到达西河，他没有直接下令攻城，而是不穿甲胄到西河郡下晓谕民众：此次发兵西河，为的是擒拿高德儒，而不是骚扰百姓生活。因此，他下令不封锁城池，允许百姓自由出入城池。李建成问："我们既不围城，也不攻城，什么时候才能收复西河？"

李世民分析说："高德儒只是一个派来本地的官员，在本地没有势力。你看他虽然下令守城，可是为他出力的人并不多，整个西河连防守的意图都没有。我们如果来到就攻城围城，势必骚扰百姓生活，让他们感到战事的危机，

唐太宗李世民画像

对我们产生防备心理。相反,我们温和地接触百姓,宣传我们的作战目的,可以进一步瓦解高德儒,孤立他,让他不战自败。"

李建成欣喜地点着头说:"二弟说得好。想不到一两年不见,你的军事能力提高得这么快。看来,举义大事全靠你了。"

经过三日的宣传,西河百姓都知道世民带兵前来为的是捉拿高德儒,而不是侵犯西河郡,更不想骚扰百姓生活。百姓们见李家大军驻守城外,纪律井然,对百姓毫无侵犯,渐渐接受了这支军队。他们依旧出入城池,自由买卖生产,好像李家军不是来打仗的,而是来保护他们的。

六月十日,世民与大哥、温大有商量后,决定假意攻城。这天,他们在西河郡下派兵布阵,派出嗓门高的士卒上前喊话说:"西河郡军民听着,我军无心攻打城池,不愿伤害百姓。但是高德儒拒不受降,我们只好攻城了。"另外派出的士卒高喊:"高德儒,你指鸟为鸾,窃取西河郡丞一职,却不为百姓着想,实在是西河郡的罪人。"

轮番上阵喊话,高德儒坐不住了,他急匆匆传令让士卒守城。这时,西河郡司法书佐朱知瑾带领一部分将士走进来,一拥而上,擒住了高德儒。高德儒惶恐地大叫:"你们要干什么,你们要干什么?"

朱知瑾说:"干什么?你应该明白,杨广暴虐无道,百姓民不聊生,你却指鸟为鸾,说什么祥瑞之兆。天下大势所趋,谁不想推翻杨广过好日子。你来西河后,残酷镇压当地百姓,为杨广卖命求荣,难道不该受死吗?如今唐公举义兵,讨暴政,无人不响应,你却抱残守缺,顽固抵抗,这不是陷西河一郡百姓于不义吗?"说完,他命人绑缚高德儒登上城墙,冲着世民的军队大喊:

"各位将军,已经抓住了高德儒,我现在就命人打开城门,迎将军入城。"

世民亲自来到阵前,向上高喊:"好,我即刻传令收兵。"说完,立即让军队撤回,不再围困西河外城。

朱知瑾见世民的军队果然后撤,忙让人打开城门,来到城外迎接世民。世民和大哥、温大有并排走进西河。西河郡内,许多百姓走上街头,观看义军将领风姿。

世民走上高台,命人带上高德儒,历数他的罪责,下令斩首示众。然后传令安抚百姓,除高德儒以外,不伤害其他任何官吏和士卒。西河军民闻讯,无不喜悦。

初战告捷,世民兄弟带领军队回到太原,前后不过用了九天时间,不但没有损伤一兵一卒,还沿路收编了许多新兵,加上收复的西河兵马,队伍扩充不少。这次成功让李渊非常高兴,他夸奖说:"以此用兵,天下横行可也。"他对于世民运用谋略十分看好。

太原城中的将士们听说西河郡拿下,都前来向世民兄弟祝贺。世民说:"收复西河郡,是我们挺进长安的第一步,我们不能因此得意忘形,而应抓紧行动,做好下一步工作。"

将士们领命称是。

西河郡拿下,通往长安的道路虽然还有很多障碍,然而穿越太原平原进入雀鼠谷已是通途。摆在义军面前的道路有两条,一是往西南进取关中,二是往东抢占河北。大家都明白,关中长安是隋都城,还是李氏旧地,关中地区河山四固,夺取长安,进可以攻,退可以守,是历代兵家必争之地。他们一致同意大军南下直取长安。

六月十四,李渊上尊号大将军,建大将军府。他封李建成为陇西公、左领军大都督,李世民为敦煌公、右领军大都督。此时整个义军兵马已有数万,李渊派李元吉率领部分兵马留守太原,余下的军队分为六军和两个部分:左三军由李建成率领,右三军由李世民率领。至此,不足十八岁的李世民成为率领千军万马的大将军。关于世民兄弟二人的封号,原来大有渊源:陇西公当年曾作为李虎的封爵,敦煌郡公与陇西李氏这个郡望有很深的关系。陇西李氏上溯先秦两汉的名人不说,有史可考的近代始祖应该是南北朝时西凉李皓。李皓是陇西望族,在南北朝乱世中建国称帝,其首都正是敦煌。陇西李氏公认的嫡系后裔,李皓的孙子李宝在北魏即被封为敦煌郡公。李渊把这个封号给了自己的次子,正有标榜自家为陇西李氏正宗的含意。

李渊决定,以斩杀二副将的日子——五月十五日,为正式起兵的日子。五月十五日也是周武王牧野誓师起兵伐纣的日子。当时,周武王用白旗,李渊考虑到"桃李子"的谶言,在白旗里杂用红旗。

大业十三年(公元 617 年)七月初五,三万义军从太原开拔,在红白相间灿若桃李的无数旌旗掩映之下,南下雀鼠谷奔向长安而去。摆在李渊父子和义军面前的将是一条什么样的道路呢?是一路坦途还是充满坎坷风险?

雀鼠谷是连接太原平原和河东地区的一条交通要道,义军南下攻打关中必然经过此处。朝廷派名将宋老生驻守位于雀鼠谷中部的霍邑,阻遏义军南下。时值秋天,阴雨连绵,义军被阻挡在霍邑城下,强敌阻路,军中粮草缺乏,又传太原危急。紧要时刻,大多数人提议回师太原,安定后方再做打算。

第十章

挥泪大哭谏 痛陈天下计

李渊无奈之际接受众人建议传令回军，李世民听闻回师决议在军营中放声大哭。他痛陈天下大计，坚决请求义军继续南下。李渊会听从他的哭谏吗？霍邑城能不能被义军攻克？

第一节　被阻霍邑

李密来信

李渊率领三万兵马离开太原,南下关中。消息传到长安,镇守长安的代王杨侑即派宋老生带领三万兵马镇守霍邑县,派屈突通将兵马数万屯河东郡城,阻遏李家军南下。

霍邑县是雀鼠谷中部的一个县。在吕梁、王屋两座大山夹逼下,雀鼠谷成为连接太原平原和河东地区的一条交通要道。从太原平原南下攻打关中,必然要经过河东。霍邑县正卡在雀鼠谷中部,所以是李家军进攻长安必经的战略要冲。

河东郡在河东地区南部。要想从山西河东地区进入关中,必须西渡黄河,但是河东一带的黄河水流湍急、水势凶险,能做渡口的地点并不多。其中,河东城边上的蒲津是当时一个最重要的渡口,守住河东城也就能有效地阻止李家军从蒲津过河。

七月时节,天气变化无常,李家军离开太原后经过文水、祁县、平遥,很快抵达介休。李渊传令在西河郡略作休整。西河郡刚刚收复,军民听说李家军路过此地,南下长安,都涌上街头欢迎他们。李世民建议父亲开仓放粮,赈济百姓。李渊见西河军民如此热情,当即同意世民的意见,并且宣布,七十岁以上的老人都被封为"散官",可以享受优厚待遇。一时间,附近郡县的有志之士纷至沓来，投靠李家军。

　　略作休整，大军继续南行，来到雀鼠谷口。雀鼠谷易守难攻，谷中任何一处若设有埋伏，想过此谷就非常困难。李世民率领右军先行入谷，一路小心进行，到了贾胡堡，探知前方霍邑有重兵镇守，于是，世民命令军队在此驻扎，然后派人回报李渊。

　　随后，李建成的左军和李渊也到达贾胡堡，父子合兵一处，商讨攻打霍邑的策略。贾胡堡距离霍邑只有五十里路，他们一面派人打探霍邑消息，一面紧张地研究如何攻城。

　　恰在这时，天公不作美，阴雨连绵而至。几万兵马住在简陋的军帐之中，风吹雨淋，苦不堪言，行军作战十分困难。几日后，军中的粮草所剩不多，这可是动乱军心的大事。李渊急忙派人返回太原运输粮草，作为长期备战之用。

　　大军被阻滞在霍邑，李世民丝毫不敢疏忽，他了解到霍邑守将是宋老生，所率兵马三万。代王杨侑派给宋老生的军队有两万人，宋老生本来驻守霍邑要地也有不少兵马，李家军兵力也不过三万人，所以在兵力上，双方势力差不多。至于作战能力，宋老生率领的是隋室的正规军，他本人在山西的剿匪战斗中也积累了丰富的作战经验。而李家率领的这支军队虽然经过了初步整顿，也有不少旧隋正规军掺杂其中，战斗力并不强。宋老生据险而守，有着很好的战略优势和地理优势。只要宋老生有足够的耐心据守霍邑，李家军就很难继续行进下去。

　　风雨阻挡，粮草缺乏，人心浮动，困难重重。霍邑之战，成为李家军举兵以来遇到的最艰难的一场战役。就在李家军驻扎贾胡堡等待粮草的过程中，大雨一直没有停，在此期间，瓦岗军首领李密派人给李渊送来了一封信。

当时位于中原的河南乱得不可开交,满地大小叛军数也数不清。杨广派名将张须陀在河南主持剿匪战事。张须陀率领的是隋室正规精锐军队,满地的叛军虽多,但绝大部分是乌合之众,无法与张须陀对抗。可是,叛军里有一支队伍异军突起,很快就把张须陀打败了。

这支队伍就是瓦岗军。本来,瓦岗军是翟让创建的。翟让身为地方小官吏,才能一般,初创时,瓦岗军势力不大。随着李密的加入,瓦岗军在他的治理下很快壮大起来,在河南汴淮流域的荥阳地区四处纵横

在小说《兴唐传》第六十三回"二打瓦岗山"中,瓦岗军头领单雄信力擒宇文成祥

与官府作对。张须陀受命为荥阳太守负责讨伐瓦岗军,翟让等人十分害怕,李密反而胸有成竹,决定利用张须陀轻敌的心理设下埋伏对付他。瓦岗军义士们在李密的安排下,埋伏在荥阳大海寺。大业初年,李渊做荥阳太守时,李世民跟随父亲来到荥阳,曾经在那里度过了一段美好的童年时光。当时,李世民生病了,李渊还在大海寺为他求福造像。

大业十二年十一月二十七日,张须陀在荥阳平原上布阵攻击翟让、李密率领的瓦岗军。瓦岗军按照预先安排开始撤退。张须陀纵兵追击,没有想到瓦岗军设下了埋伏。当他们追到大

海寺北面的树林边上时，事先在此等待的瓦岗伏军呼啸而出，大败隋军，张须陀也战死沙场。

这一战后，李密在瓦岗军中的威望大增，逐渐取代翟让，成为瓦岗军的新首领。之后，瓦岗军先后攻取了兴洛、洛口等大粮仓，通过放粮的手段招揽四方流民，实力愈发壮大。

大业十三年三月，在李世民太原积极行动广纳人才的时候，李密已经开始攻打东都洛阳，远近降附者无数。洛阳城是杨广花了很大心血营建的新都，城墙坚固，杨广又不断调集军队增援洛阳，因此，李密始终没有攻克洛阳。

就在李密攻打洛阳时，李渊父子起兵太原。消息传到李密耳中，有人向他提出建议，让他放弃洛阳，西取长安。李密考虑到自己的手下人多是关东人，害怕一旦西去，后方没有保障，所以迟疑不决，只是派了柴孝和前去"窥伺"关中。柴孝和刚走到陕县还没有进入关中，就传来李密在洛阳城下被隋军将领段达、庞玉打败的消息，于是急忙转回，李密西去的计划就此破产。

李密富有心机，自己不能西去，听说李渊起兵，就派人与李渊联络，试探李渊的打算，试图叫李渊到洛阳平原北方的河阳地区来和自己会合，共同攻打洛阳。

李渊接到李密的使者带来的书信，细看后，明白了李密的意思。当下安排使者住下，然后与将领们商量如何回复李密。刘文静与李密是亲戚，他比较了解李密的为人，首先开口说："李密攻打洛阳，久攻不下，如果与他会合，肯定错过夺取长安的机会。天下豪杰四起，我们不取长安，别人会趁机行动，我们举兵还有什么意义？唐公切不可听信李密的主张。"当初，他狱中献计，向李世民提出的第一条计策就是趁天下大乱，关中空虚，快速攻取长安。

李世民也说："刘大人说得对，我们不能三心二意，错失良机。"

李渊听了他们的意见，沉思着说："李密率领的瓦岗军是关东最强大的义军，我们断然回绝他，会不会引起他的反感，招来不必要的麻烦？"他担心李密从背后破坏他的计划。乱世纷纷，各自为政，他这么想也有道理。

李世民认真地听着父亲的话，觉得非常有理，于是说："瓦岗军多行义事，人才济济，是支势力强大的队伍，我们应该与他们互相帮助，共同对付暴政，这才是上策。"

刘文静忙说："唐公，文静也这么认为。"

于是，李渊提笔回信，感谢李密对自己的信任，并且与他互相鼓励。在信中，李渊为了表示自己的诚意，与他以"兄弟"相称。后来，李密的瓦岗军被隋军大败，李密投靠到了李渊帐下。

处理完李密的来信，阴雨依然不断。这天，李渊与诸将聚集帐前，紧张地等待着运送粮草的消息。他们没有想到，一件让他们最担心的事情发生了。

太原危机

就在李家军停滞贾胡堡、焦急等待粮草的时候，后方传来消息，刘武周联合突厥进攻太原。这可是让李渊父子以及诸位将士最担心的事情。他们举兵南下之前，唯恐后方不稳，派遣刘文静出使突厥，双方曾经达成互不侵犯的协议。难道，短短几天时间，他们就反悔了？

这个消息在将领中迅速传开，将领们立刻陷入慌乱之中，纷纷来到李渊帐前,请求回兵解围。李渊大军南下,仅仅留下年幼的四子李元吉镇守太原。刘武周兵马甚多,又联合强壮的突厥一起围攻太原,李元吉肯定不是对手。一旦太原失守,李家军就会失去根据地,腹背受敌,前途堪忧。眼下,阴雨连绵,粮草不济,霍邑坚如磐石,何日能够攻克还是个问题,长期拖延下去,也不是个办法。所以,诸多将领建议挥师北上,保护好太原再做打算。

李渊在阴雨中愁闷地叹息着,多日来的精心准备,鼓舞起来的士气,似乎都随着无情的秋雨消失殆尽了。他已经是五十岁的人了,举兵南下,本来想成就一番伟业,哪里想到仅仅走了二三百里路,就被困在此,进不能进,退又难退,他真正知道什么叫进退两难了。

在大多数人打退堂鼓的情况下,李世民却坚决反对这个意见。他多次求见父亲,向他分析眼下形势,认为大军只可以进,不可以退。他说:"刘武周和突厥之间虽然联合,但是他们互相猜忌,连手攻打太原的可能性不大。况且太原城经过多年修建加固,坚不可摧,刘武周要想攻打太原,必须倾巢而出,这样的话,他肯定担心突厥占领他的马邑。所以,刘武周与突厥连手攻打太原的消息肯定有误,父亲千万不要轻信此事,放弃南下的计划。"

李渊忧愁地说:"即便这件事是假的,可是我们缺粮少草,又逢阴雨,长期耽搁下去,进退两难,又能怎么办?"

李世民说:"现在是秋天,就算后方粮草一时运不上来,我们也可以就地取粮,从百姓那里收买粮草。只要我们价钱公道,军纪严明,老百姓是支持我们的。"这点李渊倒是赞同,他们一路南

《隋唐演义》花板

下,多施仁义,沿路的老百姓对他们非常欢迎,这也是世民提出这条建议的基础。如果他们像有些军队一样,烧杀抢掠,老百姓躲都来不及,哪会支持他们!

　　李渊眉头依旧凝结着,看着世民说:"你坚持不回太原,可是霍邑易守难攻,守将宋老生在山西多年,剿贼平叛,很有战斗经验,要是他据守城池,我们又有什么办法攻克霍邑?霍邑不破,我们又怎么继续南下?不能南下,又守不住太原,我们岂不是全盘皆输!"

　　世民听了父亲的担忧,满怀豪情地说:"我了解宋老生,他虽然有经验,但是为人急躁,好胜贪功,只要略施小计就可以把他引出霍邑与之决战。而且,如今军队已经开到霍邑,一仗不打就掉头回师,军心容易涣散,内部甚至可能出现叛乱之人。敌人如果乘机追击,那么整个队伍将立刻崩溃,举义大事还有什么前途？"

听了世民这番言论，李渊低垂着头，半天没有说话。他当然不愿意半途而废，可是困难太多，将领们不愿冒险前进，他左右为难，不知道该如何处理眼下局势。裴寂等人针对世民的建议提出反驳意见，他们认为刘武周如果真的攻打太原，或者宋老生死守不出，都会对他们造成巨大压力和威胁。而且李密来信，表面上看是与我军联合，实际上是在窥探我军实力，要是他趁大军南下决战之际，骚扰河北进而扩展地盘，也会对我军造成很大威胁。

更为重要的是，世民毕竟年轻，经验不足，与裴寂等人相比属于小辈，一般情况下，人们更喜欢接受年龄大的人的意见，而认为年轻人过于激进，办事不够牢靠。

李渊权衡众人意见，觉得世民的建议过于冒险，不如暂时退兵回太原，待后方稳固后再做打算。他决心已定，颁下退军令。于是，左右两路大军在雨中收拾行帐，准备回师北上。

士卒们在雨中坚持多日，猛然听说班师回太原，许多人不明白怎么回事，纷纷跑到世民帐前询问原因。望着大家渴望的眼睛，世民心里一阵难过。他知道，这些士卒大多是自己招募来的，他们希望推翻暴政，建功立业，胸中满怀豪情，一鼓作气而来，遇到这么点儿困难就打道回府，不是消磨他们的斗志吗？将领们缺乏信心和决心，又何以服众呢？

士卒们怨声载道，有人说退兵后就直接回家种地算了，有人说退兵后还是接着做盗贼吧，不然这样的乱世怎么生活？也有人说走一步看一步吧，说不定哪天又要举兵南下了，到时候还能捞点军饷。眼看着举义大事就要毁于一旦，世民呆坐帐中，痛心不已。傍晚时分,无芳前来回报说李建成的左路大军已经撤退了,李渊传令让世民抓紧组织右路军撤退。听闻大军撤退的消息,世民再也坐不住了,他拍案而起,掀开帐帘,风风火火地朝李渊的营帐走去。

世民哭谏

来到李渊帐外,世民让人进去通报,要求面见父亲。李渊知道世民为退兵一事而来,不愿意再生事端,于是传出话说自己已经睡了。世民猜到父亲是担心自己再次建议不要退兵,所以才拒绝见自己。他坐在帐外,眼望满天乌黑的云团,心里说不出的难过,堂堂七尺男儿,竟然泪流满面。

他想起这些年来追随父亲辗转山西剿贼的经历,想起无数豪杰投靠自己意欲创建伟业的豪情;想起兴国寺募兵的情景,想起晋祠计杀王威、高雅贤的快意;他还想起了施恩义收复西河郡的激情。一幕幕从眼前滑过,他年轻的心沸腾了、激越了,他再也无法控制自己,挥泪大哭起来。

在哭声中,大雨倾盆而至,哭声一声高过一声,引来众多将士,哭声也唤出了躲在帐内的李渊。所谓父子连心,世民的失声痛哭让李渊非常难过。他走出帐外,扶起雨水中的李世民,与他一起走进大帐。

世民在帐内哽咽多时,才沉痛地说:"大将军,此次举义,本来为了安抚天下苍生,理应率领将士们奋不顾身,一往直前,先入长安,号令天下。现在遇到一点困难,即刻回师,我担心士气一泄,大军解体,退守太原,与流寇盗贼无异,不仅无法实现举义大事,恐怕连自身都难以保全!"话说到这,李渊不得不提高警惕

《秦府十八学士》之
画图

了。募兵纳士，这些工作都是世民去做的，李渊基本没有插过手，他对于士卒缺少了解，而世民身先士卒，与士卒们同甘共苦，并肩作战，时间虽然不长，大家相处十分融洽，彼此非常了解。所以，李渊才放心大胆地让世民处理所有军务，现在，世民说出这样沉痛的话，李渊也坐不住了。他忙问："怎么，士卒们对退兵反应强烈？"

世民说："岂止强烈！父亲，天下大势所趋，人人痛恨暴政，盼望明主，希望过上幸福安稳的日子。他们投靠我们，还不是想着在乱世之中寻找到明主，大家努力创建一番新天地。可是大家一鼓作气而来，还没有与敌人交战就撤退，这不是令豪杰义士们寒心，让天下英雄耻笑吗？人心难聚，一旦义军撤退，恐怕士卒们会一哄而散，另寻明主。到时候，即便我们再有雄心壮志恐怕也难以聚集这样一支团结有力的队伍了。"

世民的话犹如当头一棒，李渊猛然醒悟，他清楚一旦失去人心，举义大事基本上等于失败了。他忙说："建成的左军已经开始回撤，再下令追回他们是不是太晚了？"

听到父亲同意不撤军，世民顿时转悲为喜，站起来说："不晚，世民这就去把他们追回来。"说完，他大步流星走出营帐，牵过战马，飞身而上，独自一人朝北奔去。李渊望着世民远去的身影，兀自站在雨中叹息。

夜色深沉，雨水淋漓。李世民打马不止，一路狂奔。他全身的衣服都湿透了，雨水、汗水顺着脸颊流了下来。他一心希望早点追上左军，哪里顾得上遮风挡雨。他抄近路，走马如飞。天黑雨急，水深路滑，世民追着追着，发现自己跑进一片山谷之中，四面山峦环绕，无法辨清道路。这可怎么办？世民跳下马，手脚并用爬上一座高坡，他站在坡顶观望多时，终于看清了左军前进的方向。于是，他翻越山峦，快步朝队伍跑去。

李世民徒步追赶左军，在雨中山巅奔跑喊叫，终于将队伍追了回来。他带着左军回到驻地时，许多将士冒雨前来迎接他们。望着大家殷切的目光，世民激动地在军前大声说："此次举义，为救天下苍生，我们一定要勇往直前，毫不退缩，攻克霍邑，直取长安。"

"攻克霍邑，直取长安！"将士们齐声高呼，声音穿越风雨，响彻整个驻地，令人顿感精神一振。

李渊听说左军追回，亲自迎出帐外。看到士卒们斗志昂扬，士气高涨，他非常高兴，把李世民兄弟叫到身边，眼睛里闪烁着泪花说："多亏世民的苦谏，不然我听取胆小怕事人的意见，岂不坏了大事？"

跟随李世民的唐俭等人一起上前，请李渊下令军队坚守驻地，等待时机攻打霍邑。李渊终于下定决心，传令各军做好攻打霍邑的准备。为了探知太原方面的确切消息，世民提议让刘文静再次出使突厥，一方面稳定人心，一方面与突厥议和。这样，李家军坚定了驻守贾胡堡攻打霍邑的决心。

霍邑一战，势在必得，不知道李世民会采取什么策略与宋老生对阵？

第二节　决战霍邑

单骑骂阵

两军相持十余天,太原的后继粮草陆续运到。两天后,下了半个月的秋雨也终于停下来了,李渊带领诸将拜祭霍山山神,决定出兵攻打霍邑。第二天,正是八月初二,秋高气爽,李渊命令全军翻晒铠甲,擦拭兵器,准备开战。八月初三,一大清早,李渊指挥军队向东南开拔,抵达霍邑城下。

清晨,浓雾弥漫,队伍悄悄行进着。随着浓雾散去,蔚蓝的天空分外澄澈,耀眼的阳光格外明亮。此时,李世民与大哥骑马并行在父亲身边,一边讨论战事,一边被晴朗的天气感染,郁闷的心顿觉舒展开来。李渊的心情也不错,他感叹着说:"景色如此引人,就像是有意鼓励我们作战啊。今天这一仗,关系重大,就看你们的了。"世民高兴地说:"云开雾散,天遂人愿,我们一定会旗开得胜。"

很快,军队开拔到霍邑城下。望着坚固险峻的城堡,李渊问世民:"两军相持半月,我军缺粮,而宋老生不敢乘机出击,可见他没有多少胆量,我担心他坚壁不出,闭门自守,我们该怎么办?"

世民说:"大将军请放心,我看宋老生出身寒微,在隋室缺少根基,为了保住自己的地位,他急于立功,不会龟缩不前;另外,他在山西剿匪颇有成就,很容易滋生骄傲情绪,轻视我军,自古以来,骄兵必败。所以,我认为宋老生并不可怕。现在长安派他守卫霍邑,责任重大,如果他一直坚壁不出,我们就让人传播谣言说他畏敌胆怯,无心效忠朝廷,一旦把他激怒,他固守的决心便会动摇。"

听完世民的分析,李渊觉得十分有道理,回头看看李建成问:"你认为宋老生会轻易出城与我们决战吗?"

李建成忙回答:"我听说过宋老生,觉得二弟说得很有道理。"

李渊点点头,抬眼望望近在咫尺的霍邑城,看看身后蜿蜒而至的大队人马,下令军士埋锅造饭,等待殷开山殿后的步兵人马。当时,李家军骑兵数量有限,李渊父子带领骑兵先行,殷开山作为步兵将领随后。所以,骑兵来到城下时,大队步兵依然阵形有序地行进在路上。

听说进食后再战,世民当即进言说:"机不可失,大军突然而至,宋老生缺乏防备,我们应该趁机攻城,一举拿下霍邑,再进食不晚。"

李建成也说:"队伍行进不过几十里,将士们斗志昂扬,要是埋锅造饭,耽误时机,反而消磨将士们的士气,不利于作战。"

李渊听取他们的意见,传令下去,骑兵在前,步兵在后,攻打霍邑。军令一出,大军立即进入战斗状态,将士们挥刀拿枪,等待敌人出城决战。

宋老生得到李渊父子带着兵马来到城下的消息,传下令去,所有城门紧闭,任何人不得私自出战。他清楚眼下形势,准备坚守霍邑，拖住李家军南下的脚步。

李世民带着骑兵来到城脚下，仔细观察地形和城内动态，然后回马向李渊请示："宋老生知道我军围城，依然闭门不出，看来只能用计将他激出了。"

李渊点点头。

唐太宗李世民画像

李世民接着说："我上前骂阵，宋老生出城后，大将军可以率领部分兵马假意后退，引宋老生奋力追击。只要他离开城堡，我即刻带人冲向霍邑城门，堵住他的退路。这样一来，宋老生失去坚固的城堡依靠，腹背受敌，必然慌乱，我们定会将他擒获。"

李渊按照世民的建议传令，做好准备工作。再看李世民，单骑而出，立在霍邑城脚下，向上高喊："宋老生，义军已经将你包围，弹指间就可以攻破霍邑，将你擒获，如果你不愿意战败受俘，就赶快开城投降，大将军可以免你一死。"

城上的士卒赶紧回去禀告宋老生，说一个少年将军单骑骂阵，叫他投降义军。宋老生气得满脸通红，恶狠狠地说："哼，李渊有什么本事，胆敢叫我投降？我在山西剿贼多年，还怕他这么一支乌合之众吗？不用理他！"说着，手按佩刀闷闷地坐下来。他身边的副将进言说："将军说得有理，李渊不敢攻城，有意激我们出去。"

就在这时，外面又慌慌张张跑进一个士卒，急急地说："城下的少年骂得更难听了。"

宋老生抓住士卒衣领问："他骂什么？"

士卒结结巴巴地说："他说……他说将军贪……贪生怕死，不敢应战，枉为朝廷大将，连阵前搭话的胆量都没有，这要是传回长安，肯定被朝廷官员们耻笑。"

宋老生怒目圆睁，把士卒掼倒在地，拔出佩刀狂叫一声："我倒要看看什么人这么大胆，单骑轻出，临阵叫骂，是不是不想活了！"

他怒气冲冲登上城头，往下一看，见一个素衣小将军骑着一匹白马立在城下，身背弓箭，腰挎宝刀，英姿飒爽，威风凛凛。宋老生观看多时，大声喝问："你是什么人，敢在这里叫骂？回去告诉李渊，有我守住霍邑，他就是插翅也别想飞过去。"

李世民抬头打量宋老生，突然笑着说："宋将军说哪里话，李将军派末将前来，正是向你说一声，举义大事，多谢你鼎力相助。功成名就之日，他不会忘记你。"

宋老生猛一愣，问道："他谢我什么？"

李世民指指身后队伍，说："李将军兵马驻扎贾胡堡多日，缺粮少草，又逢阴雨，难以成行，宋将军没有乘人之危攻击，可见你还是非常支持义军的。还有，义军缓缓前来，部队前后绵延十几里，前军已经到你城下，后军还不知道在什么地方，宋将军没有趁机攻打义军前部，也是有意礼让义军。这些话要是传到长安，一定会让人怀疑将军私通义军，陷将军于不义。"

还没等世民把话说完，宋老生气得暴跳如雷，他拿过身边士卒的弓箭，张弓远射，射击世民。世民挥刀挡过利箭，大声说：

"宋将军,在下告辞。"说着,打马往回跑。

城上,宋老生越想越气,他举起佩刀下令说:"趁贼兵还没有到齐,出城剿灭他的先头部队,挫挫他们的锐气。"副将忙说:"将军,这恐怕是李渊的激将法。"

宋老生大叫着:"李渊驻扎贾胡堡时,我想派兵去剿灭他,可是你们坚绝不同意,怎么样,错失了一次良机。现在再不出城,消息传到长安,如果有人借机陷害我,我还有容身之地吗?"

副将们不敢说话。宋老生接着说:"我有精兵三万,对付李渊足够了。"他和李渊同为山西剿贼将领,所受兵马都是一万。在他心目中,李渊依然只有一万兵马,而他新近得到朝廷增援的两万兵马,势力比李渊要强很多。在他眼里,李渊招募的兵马都是乌合之众,根本不足为虑。

宋老生随即下令打开城门,带着装备精良、训练有素的兵马来到城外,派兵布阵,与李家军对阵城下。

霍邑激战

宋老生率领三万人马出战,想趁李家军大部队尚未到达城下之际,打乱李渊的先锋军。李渊见宋老生果真出城交战,赶紧安排兵马。李世民与李建成分别带着一支骑兵袭击隋军后路,围堵霍邑的东门和南门。李渊亲自带着兵马与宋老生交战,指挥着兵马一路退缩。宋老生不知是计,列队前进追赶,结果,遇上了殷开山率领的后方步兵,双方遭遇后开始短兵相接。

李世民兄弟趁机冲向霍邑城门,成功堵住了宋老生部队的退路。这下,李家的军队分成三个方向向隋军发动进攻。霍邑城下,喊杀声震天动地,一场血战拉开了帷幕。

宋老生不愧是征战沙场的老将,他带领的兵马虽然受到前后夹击,依然毫无畏惧,进退有序,你来我往,刀光剑影,双方混战在一起。宋老生一开始低估了李渊的势力,没有料到他的兵马这么多,战斗力如此强悍,加上三面受敌,城门被堵,渐渐有些心慌意乱,他指挥着兵马左冲右挡,希望杀退李家军的进攻。

李世民一马当先,冲杀在最前面,挥舞刀枪与敌厮杀。在他的带领下,李家军士气高涨,人人奋勇向前,哪里肯退半步。李世民刀起刀落,砍杀敌人数十人,素衣白马都染成红色,依然奋不顾身,冲杀在乱军当中。

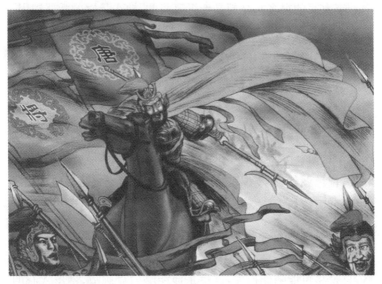

大唐军队威名远播

在李家军的猛烈攻击下,敌军的阵线开始松动。李渊乘机命人高呼:"已经擒获宋老生了!"隋军以为李军果真擒获了主帅,立刻散乱崩溃,一个个作鸟兽散。看到大势已去,宋老生打马逃到霍邑城下，想回城保命。可是城门早已被世民阻截，哪里容他回城。城上隋军见主帅逃回，悬下绳索想把他拉上去。就在这时，世民手下大将刘弘基快马赶到，手起刀落直取宋老生，宋老生回身阻挡，却力不从心，只听一声惨叫，宋老生的头颅滚落马下，死在自己守卫的霍邑城下。

这时，天色渐近黄昏，隋军失去主帅，斗志立时化为乌有，一个个无心恋战，如潮水般纷纷后退。李世民提马来到李渊面前，进言说："我军士气高涨，请大将军下令攻城。"李渊见将士们激战半日，毫无疲惫之意，决定乘胜攻城。

李家军的很多兵马都是新近募集的，缺少足够的兵器铠甲。但是胜利在望，人人不甘落后。他们眼见李世民血染战袍，宝刀损坏，依旧胆气冲天，冲杀在敌军最前面，哪个不受感染。于是，李家军兵马齐上，有武器的用武器攻击，没有武器的徒手肉搏，霍邑城守军在强大的攻击下彻底溃败，弃城投降。

傍晚时分，霍邑成功拿下。李渊一面命令部队进驻霍邑，埋锅造饭，犒赏三军；一面让世民巡视城下，负责战后的清理工作。此时，霍邑城外，尸横遍野，血流满地，真是惨不忍睹。面对此情此景，世民怆然不已。李渊见此，传令说："举义起兵，本来为了天下苍生，却造成这么多人丧命，以后应当多以仁义收复城池，不能轻易动用刀兵。"后来，李世民在与敌交战中，非常讲究策略，总是尽可能降低损失，这也是他能够力克顽敌、网罗人心的一大优势。

眼下，战场清理完毕，李家军将士们齐集霍邑，稍事休整。为了安定人心，李渊下令以礼安葬忠于隋室的宋老生。另外，对霍邑乡里和降卒，李渊也示以宽仁，愿从军者编入左右军，欲回关中的也授以五品散官，赏罚与李世民在西河郡的做法差不多。

接下来，李渊要论功行赏，奖励在这次战役中表现突出的将士们。此时，有人提出不同意见。原来军中有"良人"和"奴婢"两种身份的将士。提意见的人认为立下战功的奴婢不能受到与他人一样的赏赐。李世民听说后，当即反驳说："冲锋陷阵，流血厮杀，勇者向前，怯者靠后，难道与贵贱有关系吗？论功行赏，只能看勇敢还是怯懦，不能以贵贱定论！"

李渊点头说："刀剑之下，矢石之间，不辨贵贱，只识勇怯！"他大手一挥，下令不分贵贱出身，一律平等论功。军令一出，士卒们欢呼雀跃，斗志更高。

经过一连串安抚和赏赐工作，李家军威名远播，前来归附的人一天比一天多。李家军通往河东地区的道路已经打通，势力也更加强大。李渊非常注意赏赐将士和安抚百姓，他从太原一路行来，授予的五品散官特别多。根据史书记载，他曾经一天授官上千。当时，有人向他提意见，认为授官太高太多，李渊却不以为然，他认为杨广败亡的一个原因就是吝啬封赏。

总而言之，攻占霍邑，是李家军起兵以来的第一次巨大胜利。三万义军，对阵三万朝廷精兵，力量相仿而结果迥异，这对于新生不久的李家军来说，是一次至关重要的战役。他们继续南下，挺进长安，一路上又会遇到哪些困难呢？

第三节　一路南下

受降纳士

李家军攻取霍邑后,有如破竹,数日之内,连下临汾、太平。八月十二日,他们来到雀鼠谷南端出口的绛郡。这是挡在雀鼠谷和河东地区之间的又一个要冲,穿过绛郡,前面就进入河东地区了。大军一面前进,将士们一面议论如何攻取绛郡。这时,李世民来到李渊马前悄声说:"绛郡郡守名叫陈叔达,正是陈二的二哥。"原来,陈季达向世民言明自己的出身情况后,世民并没有告诉任何人,李渊也不知道其中的秘密。

李渊奇怪地问:"陈叔达是陈二的二哥? 陈叔达是南朝宗室后裔,一代文士,难道陈二也是南朝宗室后裔? 他怎么不早说?"

世民微笑着把陈季达对自己说过的话告诉父亲,然后说:"季达也是无奈啊。"

李渊倒也明白他流落他乡、隐名埋姓的苦衷,于是不再追究此事,而是问世民:"你看是不是让陈季达去说服他二哥?"

"我正是这个意思,"世民说,"陈叔达一介文人,对军事一窍不通,他如果与我们作战也是白费力气,不如让季达前去劝降,也好让他们兄弟相认。"

当天,李渊传令大军驻扎绛郡附近,自己则留宿在正平县令

陈叔达的父亲孝宣帝陈顼

李安远家中。夜里，陈季达奉命去绛郡劝降二哥，兄弟俩少小离散，二十多年没有通音信，今日相见，已是人到中年，各种滋味涌上心头，真是百感交集，不知道从何说起。两人相对哭泣多时，陈季达一五一十述说了自己这些年来的遭遇，以及寄居李家的前后过程，他极力夸赞世民，说他英明决断，仁义豪侠，是当今天下难有的英雄人物。

　　陈叔达默默听着，其实他早就听说过世民的名字，前年客居长安时，他经常出入文士名流的各种筵席，在王珪家就见过世民一次。那正是世民护送母亲灵柩回老家时住在长安的一段岁月。听完弟弟的述说，陈叔达明白他前来劝降，当即答应下来。原来，陈叔达对隋室一直不满，他也清楚隋朝统治不会长久，眼见李渊率领大军南下，心里正发愁如何应对，恰巧弟弟就在李渊手下，当然顺水推舟，做个人情。

　　第二天，陈叔达假意应战，李家军不费吹灰之力就收复了绛郡。战败后，陈叔达亲自到李渊帐下请罪，得到李渊宽恕，让他追随在世民军前效力。陈叔达的父亲是南陈高宗陈顼，他虽然缺乏军事才能，却以才学出名，容貌举止高雅，加上家世贵重，李渊待他非常优厚。后来，陈叔达成为武德朝宰相之一，为唐朝引进了很多江南士人。

　　在绛郡，除了陈叔达加入李家军外，李安远也投靠李家军。说起李安远，他的父祖在北周、隋朝为官，职位都不低。后来李安远的父亲李彻因为与丞相高颎友善，高颎遭到迫害时，他也被罢免。李彻因而产生怨恨，杨广听说后，将他召入宫中毒死了。这件事对李安远影响很大，他年轻时喜欢聚众闹事，为祸一方，年龄稍长时才折节读书、结交士人。他和王珪交情很好，王珪遇难时，他曾竭力帮忙。因此，他通过王珪、韦挺认识李建成，几个人关系不错。同为深受杨广迫害的人，他们对杨广的痛恨可想而知，所以，李渊兵临绛郡，他忙出城迎接，把李渊父子安排在家中。后来，他追随李世民东征西战，立下不少战功。

　　李家军在绛郡受降纳士，势力大增。他们快马加鞭，直奔河东北部的龙门县。这天，恰是八月十五中秋节，在这个合家团圆的节日里，派去出使突厥的刘文静也回来了，并带来确切的口信，突厥人将和刘武周合谋攻打太原的消息果然是假的。而且，刘文静还带来了突厥始毕可汗派来的友军，一共五百骑兵。兵马虽少，李渊父子却非常高兴。原来，李家军和刘武周不同，他们不希望突厥插手中原事务，扰乱华夏。他们之所以与突厥周旋，目的不过是防止在统一进程中突厥又来捣乱。相反，如果突厥大兵前来，则明为帮助李家军，实为暗图私利。

　　当初，刘文静出使突厥时，世民就曾经当面叮嘱他："突厥兵马强悍，习惯劫掠，对我中原百姓来说有害无利，要是始毕可汗执意派兵助战，大人可以多要马匹，少要将士。"刘文静聪明过人，当然明白世民的意思，他答应说："将军放心，文静知道如何应对突厥。"果然，他出使突厥后，始毕可汗再次提议让李渊称帝，并且提出派兵支持。刘文静清楚始毕可汗想乘机深入中原，掠取财物，甚至抢夺战功，控制李家军。他有心拒绝，又担心始毕可汗有所怀疑，采取不利于李家军的行动，因此他与始毕可汗多次周旋，最终同意带领五百兵马作为援军。

经过一番周折，刘文静回到中原赶上李家军时，霍邑大战已经结束，绛郡也顺利收复，大军已经来到龙门了。世民上前见过突厥将士，悄悄对刘文静说："你回来的可正是时候啊。"

刘文静笑着说："将军有什么吩咐吗？"

李世民说："长安派来抵御我军的主要驻守在两个地方，霍邑已被攻克，另一个是河东地区南部的河东郡城，目前尚在屈突通重兵把守之下。河东郡城保护的蒲津渡口，是我军渡河的重要渡口；另外，河东地区另有一处渡口是龙门，隋军在此处没有设防。究竟该从哪处渡河，目前我军争议很大，你看从何处渡河更合理？"

按说，大多数人都会选择从无人把守的渡口渡河，而不会去重兵把守的渡口自找麻烦，这是非常浅显的道理，为什么还会产生争议呢？

世民请援军

龙门渡口比起蒲津渡口来，水流湍急，地形较复杂。北周与北齐战争时，龙门渡口就是双方一度争夺的焦点之一。而且，渡过龙门以后就进入关中渭河平原，可是朝廷却没有派驻重军。在这样的情况下，从龙门抢渡黄河后，就等于长驱直入关中了，是一个比较快捷有效的途径。

然而很多人却不同意从龙门过河，他们认为应该首先扫平屈突通把守的河东郡，夺取蒲津渡口，再从此处过河。坚持这个观点的人以裴寂为代表，他分析说："如果不歼灭屈突通部，即便我们从龙门过了黄河，前面京城防守牢固，后面屈突通虎视眈眈，我军腹背受敌，这是自取其败的策略。要是首先攻克蒲关，而后从容入关，京城孤立无援，不攻自破！"

坚持从龙门过河的人以世民为代表，他分析眼下形势，反驳说："兵贵神速，如今我军一路南下，节节胜利，应该乘胜早渡黄河，震骇关中。如果我军滞留在河东，受到屈突通牵制，肯定延误时机，时间一久，对方就会有新的策略对付我军。另外，关中群盗蜂起，人心思变，各地守城将士们望风而动，我们一路向西，定会受降纳士，一路畅通。至于屈突通，他固守河东郡，不敢轻举妄动，不足为虑。要是我军失去入关时机，后果不堪设想！"

两种意见，各有优劣，身为大将军的李渊权衡再三，始终难以决断。所以，刘文静回来后，李世民当即向他询问对这件事的看法，希望早做决定。刘文静考虑了一会儿，向李世民推荐一人，他说："此人肯定会劝说唐公早日过河。"

这个人的名字叫作薛大鼎，他是龙门南面不远的汾阴县人，家族颇有声望，人称"汾阴薛氏"。他们家在乱世当中修建了许多坞堡自守，其中最著名的是"薛通壁（又名薛强壁）"，已经有好几百年历史了。北周与北齐对峙时，薛氏为他们争夺龙门渡口出过大力。后来，薛大鼎的父亲薛粹任职介休县的长史。杨广即位时,坐镇太原的汉王杨谅造反,连累他的下属官员一起倒霉。薛粹被杀,薛大鼎连坐为奴。刘文静了解这段历史,于是推荐薛大鼎向李渊分析时局,劝说他早日放弃攻打河东郡,直接从龙门过河。

薛大鼎义不容辞地来到大将军行帐,向李渊详细汇报龙门渡口的情况,并且表示全力支持义军渡河。毕竟他家世代经营龙门渡口,由他引导

龙门渡口

渡河会比较顺利。接着,薛大鼎又向李渊推荐一人,作为过河后的接应人员。

这个人叫孙华,只有二十岁,是黄河对岸的关中地区势力最强的一股叛军的头目。孙华年纪轻,爱憎分明,仇视官府,带领数千人纵横黄河西岸,人们对他非常敬畏。薛大鼎家族没落后,流落各地,也就与他有些来往,两人成为朋友。李渊大致了解了孙华的情况后,皱眉想,这样的盗贼流寇肯出手相助吗?站在一边的李世民看透了父亲的心思,近前说:"大将军,世民愿意与薛大鼎同去对岸,说服孙华接应我军。"李渊立刻舒展眉头,笑着说:"世民历来最会降服盗贼,这件大事就交给你去办吧。"此话不假,世民吸纳的义士中很多人出身盗贼,最著名的就是前面提到的刘弘基。

李世民领命与薛大鼎乘小船快速渡河,寻找孙华请求援助。

很快，他们打听到孙华的驻地，世民不顾路途疲惫连忙去见他。孙华出身低微，痛恨朝廷和官员，他听说李家军派人与自己见面，心里想：哼，官兵打官兵，我才不去管呢！当他听说来人是个十七八岁的少年时，好奇心起，立即命人把李世民带上来。

两个少年英雄相见，顿觉惺惺相惜。孙华被世民的气概震慑住了，不住打量满身胆气、神武异常的世民，好半天才问："你叫什么？"

李世民抱拳回答："在下李世民。"

孙华大睁着双眼，激动地继续问："你就是李世民？刘弘基在你帐下？"

李世民微微一笑："孙将军，李世民与刘弘基是至交好友。"

孙华为人直爽，豪侠仗义，他听说过刘弘基的许多故事，对他很佩服。后来听说刘弘基与李世民三战三负，心甘情愿投靠到李世民帐下时，他常常想，不知道李世民是怎样的英雄人物，竟然能够降服刘弘基。今天，他见李世民竟然是与自己年龄相仿的年轻人，胆敢轻舟过河寻找自己帮忙，真是世之豪杰，对世民的敬意油然而生。

尽管如此，孙华依然没有解除敌意。他看着李世民，直截了当地说："我从来不帮助官兵，恐怕我不能帮你们过河。"

李世民笑意依旧，盯着孙华的眼睛郑重说道："我听说将军豪侠义气，爱打抱不平，却从来没有听说将军对人还分彼此贵贱。如今义军一路南下，归附者络绎不绝，既有官兵，也有平民和各地叛军，并非将军说的全是官兵。而且不管将军是否同意帮助，义军都要渡河西进，取长安，安抚天下。世民以为将军不帮助义军，就是拒绝与义军联合，必然落下个不讲义气的名声，这与将军的为人不符。"

几句话说得孙华一阵发愣。他最怕别人说自己不讲义气，想一想，义军确实不是官兵，如果自己真的不帮义军，岂不是让天下英雄耻笑？想到这里，他不再犹豫，当即答应世民的请求，表示愿意发动全部兵力接应义军渡河。

敌意解除，谈论间两个年轻人义气相投，彼此敬重，非常谈得来。李世民不敢多留，辞别孙华回归河东。孙华一直把他送到河边，并且派人护送他过河。

世民回到军中，言明孙华的意思。李渊大喜，当即决定从龙门渡河。

跃龙门

为了慎重起见，李渊没有直接下令全军渡河，而是十分谨慎地先派左右军统军王长谐、刘弘基，左军长史陈演寿，金紫光禄大夫史大奈四人分别率领一部分兵马过河试探，留下主力部队阻截屈突通部队，防止他们前来袭击攻打。

屈突通是隋朝廷非常有名的一员老将，他与哥

隋末唐初大将、凌烟阁二十四功臣之一、蒋忠公屈突通

哥屈突盖都精通兵法。当时流传着这样一句话："宁食三斗艾，不见屈突盖；宁服三斗葱，不逢屈突通。"可见屈突通十分了得。可眼下他带领精兵把守河东郡，是阻止李家军南下的最有势力的力量，如果像宋老生一样一不小心失去城堡，那么长安也就基本上无法可守了，所以，他十分谨慎。听说李渊兵分两路，先头部队从龙门渡河，他不敢大军全力攻打过河的李家军队，只是派出兽牙郎将桑显和率领数名骑兵掩袭王长谐等人。结果在孙华部队的接应下，李家军大败前来掩袭的隋军，屈突通部势气大衰。

剩下的李家军主力一面掩护部队过河，一面派兵攻下河东龙泉、文城等地，然后趁机从黄河东岸进围河东郡。河东郡除了一面临河外，其余三面分别由李建成、李世民、裴寂三人带兵包围。围困即定，屈突通固守不出，打算拖延时日，等待时机。李家军一时难以攻克河东郡，双方陷入胶着状态。这时，李世民再次大胆提议，放弃攻打河东郡，西渡黄河，直接入关。因为关中重兵都在屈突通手里，长安兵力空虚，如今屈突通不敢出兵野战，正好先拿下长安，屈突通自然也就独力难支了。

另一个让李家军不得不重视的问题是，就在李渊从山西西向长安的同时，关中西面的陇西地区也崛起了另一股势力，这就是薛举率领的兵马。

薛举也打算进据关中，号令天下。现在他的大军已经直逼关中平原，如果李家军不抓紧时间，恐怕长安会落在他的手里。

分析多种因素，李渊接受世民的建议，令大军西渡黄河。

现在，先行渡河的部队已经与孙华的部队成功占据西岸各城郡，扫除大军渡河的各种障碍。这样，李世民首先率领右军从龙门西渡黄河,挺进了关中平原。龙门渡口是李渊父子在举义路上非常重要的关口,从龙门抢渡黄河使他们基本上掌握了关中局势,也使得他们最终成功地建立了伟业。

李世民抢渡黄河后,听取任瑰的建议,快速西进占领了关中国库永丰仓。前面说过,杨坚父子喜欢囤积粮食,他们在全国各地兴建了不少粮库作为战事备用。其中,洛阳和长安两都的粮仓最大,囤积的粮食足够全国百姓食用数年。不久前,李密久攻洛阳不下,率领一支兵马攻占了洛阳粮仓。他开仓放粮,赈济百姓,运河两岸数十里洒满了白花花的粮食,成为震惊大江南北的事件。

李世民占据永丰仓后,下令开仓放粮,附近百姓前来领取粮食的人不计其数。一时间,在关中,不管官吏还是平民纷纷前来归附。本来,李家军一路南下,沿途归顺的州县和各路反军就非常多,现在他们进入关中即行义举,当然更得人心,引来众人归附。

在这种情势下,关中许多州县和各路兵马纷纷派遣使者向李世民表示归顺。李世民宽大为怀,一一接受归顺的人马,并且积极向李渊推荐这些人才。当初,李渊设置大将军府,所定官署有限,随着加入人员增多,已经不够安置这些人了,于是,他在众人提议下,加封太尉头衔以方便增设官员。

大军安全渡河后,李渊唯恐屈突通从后方骚扰,影响主力进攻长安。他把军队分成两个部分,一部为进取长安做准备,另一部则守在黄河西岸的潼关位置,阻截屈突通部队。

义军一路过关斩将渡河西进后,李世民受命率军独自经略渭北,收复长安四周城郡。在这个过程中,许多人闻风而动纷纷投诚义军,世民的姐姐平阳公主带着几万人与世民回师,房玄龄一路追赶终于投到世民帐下。

第十一章

经略渭北地　直下取长安

世民一面接纳贤士，一面安抚地方，很快兵临长安。长安空虚，大军围而不攻，将士们怨言四起，究竟是怎么回事？

第一节　经略渭北

怒射刘鹞子

大业十三年九月十二日,李渊大军全部渡过黄河,正式进入关中渭河平原。北周与北齐战争时,黄河西岸的冯翊郡叫作同州,北齐从黄河东岸打过来,此地就是第一线,所以,北周宇文泰为了鼓励将士们誓死抵抗,把本地区的大片田宅赏赐给手下将领,让他们在两军争锋的前线安家。当时,李家和隋室杨家作为朝廷重要武将之家,都在此地建有旧宅。对于李家来说,这个地区可以说是老家了。冯翊郡城池不大,东南、西北两角相差不过二里,是一个重要军事堡垒,李渊命令孙华驻守此地,预防屈突通从背后骚扰。

随后,李渊带兵进驻长春宫。暂住几日后,他南渡渭河,背靠秦岭安营扎寨。九月十八日,李渊召开军事会议,在这次会议上,他把兵马分成两路,分别由自己的两个儿子率领。他任命李世民为渭北道行军元帅,率领刘弘基、长孙顺德、杨毛、殷开山等人,从高陵道去收取关中西部的渭北州县。从此,年仅十八岁的李世民身为大元帅,开始经略渭北,全面收复关中地区。另一方面,李渊任命李建成率领刘文静、王长谐、姜宝谊、窦琮、窦轨等人屯守黄河西岸,据守永丰仓和潼关,防备黄河对岸的屈突通从

李世民经略渭北

背后袭击。

这一次分兵,是李世民第一次率领部队独当一面,尽管义军一路行来所过州县多有降附,战事不多,但这对于不足弱冠之年的年轻人仍是一次挑战。李渊之所以如此安排,当然与李世民兄弟的性情能力有关。所谓知子莫如父,他清楚两个儿子:李建成老成,缺乏进取心,而李世民能征善战,智勇双全,是带兵打仗的一块好材料。在李家军所有将士的眼里,他们对于世民兄弟的看法也与李渊基本相同。

果如众人所料,兄弟二人都取得了很好的战果。李建成率兵据守,遇到了自率数万精兵欲驰援长安的屈突通,刘文静奋力将其阻挡;潼关守将刘纲想支持屈突通,被王长谐偷袭成功,王长谐将其杀死并顺利占领了潼关,屈突通见状不得已退守黄河西岸的北城。这样,李渊趁机攻打河东郡,却被留守的尧君素阻挡住了,双方继续相持不下。

再说李世民,他带领兵马一路西进,大多数州县听说义军威名,纷纷举城归降,倒也没有费多大周折。这日,军民行进到泾阳地界,前方探马来报:"元帅,前面到泾阳了,泾阳已经被刘鹞子占据。"泾阳在长安西北方向,距离长安不足百里,这几年,此处盗贼横行,民不聊生。刘鹞子本是一突厥人,跟随母亲改嫁到了泾阳。他习惯突厥人抢掠为生的生活,年纪不大就横行乡里,打架斗殴,做了不少坏事。眼见天下大乱,反王并起,他也不甘落后,拉拢一批人马自立为王,当起了地头蛇。刘鹞子占据泾阳,偷窥都城长安,梦想着有朝一日进驻长安,称霸天下。这时,他听说李家军渡河西进,李世民带着兵马横扫渭北平原,兵临泾阳城下,心里着实急了,命人据守城池,与义军对抗。

　　本来,李世民一路降服了不少流寇盗贼,也有意劝服刘鹞子,让他归顺义军,避免两军争斗,造成人员伤亡。当世民听说刘鹞子据守顽抗时,并没有立即下令攻城,而是单骑出阵希望在泾阳城下与刘鹞子谈话。

　　刘鹞子诡计多端,素无信义,他听说李世民率领大军围而不攻,暗自得意,白天假意出城与李世民谈判,答应考虑投诚义军的事,到了夜里,他却偷偷安排人马偷袭义军。半夜时分,李世民正坐在帐内灯下读兵书,忽听有人大喊:"不好了,刘鹞子偷袭来了!"他三步两步跑到帐外,果然看见西北角兵马大乱,刘鹞子带着人马冲杀进来。李世民勃然大怒,顺手抓起宝刀,怒吼一声:"众将士听令,全力出击擒拿刘鹞子!"

　　一声令下,将士们操刀拿枪,顾不上披挂,一拥而上直取刘鹞子兵马。李世民带领队伍一路过关斩将,来到泾阳时,这支队伍经过两三个月的磨练,战斗力非常强。加上李世民治军有方,爱兵如子,每临战事总是身先士卒,冲锋陷阵毫无怯意,对将士们产生了极大的影响,整支队伍不仅善于作战,更具有勇不可挡的锐气。他们很快就阻挡住刘鹞子部队的冲杀,将他们团团围在中间。

　　李世民一马当先冲到刘鹞子眼前,大声喝问:"刘鹞子,我诚心待你,你为什么言而无信偷袭我军?"

　　刘鹞子狞笑一声说:"兵不厌诈,你愿意相信我,我有什么办法!"

　　看他一脸无耻的样子,刘弘基催马就要过去与他决斗。李世民拦住刘弘基,盯视刘鹞子说:"说得好,不过你偷袭我军,造成这么多将士受伤致死,我身为统帅,负有责任。现在你我单独比试,谁输了谁就自动投降如何?"

　　刘鹞子见李世民不但不下令围剿自己,反而提出单独作战的决议,心里想:人人都说李世民有勇有谋,我看他不过一介武夫,就凭他人小马单的样子,难道能打过我? 他慨然应允,提马来到世民面前。两个人就在双方兵士围成的圈子里拉开架势,准备来一场殊死拼杀。

　　两人刀枪交叉,战在一处。几个回合下来,刘鹞子大吃一惊,他万万没有想到年轻的李世民竟然武功高强,很有力气,宝刀上下翻飞,势大力沉,不给对手留下任何进攻的空隙。交战多时,刘鹞子渐渐招架不住,他拨转马头,落荒朝西跑去,世民打马快追,不放他多走半步,两人一前一后越跑越远。刘鹞子见世民追上来了,知道他中计,忙取出弓箭回身射世民。世民反应迅速,注意到刘鹞子要暗算自己,也忙取箭射去。两人同时取箭射击,就听刘鹞子一声惨叫,跌落马下,立时毙命而亡。刘鹞子至死都不明白,李世民的箭比普通箭长出许多,即便同时射击,他的箭也会提前射到目标。更为重要的是,世民自幼练习射术,技艺高超,他使用的弓型号巨大,一般人拉都拉不开,许多人都佩服他百步穿杨的功夫,暗算这样的射箭高手岂不是自取灭亡!

　　刘鹞子落马而亡,他手下的兵士们纷纷扔下武器,表示愿意归降。李世民宽大为怀,收留所有降兵,将他们一视同仁地安排到队伍里。第二天,大军开进泾阳城,城中军民来到街头送上酒饭欢迎这支义军。李世民一面安抚地方,一面清点兵马,他欣喜地发现自己的兵马已经突破九万!九万大军,比起两个月前刚刚离开太原时人数翻了三番,要是再加上李建成部队的兵马,义军总人数已经达到十万多。

　　让世民更为欣喜的是,接下来他的队伍将更加壮大,因为他一路行进,遇上了形形色色前来归顺的人。

路遇平阳公主

　　攻克泾阳后,李世民分兵北上云阳、西上武功,他自己则带领兵马南下鄠县(今陕西户县),全面占领长安四周地区,为成功进取长安做准备。在这次行军中,他遇到了久别的姐姐平阳公主,与她召集的兵马实现了大会师。

　　太原起兵前夕,李渊首先派人通知在长安以及河东的亲属们,让他们火速投奔太原,以免举义之后遭到迫害。当时,平阳公主与丈夫柴绍住在长安,他们得到消息后,又是激动又是惊恐。柴绍对平阳公主说:"我非常赞同尊公的起兵之举,很想去太原助一臂之力,可是此去太原,千里迢迢,凶险难测,要是留你自己在长安,又担心你遭到迫害,这可如何是好?"他说得很有道理,北上太原一路上不知道会遇到哪些风险,平阳公主同行的话肯定要受难;但是不带她走,把她一人留下来也让人不放心,所以他感到左右为难。

　　平阳公主自幼与她的兄弟们一起习文练武,颇有胆略豪情,是一位女中豪杰，哪有这么多顾虑担忧，她对柴绍说："你放心去吧，我一个妇道人家，遇到危险容易躲过去。况且，我留下来还有事情要做。"

柴绍辞别妻子，孤身赶赴太原，在雀鼠谷遇到北上的李建成兄弟，三人结伴同行，一起去了太原。随后，柴绍在义军中担任要职，一路南下，颇有功绩。

再说平阳公主，她送走柴绍后，悄悄离开长安，回到鄠县。这里有柴绍家修建的别墅庄园，平阳公主来到此地后，立即召集家奴，训练他们武功战术。同时，平阳公主散家财招纳义士，寻求能够响应举义大事之人。许多对朝廷不满或者有意反叛朝廷的人听闻此事，纷纷来投，很快平阳公主就聚集了一支数百义士的队伍。有了这些人马的支持，平阳公主开始派人与当地的叛军联络，争取说服他们投靠自己，与太原举义的兵马遥相呼应。此时，她的一名家奴马三宝毛遂自荐，表示愿意承担游说当地各路叛军的重任。

平阳公主和李世民性情相近，向来对人一视同仁，从不轻视自己的家奴。她知道马三宝机警聪明，在当地与许多人都很熟识，当即答应马三宝的请求，让他担负说服重任。马三宝平日里交际广泛，喜好游历，结交了不少豪侠之士。他担负重任后，即刻与这些人联系，透过他们见到了当地最有名的一位首领——何潘仁。何潘仁是西域商人，在司竹园（今陕西周至东渭水南岸山脚下）聚集了上万兵马，自称"总管"，活动于长安周围一带，自成一军。

马三宝见到何潘仁，劝他投靠平阳公主。何潘仁一开始并不同意，他说："我的兵马数万，势力强大，何必投靠一个无兵无势的妇道人家？"马三宝笑着说：
"平阳公主散财结客，虽为妇人，
比男子毫不逊色。更为重要的
是，平阳公主之所以纳士举义，是
因为唐公李渊已经兵发太原，不
日就要渡河直逼长安。你知道李
家世代居住关陇，在关中地区可
是一呼百应，比起你的势力不知
要强大多少倍啊。"这句话让何潘
仁大吃一惊，当时李渊还没有正

唐朝大将、凌烟阁二十四功臣
之一、谯国公柴绍

式起兵，他当然不知道这个消息。马三宝接着说："你早日投靠
平阳公主，一来可以在当地攻城略地，二来可以接应义军进入长
安，这是不可错过的时机。一旦李渊称帝，你作为元老功臣还会
受亏待吗？要是你固守一方，到时候李家大军一到，恐怕你就无
地存身了。"

　　何潘仁思虑后，觉得很有道理，于是同意投靠平阳公主。接
着，马三宝又成功说服李仲文、向善志、丘师利等人，他们各率兵
马相投。平阳公主大喜，把这些兵马整顿一番，举兵起义，等到
李渊兵临黄河时，他们已经成功攻取了关中平原东部的盩厔（今
周至）、武功、始平等县，兵马骤增。这时，李渊的堂弟李神通前
来与平阳公主会合。原来，他接到李渊准备举兵的消息后，带着
长子李道彦在长安大侠史万宝的协助下逃亡，史万宝就是曾经
帮助过王珪逃亡的人。他们躲进了鄠县山中，听说平阳公主举
兵，也组织人马起义，攻打鄠县。在平阳公主的积极帮助下，李
神通势力大增，聚集了一万余人。双方合兵一处，总数达到七万

人。这支队伍由平阳公主率领，因此世人号称"娘子军"，传为一时佳话。

他们在长安四周攻城略地之时，李家军已成功渡河西进。李渊派遣女婿柴绍带着少数轻骑兵悄悄出朝邑，过华阴、渭南，依终南山北麓西进，与平阳公主会合。柴绍思念妻子心切，又奉主命在身，一路急进，日夜兼程，终于在鄠县见到了自己的妻子平阳公主。夫妻相逢，悲喜交集，分别只有几个月，却已恍如隔世，两人都成为统帅千军万马的将领。

几天后，平阳公主夫妇听说李世民率领的军队赶到鄠县，两人喜出望外，急忙率领大军迎出城郭，欢迎自己的弟弟兼行军元帅。姐弟俩作为将领在军前相见，真是令人无限感慨。平阳公主打马来到世民面前，上下左右打量着弟弟，高兴地说："二弟越发英俊威武了，姐姐真是想念你们。"

柴绍忙提醒她说："二弟已是行军大元帅，你身为普通将领，应该先参见元帅，可不能失礼啊。"

李世民忙说："三姐从小最疼我了，我们姐弟不分彼此，哪能讲究那么多！"平阳公主比世民大六岁，从小特别喜欢照看聪明机灵的世民，常常带着他一起读书骑马玩耍，两人秉性相同，都是豪爽侠义之人，志向高远，所以关系更是超出其他兄弟姐妹。

姐弟两人边说边笑，齐马并肩进入大帐，商量下一步的行动。至此，李世民与姐姐的兵马合在一起，统归李世民率领，年轻的大元帅统帅的兵马将近二十万！接着，又有窦轨带着数千人前来投奔。与窦琮一样，他也是窦夫人的堂兄弟，可以说，到现在为止，几乎所有李家的亲戚都已经顺利来到李家军阵营，一方面增强了李家军的势力，一方面也为李家军进一步攻克长安消除了后顾之忧。

房玄龄

与姐姐平阳公主胜利会师后，李世民一边派人火速向父亲禀报军情，一边安抚地方，训练将士，为下一步行动做准备。就在这个时候，有一人从山西隰城一路追赶来到行辕求见世民。

这个人就是房玄龄。他名乔，字玄龄。房玄龄的父亲房彦谦是关东名士，北齐灭亡后他不是很得意，在隋室出任地方小官，官职平平。与房彦谦关系不错的名士很多，他们大多由于得罪杨广，白白送掉了性命，因此，房彦谦十分谨慎。房玄龄自幼聪慧敏锐，加上出身名

大唐开国良相——房玄龄

门之后，年轻时就显示出超人的智谋和才学。有一次，他与父亲谈论天下形势，竟然预言说："眼下国家虽然清平安宁，可是不久就会天下大乱。"房彦谦纵观时局，也有同感。果然，杨广继位后大肆横征暴敛，穷奢极欲，将一片大好河山拖入万劫不复的深渊。此时，房彦谦已经过世，房玄龄也步入三十几岁的壮年。房玄龄交友广阔、名重一时，游历长安，结交了不少朋友。在王珪组织的聚会上，他还见过少年李世民，不过那时两人并没有留意

对方。后来,他尽管得到许多名士推荐,依然怀才不遇,在隋室得不到施展才华的机会。转眼间到了大业末年,房玄龄好歹在山西隰城做了一个小官吏。

如今,眼见天下刀兵四起,房玄龄壮志满怀,渴望在乱世中建立一番功业。可是,隰城深陷吕梁山中,李家军起兵太原时他没有来得及赶上。当他得知李家军一路南下、过关斩将时,他再也无法坐等下去,而是轻装简从,独自一人打马南下追赶李家大军。

房家名气不小,交游广阔,房玄龄和太原温氏三兄弟交情不错。其中,温大临就多次向李世民推荐房玄龄,夸赞他才学丰厚,稳重大度。不过,温大临此时已经随军南下,房玄龄只有快马加鞭追赶,希望能够得到温大临推荐。

皇天不负有心人,房玄龄紧追慢赶,终于在大军渡河后追赶上了义军。房玄龄过河后没有直接去见李渊,而是继续西行追寻李世民的部队。原来,他为人细心,一路走来听到李世民身先士卒、勇往直前、散财纳士、受降叛军的各种故事,想起几年前在宴席上见到李世民的情景,不由对这个少年心生佩服之意。他想,李世民奉命经略渭北,我应该先去见他,为他出谋划策,随大军攻城略地。

房玄龄从小游历长安,对此地非常熟悉。他独自前往,径直来到大军行帐,请求参见大元帅李世民。

李世民听说有人求见,忙命人请进来。他抬头细看,觉得这个人似曾相识,却一时记不清在哪里见过。李世民略一迟疑的工夫,房玄龄近前施礼说:"在下房玄龄参见元帅。"

"房玄龄?"李世民立刻站立起身,面带喜色说:"你就是房玄龄？温大人多次向我提起过，快快请坐。"

房玄龄忙致谢，却不敢坐下。李世民走过来握着房玄龄的手说："我在长安时见过房大人，一别已经一两年了。你今日来投，世民非常荣幸，快快请坐。"

房玄龄不再推辞，坐下来与世民细细交谈。他阅历丰富，为人谨慎，虑事周全细致，对于隋室认识得非常深刻，分析眼下局势更是恰到好处。世民渐渐听得入迷，不知不觉，两人从中午一直谈到傍晚。军士们奉上饭菜，世民立即张罗着让房玄龄与自己一起进食。房玄龄初来乍到，哪敢与元帅同桌共席，一再推辞。世民坚决地说："你我一见如故，你不要客气，咱们一起吃饭，继续讨论时局和义军下一步的行动。"

房玄龄小心地接受邀请，坐在李世民身边一起吃饭。其实，李世民经常与手下将士同吃同住，不分彼此，只不过房玄龄比较谨慎，所以也就显得局促。说起来，两人相差近二十岁，房玄龄个性稳重温和，为人低调。而李世民豪情侠义，不拘小节，他年纪轻轻就独自率领大军南征北战，确实需要一位稳重长者时时辅佐、帮助他。

李世民善于临机决断，通过与房玄龄一番交谈，觉得房玄龄不仅富有才学，为人沉稳，还是位擅于谋划、眼光敏锐独特的人才，当即任命他为渭北道行军记室参军，作为自己的直接参谋参与大军行动。

得到信任和重用的房玄龄十分感动。从此，他走马上任，出谋划策，成为李世民身边最重要的谋士之一。

后来，他和杜如晦辅佐李世民开创盛世，世人以"房谋杜断"来形容他们俩的办事风格。"房谋"指的就是房玄龄善于做细致入微的筹划工作。

　　房玄龄与李世民之间的倚重始终非常深,彼此十分信任。房玄龄做了大唐丞相后,君臣之间曾经产生过误会。一次,李世民大发脾气,把房玄龄撵回家去。人们都觉得这下房玄龄完了,失去了皇帝的信任。可是房玄龄回到家后,没有一点扫兴,反而安排家人说:"赶快收拾屋子,陛下一会儿就来家里接我。"家人半信半疑地一边收拾屋子,一边窃窃议论,认为房玄龄可能受刺激太深,失去理智了。在他们看来,皇帝把你骂回家,不继续迫害你就不错了,还能屈驾来把你迎接回去?

唐太宗君臣相合,共同开创了贞观盛世

　　出乎人们意料,不多时,李世民果然亲自来到房家接房玄龄回朝,不仅官复原职,对他的信任依然如故。这件事传为佳话,一是称赞君臣之间关系密切,相互信任;二是称赞李世民肯屈尊迎接贤臣。李世民曾经多次为房玄龄做诗称赞他的才能和对朝廷的贡献,其中一首写道:

　　　太液仙舟迥,西园隐上才。
　　　未晓征车度,鸡鸣关早开。

"鸡鸣关早开"一句出自一个典故,指的是战国时期齐国孟尝君的故事。孟尝君纳才结客,是当时非常有名的贤人。他出使秦国被扣留了,为了早日回到齐国,他趁天未亮就悄悄出发来到潼关。当时潼关守卫森严,不到天亮绝不放人出关。孟尝君十分焦急。此时,他手下有一名门客学起鸡叫,顿时,潼关附近居民家的鸡都叫起来,潼关守卫人员听到鸡叫以为天亮了,就开关把他们放走了。李世民以此作比,可见房玄龄在他心目中的位置多么重要!

房玄龄投奔李世民后,长安附近许多名士闻风而动,前面提到的王珪、韦挺、杜淹、杜如晦等人都成为李世民帐下谋士,大大壮大了李世民的势力。另外,许多隋室官员和子弟诸如李纲、令狐德棻、于志宁、颜师古等也投靠而来,李世民一一接纳这些人才,对他们礼遇有加,安排他们在军中做事。他们或者出战降敌,或者谋划策略,或者做好后方供应工作,为义军的最终胜利做出了很大的贡献。

第二节　请命进长安

长安的形势

李世民略定长安以西地区，经过短时间安抚工作后，九月十八日，他派人向父亲报信，认为围攻长安的时机已经成熟，请求正式开始进攻长安。

李渊接到世民的报告后非常高兴，他下令李建成带领兵马西行，与李世民会师一起攻打长安。

长安城内的隋室官员听闻李家军勇猛无敌，如秋风扫落叶一般拔城攻寨，所过之处无人不降，早就吓破了胆子。代王杨侑只有十三岁，而且此时的长安城内，精兵已经被宋老生和屈突通带走，留下的少数人马哪能对抗二十几万李家军？顾命大臣卫文升和负责长安城安全的左将军阴世师更是慌了神。原来，他们听说李渊正式起兵后，竟然想出一个损招，派人挖了李家祖坟，以此侮辱和震慑李家父子。李家除了李虎及其妻子的坟墓在陇上天水之外，李家其他人的坟墓都集中在关中三原。卫文升和阴世师心狠手辣，把三原这片墓地洗劫一遍。李渊的父亲李昞、母亲独孤夫人和妻子窦夫人都葬在此处，这一挖，他们都成了曝尸荒野的孤魂。本来，卫文升两人想这样做以警示隋室官员，让他们效力朝廷，没想到官员们不但没有接受"教训"，反而鄙视他俩的做法,纷纷背叛朝廷投靠李家军。眼见大势已去,卫文升称病不朝,躲在家里不敢出来。阴世师知道李家不会饶过自己,拼命叫嚣着驱赶士卒守卫都城,作最后的殊死抗争。

再看李家军,随着李渊一声令下,二十万大军从四面八方涌进长安外城,将皇城围了个水泄不通。当时,长安和洛阳作为两大都会,城郭分为两部分:一部分是广大居民居住的外城,由一圈低矮的土垣包围,并无坚固的防御设施;一部分是城墙高垒、戒备森严的内城,也就是皇城,皇城里面是帝王的宫廷和朝廷的办公机构。从军事角度上看,皇城相当于一个巨大的军事堡垒,外城却很容易被攻破。所以李家军不费力气冲破外城,直接将二十万大军驻扎外城,围困了防守严密的皇城。

在这种形势下,隋军与义军兵力悬殊,士气更是无法相比。一方被动防守,人人自危;一方斗志昂扬,志在必得,可以说只要义军一鼓作气,很快就能攻占皇城。可是,李渊起兵之初曾经传檄天下,举义意在尊隋安天下,所以,虽然大军驻守外城,依然没有发动进攻。这时,李渊说:"大军围城,势在必得,为了保护皇城,减少兵马受损,应该先投书招降。"众将同意他的意见,于是他命刘文静作书招降。结果,卫文升、阴世师接到招降书左思右想,依然不敢开城纳降,而是命令士卒坚守城郭,等待援军。

于是,双方兵马在长安城内对峙,处于胶着状态。

对峙时期,李渊传下军令,所有兵马安营扎寨,不得骚扰百姓,就地待命,不能随意行动,以显王者之师的风范。

一天天过去了,李渊迟迟不下总攻的命令,义军内部许多将士开始不满眼下的状态。尤其是入关后新近加入义军的人,他们很多人的家属住在皇城内,担心时间久了,卫文升和阴世师会残害他们的家属。因此,他们不断提出意见,希望尽早开始决战。

眼看着将士心急气躁,隋军据守不降,李世民觉得不能再拖下去。这天,他与李建成一起来到李渊行帐,提议说:"自从太原起兵以来,大军所过之处未曾过夜,长驱直入,攻城略地,无不顺利攻克。如今围困皇城,如果不及早发兵攻城,我们士气受挫,要是隋军援兵一到,我军内外受敌,天下英雄定会笑我军无能。机不可失,请大将军火速发令攻城。"

李渊依然固守己见,他说:"我发兵之初,传檄天下拥隋之意,要是发兵攻城,恐怕世人会说我出尔反尔,有意夺取隋室天下呢。"

少年英雄李世民

听了父亲的话,李世民还想说什么,却被李建成拉住衣袖,示意他不要进言。兄弟二人走出行帐,李建成说:"父亲追随隋室多年,是大隋臣子,如今起兵造反,取而代之,他也害怕被世人唾骂。"

李世民当即反驳说:"举义之举,意在天下,如今形势如箭在弦上,不得不发,要是父亲贪恋小节,顾全名声,一旦错失机会,不但失去举义的初衷,恐怕祸及二十万将士乃至天下!"李世民善于根据实际情况采取相应策略,这一点不仅表现在战争中,也表现在他处理政务大事上。正是他这种随时随地灵活机动的做法,才使他常常立于不败之地。

两人一边交谈着，一边走回行帐。路上，突然听到一阵争吵，他们寻声望去，发现一个营帐内发生了骚乱，世民见状，立即赶过去查看。不知道义军内部发生了怎样的骚乱，世民能否顺利说服士卒们。

三次请命

原来，围城队伍中有些新近加入的将士，听说皇城中阴世师开始搜捕义军家属，打算绑架以恐吓义军。这个消息一经传开，将士们受不了了，他们纷纷拿起武器冲出驻地，准备攻打皇城抢救家属。领兵的将军见此上前阻止，于是发生了骚乱。

世民来到驻地了解情况，耐心地向将士们解释说："大家稍安毋躁，攻城的命令很快就会下达。隋军固守城池，我方盲目行动不但无法顺利进城，还会造成不必要的损失。所以，大家一定要耐心等待，等着与大军一起进攻。"

经过世民的一番劝慰，将士们终于安静下来。世民独自走出驻地，在皇城墙下徘徊。落日的余晕映照着巍峨的皇城，让世民心绪翻滚。从五月起兵，到如今不到五个月的时间，短短的时日里，他由一个翩翩少年郎成长为战功赫赫的将军，回想起来让人唏嘘不已。李世民手扶高大的城墙，心里思索着下一步的行动。此时已是十月天，天气有些阴凉，世民走了一阵子，来到一处驻地。

这里驻扎的正是新近收编的关中李神通部队，他们归附以后即随大军进驻皇城，到现在连兵器都没有动过。现在，他们正在吃晚饭，看到世民走来，纷纷上前施礼参见。世民摆摆手，让

唐朝长安城含元殿复原图

士卒为自己盛上一碗饭,蹲下来与大家一起吃。李神通听说世民来了,慌忙走出营帐迎接他,看他蹲在地上吃饭,惊慌地说:"元帅,你怎么能在这里吃饭呢?快请进帐。"李世民说:"在哪里吃饭都一样,你不用慌张。"李神通反而局促不安,不知道该做什么好了。

李世民接着问:"将军,最近军中情势如何?"

李神通回答:"人人渴望攻城建功,情绪非常强烈。"

世民点点头,看着李神通说:"你觉得目前应该采取什么策略呢?是攻还是不攻?"

李神通是李渊的堂弟,跟随李渊多年,有了这层关系,他还是比较敢于对战事发言的,听世民这么问,毫不迟疑地说:"攻!我们举义就是为了攻占长安,现在倒好,来到皇城下了却按兵不动,时间长了,将士们泄了气,想攻都攻不成!"

世民没有说话。他多方了解各路兵马的反应,情况大致相同,可是李渊就是不肯下令攻城,这该如何是好呢? 看着李神通一副志在必得的神情,李世民突然产生一个想法,他快速吃完饭,喊李神通来到营帐,对他说:"如今大将军迟迟不下令攻城,无非担心背上背叛朝廷的恶名,我们应该想办法促使他尽早下令。"

李神通疑惑地问:"将领们多次请命攻城,大将军就是不答应,元帅还有什么妙计吗?"

"有,"世民果断地说,"既然劝说无效,你我可以采取强迫之策。"说着,他与李神通详细说了自己的计划。李神通一边听一边点头说:"好,好,就按将军说的办。"

两天后,李渊正在长安春明门外的营帐里休息,就听李世民兄弟风风火火跑了进来,高声大喊:"大将军,关中各路军马叫嚷着攻城,已经开始行动了,我们压制不住,请大将军火速想办法。"

李渊听罢,猛然站起,紧张地问:"到底怎么回事?"前面说过,义军起兵前后大部分军务都是李世民处理的,李渊很少插手和过问,所以霍邑一战才有世民大哭直谏的事情发生。渡河后,李渊坐镇长春宫,兵马更是全部交给了两个儿子,他对于军队的动态缺乏了解,与将士们之间的隔膜较大。如今,猛听说两个儿子弹压不住兵马了,他当然着急,唯恐大军一乱,所有的努力就白费了。他哪里想到这是李世民用计"逼迫"他下令攻城。

世民见父亲紧张,知道计谋可行,接着说:"关中各路军马联络一处,纷纷扬言要在今天攻城。他们已经列好阵势,拿起兵器,就要开始进攻了! 我们前去劝说无效,军中一片大乱,请大将军快想办法。"

李渊能有什么办法，他来不及细想，匆匆忙忙跑出营帐随着两个儿子赶往出事地点。果然，将士们挥刀弄枪叫嚷不休，眼看一场大乱就要发生。李渊也有些慌了，忙喊过李神通，让他负责安顿关中诸路兵马。李神通说："将士们齐心攻城，大将军还是早下命令吧，不然军心离散就麻烦了。"

李渊呵斥说："皇城坚固，岂是说攻就能攻下的？如今我军兵马虽多，却缺少利器，一旦攻城损失必定很大，还是等等再说！"将士们面前，他没有再次提及尊隋的事。

听李渊这么说，李世民立即回答："大将军，我即刻命人制造兵器，保证在半个月内制造完成所需兵器。"

李渊本想信口一说阻止将士，却没料到世民当真要制造兵器快速攻城，众人面前他也不好否定刚刚说过的话，迟疑着说："好吧，如果你半个月完成任务，我即下令攻城。"

世民高兴地接受任务，坐镇安兴坊，全面督促将士们制造兵器事宜。将士们听说兵器完备就可以攻城，一个个奋起精神，很快就制造完成了所用器械。看着烁亮尖锐的武器，世民十分喜悦。他带着武器去见父亲，希望他同意攻城。李渊依旧迟迟疑疑，一面答应攻城，一面又要求世民制造新的攻城战具，诸如云梯、绳索等等。

世民再次接受任务，带着将士们制造各类战具。十一月八日，大军围城月余，所有的攻战器具准备停当，将士们个个精神抖擞，士气高昂，只等着李渊一声令下开始攻城。

可是，李渊却没有如约下令。这可急坏了李世民，他是个敢于决断、不肯贻误半点时机的人，眼见父亲一而再再而三地推迟

攻城,他一面再次面见李渊,一面安排将士们正式攻城。将士们
等了一个多月,早就不耐烦了,得到世民的许可,一个个奋勇向
前攻占皇城。李渊听世民说已经安排军士们攻城了,急急忙忙
赶过去。就在这时有人来报,将军雷永吉率领先锋部队已经攻
上皇城,守城隋军立刻崩溃,长安皇城宣告攻破。前后不到一个
时辰的工夫,皇城就被义军攻下,可见双方势力是多么悬殊,李
世民果断下令攻城是多么正确。李渊呆呆地望着攻破的皇城,
对世民说:"皇城既已攻下,传令大军不得惊扰杨隋皇室。"

　　世民得令带着大军入城,他进城后与民约法十二条,安定百
姓,传令军队不得恣意扰民,城中百姓听说后无不欢欣喜悦,涌
上街头欢迎义军。

第三节　入主长安

勇救李靖

义军顺利入城，一方面抚民安顿百姓，一方面处置旧隋官员。首先是代王杨侑，义军入城后，他吓得藏在宫内不敢动，他身边的侍从官员们全都跑散了，只剩下侍读姚思廉一人。姚思廉虽为文人，却很有勇气，他见一支军士试图冲入殿中，厉声呵斥说："唐公举义兵，匡扶帝室，你们不得无礼。"硬是将军士阻挡在外面，保护幼主不受迫害。后来，李渊赶来迎接代王到大兴殿居住，姚思廉把杨侑送到顺阳阁下，悲泣而去。

姚思廉勇敢护主的举动，李世民看在眼里，对他很是佩服。姚思廉，字简之，本是江南人，他的父亲姚察曾任陈朝的吏部尚书，家学渊源。陈败亡后姚家入隋，迁居到了长安。姚思廉从小跟着父亲学习汉史，以文史之名著称。姚察曾经修撰南朝梁、陈两代的历史，没有写完就去世了。姚思廉继承父志，也曾向杨广上书请求让他续修这两本史书。而且，姚思廉还参与编辑隋代著名地理书籍《区宇图志》。李世民素来敬佩有骨气的文人，不久就请姚思廉来自己的府邸。姚思廉后来成为秦府十八位学士之一。在李世民的帮助和支持下，姚思廉终于完成父亲修史的遗志，这都是后话。

再看义军入城后其他旧隋官吏的反应和受到的处置：卫文升已经连吓带病而死，阴世师等人被活捉。李渊亲自审查这些人的罪行，决定免除大多数人的罪责，只是当街斩首包括阴世师在内的十个人，以儆效尤。人们得知唐公行仁义、施宽政，免除大多数人的罪行，纷纷传颂义军威名。

李建成负责监斩十个与义军顽固作对的人，他命士卒将他们押上街头，一个个斩首示众。轮到最后一个被杀头的人时，这个人突然高声大叫："唐公起义兵，本为天下除暴，安抚内外，现在不以天下为大计，而以私怨斩杀壮士，不是英雄所为！"这一声大喊竟然挽救了他的性命，不知道此人是谁，谁又能从刀下救他不死？

此人名叫李靖，字药师，也是陇西人，他的父祖历任各朝高官，其家族具有很高的地位。李靖的舅舅就是隋代名将韩擒虎，隋初攻破陈朝都城的人就是他。李靖出生在公元 571 年，也就是北周天和六年，到长安城被义军攻破时，他已是四十七岁的中年人。

凌烟阁二十四功臣之一、卫国公李靖

说起李靖，是一个非常有名的人物，他少年时就很得舅舅韩擒虎的赏识，认为他精通兵法，是唯一可以和自己讨论孙子、吴起的人。李靖十六岁就开始出来做官，除了舅舅以外，隋代名臣牛弘做吏部尚书时曾经夸他是"王佐之才"。当时,身为尚书左仆射的杨素对他也很看重,有一次竟然拍着自己所坐之床(一种座椅)说:"你以后一定能坐我这个位置。"其时,李靖还不足三十岁,能得到杨素这样著名将军兼丞相的极力褒扬,可见他的才能确实非同一般。

本来,按照李靖的才能,在朝廷一展抱负,实现一番宏伟大业是很轻松的事。可是随着杨广继位,李靖的命运也出现转折。首先,他的哥哥李药王与突厥作战失败牵连到他;后来,欣赏他的杨素、牛弘等人遭到杨广猜忌纷纷失势,也让他失去了靠山。就这样,时事沧桑,李靖一生中的黄金岁月匆匆流逝,到大业末年时,年近半百的李靖只做到马邑郡丞的职位,正是马邑郡守王仁恭的副手。

说起来,李世民随同父亲在马邑与突厥多次交战时,李靖与他们经常接触,双方并不陌生。当时,李世民广纳豪杰,积极准备起兵诸事。这没有瞒过李靖的眼睛,李靖觉察出事情有变,于是他把自己当囚犯锁起来,准备让人把他押解到江都受审,好趁机向杨广告发李渊父子。看来他对隋室还抱有一丝幻想,希望透过这个举动换取杨广的信任和重用。

李靖带着枷锁离开马邑南去江都,半路上转道长安。这时,李渊在太原正式起兵。李靖一看没有必要去江都报信了,就在长安停留下来,积极参与对抗李家军的行动。可惜隋室无人认识到他的才能,他作为低级官吏只能做点微不足道的小事,无法施展个人才华。尽管如此,他依然顽固地对抗李家军,所以李家军进入长安后,就把他抓起来,并决定将他处死。

眼看性命将尽,李靖联想一生岁月匆匆,功业平平,年轻时的壮志凌云转瞬就要成空,许多成功人士对自己的夸赞和推荐也要付诸东流，他心有不甘，于是临行前大叫喊冤。

恰巧，李世民从这里路过，准备去皇宫给父亲请安，听到有人大声疾呼，忙停下来观望，看到不远处有人被缚待斩，一边高声喊着刀下留人，一边打马跑过去。他来到李靖跟前细一打量，见他状貌威武，虽然被缚，仍不失壮士风姿，他认出此人正是马邑郡丞李靖，是在自己准备起兵时自锁上报告密的人。按说冤家路窄，李靖状告世民谋逆大罪，两人算是仇敌了，世民听到李靖被斩高呼会救他吗？

再说李靖，他高呼后看到世民走来，心想，人人都说李世民宽宏大量，气度非凡，如今，他来这里是救我吗？

李靖与红拂女

两人略一迟疑的工夫，李建成走过来说："二弟，此人差点坏了起兵大事，父亲下令立斩不饶。"

世民回头看着建成说："且慢杀他，等我回禀父亲再做决定。"说完，急匆匆冲进皇宫去见李渊。

世民见到李渊请求说："李靖虽然意欲阻挠起兵大计，但这也是他一片忠心可嘉的表现。在马邑时他阻击突厥，比起王仁恭等人不知要强多少倍，据我看，他是当世豪杰，只不过没有机会施展才华。临刑之际他依然不甘自堕青云之志，可见气概豪迈，胸有抱负，如果把他放了留为我军所用，将是不可多得的英雄人物。"

李渊略一沉思说："不杀他会不会无法显示我军威严，无法震慑他人？"

世民说："恰好相反，不杀他可以显示大将军宽广的胸襟和不计个人恩怨的气度，这才是王者所为。"

李渊点头说："李靖出身名门，勇谋双全，是个人才，可惜没有得到重用。也罢，就留他一条性命，看看他能否为我军出力效命。"

听到这话，世民忙起身赶往刑场解救李靖。

李靖脱险后感激世民相救之恩，投靠到他的帐下成为他的一名幕僚，后来抗击突厥屡立功勋，成为一代名将名臣，流芳百世。

李世民善用姚思廉、解救李靖等做法，正显示出这位年轻将领不仅能征善战，是战场上的英雄，还是一位善于识人用人、目光敏锐、胸怀宽广的政治领袖。

砍树救急

李家军在皇城之中安定下来，按照起兵之初的打算，李渊准备废除杨广的帝位重立新君。代王杨侑是杨广的法定继承人，李渊为了表示忠君尊隋，叫将士们议论立代王杨侑为帝的程序，结果所有将士异口同声地请李渊自己当皇帝。李渊当然不同意，坚决不干。

当时长安虽破,隋炀帝杨广依旧在江都做着皇帝,只可惜他鞭长莫及,无法解救长安危机。李渊念及此不愿称帝也有道理。在李渊的坚决推辞之下,将士们只好准备仪仗,逢迎十三岁的代王杨侑在大兴殿即位为帝,即隋恭帝,并且遥尊在江都的杨广为太上皇。

帝位既定,就要开始论功行赏,十一月十六日,李渊被封为位在王公之上的唐王和丞相,为了便于管理政务,丞相府设在宫城内的武德殿。另外,李渊把自己发出的命令称为"令",和帝王、储君平行,他已经掌控长安全部政务,皇帝不过是个虚位,只是李渊不愿承认而已。

接着,李渊加封各位将领兵士,裴寂和刘文静作为举义首臣,一个做了长史,一个做了司马,直接成为李渊手下重臣。其他人按功受赏,皆大欢喜。在封赏过程中,李渊以嫡长子李建成为唐王世子,次子李世民被封为秦国公,李元吉为齐国公。爵位之外,李世民因为战功赫赫,功勋卓著,加封光禄大夫和唐国内史。

李渊被封为唐王,从此大权独揽,成了事实上的君主

由于赏赐太多,一时间,长安城内出现国力不足的窘迫局面,就连大军做饭用的柴火都紧缺。这时,刘世龙出了个主意:京师最近涌进许多兵马,大家日常做饭取暖都需要柴火,结果导致木柴炭薪涨价,我们把内苑和道旁的树枝砍下来当柴烧不就得了。

听到这个主意后,众人意见很不一致。有人说:"砍树伐木是乱军所为,我们义军怎么能做这样的事呢?"有人说:"长安都是我们义军的了,砍伐几棵树木算什么!"

听到众说纷纭,李渊问世民:"你看该怎么办?是砍树还是不砍?"

世民回答:"砍树以解燃眉之急,也是不得已的行为。不过,丞相一定要告诫将士们,不能因此扰乱百姓,借机破坏财物。"

李渊点头说:"有人心生骄意,觉得长安是自己的了,可以任意妄为,看来该借此机会好好整顿一下。"他把这个任务交给世民,让他整顿军队,砍树救急。

世民十分了解队伍的状态以及士卒们的心思,他一面让房玄龄全面制订砍树的详细计划,一面亲自带人巡视皇城各处,一旦发现将士的不法行为,即刻擒拿处置。很快,在房玄龄安排下,士卒们开始有序地砍伐城内树木,不但没有造成慌乱局面,还及时解决了大军的柴火问题。同时,队伍经过整理,比以前更加整齐、正规。随着长安逐渐稳定下来,关中北部的诸郡也相继归附,至此,关中大部分地区尽在李家军掌握之下。眼看形势发展良好,许多将士开始贪恋眼下的荣华富贵,不思进取。李世民时刻关注军中变化和天下大势,他实时向李渊提出建议,请他派出军队向西南进发,前去收取巴蜀,稳固长安后方,以图向东大举,安抚天下。

李渊在武德殿召集诸将,征求他们的意见,讨论由谁带兵前往。

李神通请命说:"末将愿带领人马南下,直取巴蜀。"

李世民上前说:"巴蜀地势险要,易守难攻,出兵征讨一定要谨慎小心,临机应变。"

李渊点头说:"对,李将军一定要记住秦国公的话,不要轻敌致败。"世民屡屡出兵得胜,已经是父亲心中最可靠得力的助手和依靠。

李神通点头答应,即刻准备起兵的行程。

这天,李世民亲自送李神通出兵长安,南下巴蜀。他握着李神通的手说:"世民有心前往征讨,只是关中局势不稳,不能擅自离开。"

确实,攻克长安、收复关中只是李世民举义起兵的第一步棋。他胸怀天下,知道各地纷乱频频,自己据守一隅,如果安于现状,只能被动挨打,要想实现大志,必须要对付来自各方的压力,要敢于出击抗争。

果然,送走李神通不久,长安西边的扶风传来急报。薛举率领三十万大军浩浩荡荡从金城(今甘肃兰州)而来,他们过州走县,已经围困了扶风(今陕西雍县)。扶风距离长安只有二百多里,一旦扶风失陷,长安就非常危险了。得到急报,李渊当即命令李世民率部队西征,阻击薛举的部队。

刚刚脱下战袍的李世民再次披挂上阵,带领兵马踏上西征之路。

　　大唐初立,割据势力依然盘踞各地,李世民三次奉命西征,铲平薛家军的势力。接着他东下洛阳,鏖战一年多,终于在虎牢一战中力擒双雄,基本扫除了威胁唐王朝的各种势力。

第十二章

东征复西战　成就帝王业

公元 621 年，年仅二十二岁的李世民受封天策上将，成就盖世战功，他也成为人们心目中最会打仗的领袖，李世民究竟为何在每次战事中总能最终取胜？他的制胜法宝有哪些？

第一节 东征西战

铲平薛家军

李家军进驻长安后,尊代王杨侑为帝,年号义宁。义宁元年(公元617年)十二月,不足十九岁的秦国公李世民率领数万大军西出长安,迎战围困扶风的薛举之军。

薛举本是金城的一个小小校尉。大业十三年四月,金城令郝瑗请他招募人手帮忙讨贼,却被他劫持造起反来,自号西秦霸王。薛举起事后,强迫褚亮做自己的黄门侍郎,也就是随军参谋。褚亮,字希明,杭州钱塘人。他出身江南士族,父祖在南朝为官,本人颇有文名。陈亡后,褚亮入隋,做东宫学士、太常博士等职。大业末年,他因为杨玄感之乱受到牵连,被贬陇西。

七月,薛举称帝,派其长子仁杲向东进攻甘肃南部接近陕西的天水。又派几路人马分别往西北、东南进攻,向西北试图打败威胁自己后方的凉州李轨,向东南试图拿下关陇南部的汉中地区。

就在李家军一路南下、渡河入长安的过程中,薛举的各路兵马也在不断向关中推进。十二月初,离李渊进入长安不到一个月的时间,薛举以长子仁杲为前锋,试图越过陇山,直接冲下平原来抢夺秦之旧地的东半部。可是,他在这里遇到另一支义军阻挡。这支义军的首领叫唐弼，双方展开一番激烈的交战。薛仁杲不含糊，一举夺占汧源（今陕西陇县），合并了唐弼的力量。一时声势大涨，号称三十万大军。

薛家军接着围困了当时还被窦琎等旧隋官吏把守的扶风郡城。这个郡城在陇山东麓、关中平原的西部边境上。可以说，薛家几乎已经踏出陇山。走进关中，平原就在眼前，长安也是那么地接近——

消息传到长安，李渊十分惊慌，立即派遣世民带兵征讨。

时值寒冬，李世民带领兵马一路西行，很快抵达扶风，下令全军速进急攻。顿时，战鼓齐鸣，战马嘶叫，喊杀声阵阵，气如山河。薛仁杲的队伍一触即散，朝西逃命而去。一战得胜，世民下令追赶败军，一气将薛家军赶回陇西。后来，李世民做了皇帝，路过扶风时，曾经作《经破薛举战地》，回忆当时战争的情景：

昔年怀壮气，提戈初仗节。心随朗日高，志与秋霜洁。

移锋惊电起，转战长河决。营碎落星沉，阵卷横云裂。

一挥氛沴静，再举鲸鲵灭。于兹俯旧原，属目驻华轩。

沉沙无故迹，减灶有残痕。浪霞穿水净，峰雾抱莲昏。

世途亟流易，人事殊今昔。长想眺前踪，抚躬聊自适。

这场战事虽然简短,却很有意义:一来,这是唐王政权建立后的第一场大战,速战速决,鼓舞了士气;二来,打击了薛举的狂妄举动,延缓了他进入长安的速度。这次兵败后,薛举非常沮丧、恐惧,他召集群臣问了一句话:"自古以来天子有投降的事吗?"他甚至想向李家军投降称臣。

唐军平定陇西

褚亮被迫做了薛举的谋臣后,内心并不支持他,听他这么说,当即劝说他放弃帝位,投降李家军。后来,薛举兵败,褚亮成为李世民府内文学,他的儿子褚遂良更是唐初名相之一。

薛家军遭受这次打击后,在陇西暂时安稳下来,不敢轻举妄动,窥视关中。

世民带着胜利之师回到长安,军威大振。李渊大喜,对李世民更加信任重用。大半年后,返回天水经过整顿的薛举再次积聚起力量重新问鼎关中。此时,杨广已经被手下官员勒死,李渊接受恭帝杨侑禅位做了大唐皇帝，年号武德；李世民受封秦王；隋将屈突通投降李唐，成为李世民手下大将。关中地区经过半年多的安抚征战基本稳定。只是杨广一死，关东各路反王像王世充、窦建德、宇文化及、李密等相继称帝，真正形成群雄逐鹿的局面。李唐想要一统天下、消除各路反王的威胁还要经过艰苦的斗争。所以面对薛举东进，新建立的李唐王朝上下十分紧张，他们知道一旦薛举兵进关中，与关东各路兵马遥相呼应，那么关中地区腹背受敌，境况就危急了。

危机关头，李渊再次派李世民西征抗敌。李世民奉命西征，披挂整齐，率领大军浩荡西去。不巧的是，时值七月，蚊虫肆虐，李世民在行军途中患了疟疾，寒热相侵，饮食难安，竟至卧床不起。皇命在身，强敌压境，李世民无法亲临战场指挥作战，只好将军队交给刘文静指挥，并且叮嘱他说：“薛举军队远道而来，兵马疲惫，粮草缺乏，他们肯定急于与我军交战取胜，因此我军不能与他们硬对硬拼斗。而应该采取持久战法，拖延敌军，消耗他们的士气和粮草，等到敌军粮草殆尽，我的病也就好了，到时候再进攻不迟。”

刘文静领命后，召集各路总兵商议对敌策略并且分析战况，元帅府司马殷开山听说世民的安排后，悄悄对刘文静说：“秦王染病，不能临阵率军，将军队交给你，他担心你难以取胜，所以嘱托你不要冒进抗敌。在下却认为，我军应该乘敌军远路疲惫之际大举进兵，勇破敌军，这样就不用留下敌人再麻烦秦王操心了。你看如何？”

刘文静觉得很有道理，接受殷开山的建议，耀武扬威挺进兵马，在离敌军不远的地方驻扎下来。薛举派人观察，探知唐军防备不严，于是派兵绕到唐军背后偷袭，结果，唐军仓促应战，双方在浅水原（今甘肃长武县西北方）展开激战。薛举军队经过大半年修整，兵马强壮，士气振作。他们有备而来，意在夺取关中，所以个个奋勇向前，拼杀激烈。而唐军本来就缺少准备，加上主帅病重，又突遭袭击，兵马虽众却难以形成强大的抵御和进攻体系，被对方彻底击败，死亡者高达半数以上，大将军李安远、慕容罗睺战死沙场，刘弘基被敌军俘虏。

败兵残将无力抵抗，保护着病重的李世民一路退回长安。这次兵败，是李世民一生当中无数次征战史上唯一的一次失利。他痛彻心扉，面君请罪。刘文静和殷开山知道此败与世民无关，于是主动承担罪责。

再说薛举大胜后不久就病死了。他的儿子薛仁杲继位，在泾川居住下来，以此作为东进的基地。薛仁杲为人暴虐，嗜杀成性，他曾经派人招降大诗人庾信的儿子庾立，庾立不愿意投靠他，残忍的薛仁杲竟然派人把庾立捆绑起来，架在火上烧烤，还让手下军士割食庾立身上的肉，其状惨不忍睹。

薛仁杲继位后，一面积极东进，一面派人联络在西北方的李轨，邀请他一起东进长安。李轨据凉州（今甘肃武威），自号河西大凉王。他坐镇西北，处于薛家军的背后，薛举父子一直十分担心他们东进时李轨从背后袭击。上次薛仁杲奉命征伐李轨不利，如今他想通过合作方式争取李轨与自己连兵。可是，李轨十分瞧不起薛举父子的暴虐行为，认为他们杀人越货，不过是一群盗贼，不会成就什么大事，所以拒绝了薛仁杲的邀请。而他看到李唐行仁义，宽政略，不愧王者风范，因此主动与李唐联系，双方达成协议共同对付薛家军。

昭陵六骏之"白蹄乌"，纯黑色，四蹄俱白，为李世民平定薛仁杲时所乘。唐太宗给它的赞诗为："倚天长剑，追风骏足；耸辔平陇，回鞍定蜀。"

　　在这种形势下，李渊再次任命李世民为征公元帅，让他彻底歼灭薛家势力。与上次大败仅仅相隔一个月，李世民第三次率兵踏上西征路途。八月间秋风渐起，李世民一路行来，一路思考着对付薛家军的战略。他知道大军新败，需要时间鼓舞士气，而敌军上个月刚刚大胜，恃骄而来，必定轻视唐军。所以他决定采取步步为营的战略，深沟高垒蓄势待发。

　　果真，薛仁杲凭借上次获胜的优势十分轻视唐军，他屡屡派兵挑战唐军，并且多次进攻得利。唐军眼见薛仁杲如此跋扈，一个个义愤填膺请命决战。李世民依然坚持自己的策略，拒不迎敌，让将士们等待时机。

　　时间一天天逝去，八月、九月、十月，双方已经对峙两三个月。薛家军远征，本来打算像上次一样一鼓作气攻克唐军，或者直取长安，或者带兵回金城休兵，哪里想到秋去冬来两军还没有正式交手，如今撤也撤不得，攻又攻不下，成了骑虎难下之势。随着天气寒冷，薛家军内部出现动摇，原来他们夏天进兵准备不足，两三个月粮草将尽，衣衫单薄，将士们怨声载道，斗志皆消。很快，有小股部队悄悄离开薛家阵营，投靠李唐部队。李世民欣喜地接纳这些兵马，知道大势已成，可以交战了。

十一月初，仍是在浅水原，李世民安排兵马以待薛军。结果一支薛家军中计遭到埋伏，大败而逃。李世民乘机率骑兵追赶，直逼薛仁杲大军驻地。这时，随军将士劝说世民："秦王，敌军虽败，薛仁杲大军仍然据守城池，不可贸然前进。"世民笑着说："我已经思虑很久，你们不用担心，只管随我前去大败薛仁杲。"说完，他带着二千骑兵向西北方疾驰而去。

果如世民所料，骑兵追到城下遇到薛仁杲率兵出迎。双方交战，世民一马当先冲在最前面，斩杀无数。敌军听说前方军败，看到唐军来势凶猛，斗志已自弱了三分，不多时溃散败逃。薛仁杲独立难支，慌忙躲进城中据守。这时，唐军大军来到城下，世民下令攻城。夜半时分，守城军士抵挡不住，纷纷跳下城池投诚。天明时薛军彻底失败，薛仁杲被俘。

唐军大胜，三军开颜，将士们互相祝贺。有人请教世民说："秦王，浅水原胜利后，您轻骑直进，兵马不多，又没有攻城器具，即便围城，我们觉得也难以攻克城池，您竟然顺利攻克，这是为什么？"

李世民笑着说："浅水原之战只是一个小小的引子，我率轻骑直追，是担心败军入城后，如果薛仁杲加以慰抚，那么我军就失去良机。直追城下，一来敌军缺少准备，肯定慌乱，二来敌军新败,人人胆怯,如此我军速战速决,胜利在握!"众人听了,无不叹服。

至此一战,陇西平定,李唐再不用担心西北骚乱。

收复太原

就在李世民西征剿灭薛家势力时,关东平原上各路反王互相拼杀,血光剑影笼罩着神州大地,人民陷入水深火热之中。李密率领瓦岗军攻打洛阳时,杨广派王世充率军支持洛阳,双方拼杀异常惨烈。杨广死后,王世充拥越王杨侗为帝,占据洛阳号令一方。勒死杨广的宇文化及不甘落后,拥立秦王杨浩为帝,也打算挟天子以令天下。一时间,帝王纷纷而出,战争越打越激烈。

李密最终失败,他撇下义军逃往长安。李渊对他非常客气,赏赐他高官厚禄,就在李世民西征回归时,让他出城迎接李世民。李密自视甚高,平时见到李渊都流露出骄傲神色,可是他见到李世民,不由大吃一惊,悄悄对殷开山说:"秦王真是神武英雄,国主气象,要不是秦王,恐怕无人能够平定祸乱。"这话传到李世民耳中,他淡淡一笑没有说什么。不久李密反叛,拉拢人马对抗唐室,李世民率军镇压,在熊耳山一代派盛彦师对战李密,李密被杀身亡。一代英雄,威名震慑四方,由于胸怀狭窄、过于计较得失而落得个如此下场。

转眼间到了武德二年,大唐初立,百废待举,李世民身为秦王协理国事,坐镇长春宫。长春宫在黄河西岸,是关中地区的门户,在此可以俯视天下,实时洞察关东地区动向,防止他们西进长安,危及大唐安危。看来,李世民担负着保卫长安和大唐的重任。

十月,李世民正在长春宫待客纳士,忽闻长安传来急报:前去太原解围的各路兵马相继失败,齐王李元吉逃奔长安,刘武周部队一路南下逼近黄河,李渊打算放弃河东自守关西。李世民听闻此信,当即坐不住了,起身就要上表李渊。

到底是怎么回事呢?这还要从这年的四月说起。勾结突厥占领马邑的刘武周不断引兵南下,屯守黄蛇岭(今山西榆次县北),窥视太原。留守太原的齐王李元吉派兵出击,结果兵败逃回,刘武周乘机攻陷榆次,兵围太原。不久,易州宋金刚率众投奔刘武周,得到重用,他很快攻打下并州,一路南下,攻克了太原附近许多城郡。李渊闻报,不断派兵增援,却都被宋金刚一一击败。

京剧脸谱中的瓦岗英雄李密

九月,太原只剩下一座孤城,李元吉困守其间,十分害怕。这一年,李元吉不过是十六七岁的少年,他为人凶猛好兵,长期居留边关,无人管教,变得格外骄侈。他经常命令奴客、丫鬟数百人被甲习战,相互击刺,死伤的人数众多。元吉自幼跟随家中一位叫陈善意的女奴长大,陈善意此时跟随在李元吉身边。有一次,元吉在习战中受伤,陈善意就劝他不要玩这种游戏了,结果李元吉大怒,竟然让壮士把陈善意打死了。李元吉有一个嗜好,就是打猎,他曾经说:"我宁可三天不吃饭,也不能一天不打猎。"他每次出猎随行车辆很多,有时候他外出夜不归宿就奸淫民家,因此在太原一带的百姓对他非常痛恨。留守太原的大臣多次上书李渊,诉告李元吉的罪责,李渊下旨将他召回,但他却以百姓的名义上书请李渊放他回去。

现在,李元吉眼见刘武周就要攻破城池,竟然想出一个馊主意,他对司马刘德威说:"你带着老弱兵士守城,我带着精锐部队出击。"李元吉带着精锐兵马出城后,没有对抗刘武周,而是带着妻妾逃奔回了长安。

主将逃奔,太原立即失陷落入刘武周手里。刘武周得到太原好不得意,他快速南下,很快攻克龙门,就要渡河西进了。

李渊见到逃回的李元吉勃然大怒,听说刘武周一路南下兵临黄河,更是慌了心神,他传下手谕说:"刘武周势力强大,我军无法与他对抗,不如放弃河东,守住关西算了。"

李世民坐镇长春宫,几个月来一直密切关注太原形势,如今听说父皇打算放弃河东自守,急忙上表说:"太原是王业所基,国家根本,河东殷实富足,是京师的物资供应地,如果放弃河东,后果不堪设想。臣愿意带领三万精兵北上,必能战败刘武周,收复太原各城郡。"

李渊接到表章,觉得很有道理。几个月来,他派兵遣将,一直没有启用李世民,无非为了让他安心镇守河西。现在太原事急,不得已只有依靠李世民再次出征了。于是他将关中精兵全部交给世民,补充世民原来的兵马,并东出长安,到长春宫亲自为世民送行。

秦王李世民带兵北上已是寒风肆虐的十一月,一夜间,黄河结冰。他们乘冰过河,奔袭百里。河东诸郡经过刘武周抢掠滋扰,百姓四散奔逃,千里不见人烟。大军所过之处,缺粮少柴,苦不堪言,世民回忆起两年前从此南下时百姓们纷纷支持的情景,不由得无限感慨。事情紧迫，来不及细想，他颁发谕令，号召百姓各复其业。百姓们听闻秦王到了河东，想起两年前大军路过秋毫无犯、军民同心对抗暴政的事，奔走相告，纷纷返乡复业，河东慢慢恢复往日生机。大军在百姓支持下解决了粮草问题，士气大振，为下一步攻克刘武周打下了很好的群众基础。

李世民屯兵于柏壁，下令中军大营坚守不出，而每日派出小股部队巡行骚扰宋金刚营寨，截获他的粮草马匹。这样，双方战事进入持久状态。一天，李世民带着数十骑兵分头侦察敌情，他与一个士兵登上高坡，下马休息。两人躺了一会儿，不觉睡着了。此时，宋金刚的巡逻部队发现了他们，从四面八方包围上来。眼看秦王被抓，一条蛇追逐老鼠从他们前面爬过，蛇尾巴触及士兵的脸，士兵猛然惊醒，看到四周敌人围上来，慌忙呼喊李世民。两个人上马急奔，跑出去一百余步时被敌人围住。李世民抽出大羽箭，张弓射击，一下子射中敌人将领的咽喉。敌将落马而亡，其他敌兵见状，纷纷退避，世民趁机带着士兵冲出重围。这件事很快在晋北大地传开，双方将士无不叹服世民的胆识和箭法。

经过一段时间对峙，时机来了。先于李世民过河增援的李孝基率军攻击吕崇茂，宋金刚派遣大将尉迟敬德寻相救援，李孝基腹背受敌大败。结果，李孝基、唐俭、刘世龙等都被尉迟敬德俘虏。

世民听说李孝基攻打吕崇茂，即刻派殷开山等人在美良川设伏，阻击尉迟敬德与寻相的兵马。果然，尉迟敬德二人战胜后得意洋洋地押着战俘回到宋金刚驻地，遭到了伏击而大败。尉迟敬德和寻相丢下战俘逃走。接着，两人又增援蒲阪。路上，李

大将尉迟敬德

世民亲率兵马阻击，再次战败尉迟敬德，并且将他俘获。

两战两败，尉迟敬德十分佩服李世民用兵如神，但他不甘心受降。世民知道他是个非常出色的武将，有心收服他，见他依然不死心，因此放了他，与他约定再次决战。

冬去春来，双方对峙一两个月了，互有进攻互有损伤。二月，李世民看时机成熟，开始排兵布阵准备发动全面进攻。他首先派人切断宋金刚和刘武周的联系，然后下令分头进攻，各路兵马分别向刘武周和宋金刚驻地围拢。

宋金刚失去刘武周粮草供应，深陷降州城内。四月，他弃城北遁，李世民亲自率兵奋起直追。这一场追杀不分昼夜，兵马不歇，粮草不进，直追得敌人一路失城陷地，连连败退，他们只有拼死逃命，哪有回手招架的工夫！

李世民身先士卒，跑在队伍的最前面。他两天未进饮食，三天不睡，三天不解甲胄。在他的号召和感染下，所有将士无不奋勇向前，没有一个人脱离队伍。经过这场殊死追杀，唐军终于在雀鼠谷的高壁岭附近追上宋金刚。

此时，两军相见分外眼红，将士们拔刀舞枪展开一场血战。史书上曾经记载过李世民追杀宋金刚的战事："一日八战，皆破之，俘斩数万人。"可以想象这场追杀的惨烈和壮观。

战到天黑，宋金刚带着少数兵马大败而逃，李世民与将士们两天没有吃饭了，特别饥渴。可是军队一路追杀，行进迅速，哪有粮草供应？恰好一只羊在山谷中出没，一位将领拔箭远射，射杀了羊。李世民与士兵们分而食之，同享鲜美羊肉，羊肉虽少，将士同甘共苦的精神却传为一段佳话。

第二天，李世民带着部队继续挺进，在介休城与宋金刚进行最后决战。最终，介休城破，宋金刚败走后与刘武周一起投奔突厥，尉迟敬德见大势已去，只好投诚秦王帐下。后来，尉迟敬德成为李世民手下最得力的战将之一，他与大将秦琼效忠朝廷，誓死捍卫秦王，李世民做皇帝后让他们二人守卫自己的皇宫，他二人因此成为民间传说中门神的化身。

第二节　　天下一统

鏖战洛阳

　　武德三年（公元 620 年）四月，李世民成功收复太原，彻底粉碎了刘武周割据一方的野心。此时，巴蜀也已经归附唐王朝。至此，唐王朝西部、北部、西南、西北方向已经完全稳定下来，对唐王朝不再形成任何威胁。然而，新兴的唐王朝并未就此安全无虞，相反，关东和江南各地诸雄相继废除拥立的傀儡皇帝，自立称帝，成为威胁天下一统的巨大阻力。

　　这些先后自立的皇帝有王世充、窦建德、宇文化及等。王世充是西域胡人，他的祖父自西域迁居新丰（今陕西临潼东北新丰）。祖父死后，他的祖母带着他的父亲改嫁王氏，因此他改姓王。隋文帝时，王世充做了一名兵部员外郎。他善于钻营逢迎，隋炀帝时，他对杨广唯命是从。杨广巡幸江都时，经常把他带在身边，任命他做了江都通守。洛阳大乱时，隋炀帝派他去洛阳阻击瓦岗军。结果，杨广在江都被杀，宇文化及尊秦王杨浩为帝，李渊随后在长安称帝，王世充固守洛阳，占据关东要地，当然不愿臣服人下，也尊杨侗为帝，打算称霸关东，割据一方。

　　武德二年，王世充大败李密，迫使杨侗让位，自己做起了皇帝，立国号为郑。就在李世民在太原讨伐刘武周的时候，他趁机扩充势力,占据河南,成为中原最大的割据势力,威胁着刚刚建立不久的唐王朝。

窦建德是清河郡漳南(今山东德州西南)人,他家世代为农。窦建德自幼仁义乐施,为人勇敢,很受乡里人推崇。隋征高丽时,他被推选为二百人的小长官,其手下孙安祖不满县令苛政造反,牵连到他,全家被杀。窦建德愤而举义,在河北涿郡一带聚众对抗官府,势力迅速扩大。到大业十三年时,窦建德已经积聚了十几万兵马,尊称长乐王。随后,他不断兼并各地割据小势力,到武德三年,已经据有河北之地。

再说宇文化及,他先尊杨浩为帝,率军北进打算攻占洛阳,却被王世充打败。他北走魏县又遭到窦建德追杀,最终在聊城战败身亡。至此,中原大地仅剩两大割据势力——王世充部队和窦建德部队,他们拥兵自重,时刻威胁着新建立的唐王朝。

武德三年七月,李世民奉命督师关东,征讨中原大地上最后的两股割据势力,继续完成统一大业。李世民纵观三方态势,首先请求李渊派人联合窦建德,争取以政治策略收复窦建德,孤立王世充。窦建德本来举义反隋,如今隋朝已亡,究竟该不该继续与唐王朝作对,让他感到非常迷茫。结果,窦建德接到李渊主动示好的书信,觉得李氏父子为人慷慨大度,尤其是他听说李世民少年英雄,征战四方,名声赫赫,便同意与李唐修好。其实,窦建德与王世充争夺中原大地,双方早就互有争斗,可以说处于水火不容之势,所以他答应李渊也是情理之中的事。然而,战场风云多变,往往不受人的意志左右。

王世充得知李世民发兵洛阳,担心自己打不过唐军,于是忙派人联络窦建德,并且许诺双方打退唐军可以共分中原。厚利

金代赵霖画作《昭陵六骏图卷》局部，画中的骏马名为"飒露紫"，前胸中一箭，为李世民平定东都击败王世充时所乘。牵着战马正在拔箭的人是大将丘行恭，六骏中唯这件作品附刻人物，还有其事迹

面前，人人贪而往之，窦建德也不例外，他问计中书侍郎刘彬。刘彬看透窦建德的心思，于是进言说："唐占关中，郑占河南，我军占河北，形成三足鼎立之势，如今唐军兵临洛阳，日夜增兵，意在夺取洛阳，歼灭王世充部队。要是王世充部队阵亡，那么唐势力强大，我军必定难以独立，只有被唐兼并灭亡。要是我发兵解洛阳之围，与郑军前后夹击唐军，唐军不能力敌自然败退，我静观其变，如果有机可乘可以攻取洛阳，合并两国势力追击唐军，如此将一举而取天下。"

窦建德大喜，立即答应王世充增援的请求，并作书使唐，请李渊撤回围困洛阳的兵马。李世民身在前线，时刻关注窦建德和王世充的动向。他得知窦建德派人使唐，担心父亲答应他的请求撤回大军,于是派人截获了书信。李世民既不撤军,又不答复窦建德,而是积极备战。

几天后,李世民大军抵达新安,距离洛阳只有七十里。王世充派出兵马阻击唐军,两军在慈涧列队布阵相对而立。

一天,李世民带着几十名骑兵到郑军前侦察敌情,恰遇一支强大的郑军。郑军见李世民人少,于是从四面八方围拢上来,打算活捉李世民。敌众我寡,李世民毫无怯意,一边疾驰军中,一边取下强弓,抽出大羽箭,边走边射,左右开弓,冲在最前面的郑军纷落马下。随行的将士们也不落后,疾驰猛射,将郑军射得不敢近前。郑军畏惧后退,很快就被唐军打开一条缺口,李世民率众突出包围,还生擒了郑军左将军燕琪。

短兵相接勇者胜,李世民带着骑兵在尘土中飞马赶回,守卫人员见他们满面灰尘,难以辨认,竟然不让他们擅入。李世民解下头盔,军士们这才认出是秦王胜利而归,无不欢欣雀跃。

第二天,双方展开一场大战,郑军节节败退,李世民率军挺进,兵临洛阳城下。此时的李世民经过三次西征、北伐刘武周几次恶战之后,作战和指挥能力更显成熟沉稳,已经成长为一位卓越的青年将领和优秀的领袖人物,而他不过二十一岁。二十一岁的李世民运筹帷幄,调度有方,在洛阳城下做了细致的军事安排,在以洛阳为中心的东西四百里、南北三百里的广大区域内,安置了各路唐军,对郑军进行分隔包围。然后,他亲率大军屯守洛阳城北的邙山,居高临下,虎视洛阳。

听说李世民屯守邙山,王世充立即驻兵青城宫,与唐军遥相对应。双方相隔数里扎营,主将隔岸对话。王世充指着李世民说:"隋室灭亡,天下英雄并起,唐公在长安称帝,我在洛阳称帝,

程知节，唐朝大将，封庐国公，凌烟阁二十四功臣之一

本来两不相扰，我无意西去犯境，秦王举兵东来，这是为什么？"

李世民听其言，知道他是个没有大志的人，示意身边将士回话："大唐接受隋帝禅位，是天下正统，天下人无不归附唐室，只有将军你不听诏令，自立为帝，所以起兵讨伐。"

王世充还抱着一丝希望："一旦交战，双方都有损伤，如果能够媾和，不是更好吗！"他这会倒慈悲起来，其实他一贯残忍狐疑，喜欢诅咒手下人，志士大多受不了他的猜忌和诅咒，不愿意长久依附他。

李世民又命将士回答:"秦王奉诏攻取洛阳,皇命在身,不能媾和!"打碎了王世充的美梦。

这次对话后,双方各路军马不断交战,战报频传,唐军屡屡获胜,郑军节节失利。经过半年围困,王世充部队已经有十几路兵马先后投降唐军。其中,有几个人投靠唐军的过程还有些戏剧性。这几个人分别是程知节(咬金)、秦琼、李君羡诸人。他们本是瓦岗军将士,瓦岗军失利后,他们被俘成为王世充部将。但是,王世充对他们并不信任,处处刁难他们,因此他们早就不想在王世充手下做事了。

这天,两军交战,程知节和秦琼请命出战,从郑军直接跑到唐军一边,就这样弃暗投明成为大唐将领。李君羡等人效仿这种做法,也纷纷跑到唐军一边。郑军头领见将士们在战场上直接跑到对方帐下,当即鸣金收兵,不敢出战。

在李世民瓦解政策之下,洛阳很快成为一座孤城。尽管如此,洛阳城深墙固,城内建有几座大粮仓,粮草丰沛,要想拿下洛阳也不是简单的事。李世民多次亲自出战,有一次战败逃亡少林寺,遇到少年时期的朋友昙远和尚。昙远和尚带着少林棍僧下山助阵,帮助李世民攻取洛阳。

李世民见王世充龟缩洛阳,便采取蚕食政策一步步进逼。冬去春来,大军远征半年多,李渊听说攻城艰苦,亲自写信让世民回军休整,可是世民拒不同意,依然坚持攻打洛阳。就在双方对峙不下时,转机出现了。

河北窦建德眼见唐军与郑军对阵半年多,双方损失严重,觉得自己出兵的时机到了,于是带领三十万兵马南下,准备借机歼灭两军,夺取胜利果实。窦建德出兵的消息传来,唐军内部出现剧烈争论。有人说："我军出师多日,疲惫困乏,王世充固守坚城,难以攻克,窦建德大军逼近,锐气正盛。他们前守后攻,夹击我军,我军无以对抗。不如先行退军守住新安,等敌军露出破绽再进攻不迟。"有人当即反驳说："王世充被困日久,山穷水尽,就要被我军消灭了,有什么可怕的? 窦建德远道而来,我们应该乘机出兵虎牢关,据险阻击窦军,如此可以一举收拾两路敌军。"

两种意见各有优劣,双方争执不休,李世民听了多时,起身说道："王世充已是强弩之末,不堪一击。窦建德自恃兵多,必然骄傲轻敌,我派兵扼守虎牢,足可以阻击他冒进。只要十天工夫,王世充必然溃败,到时候,我举胜利之师反击,窦建德哪里抵挡得住! 如今关东诸郡刚刚归附我军,要是我军不快速占据虎牢关,一旦窦建德率众抢先入关,那么诸郡不能固守,他与王世充合兵,势力增强,我们就没有机会消灭他了。我决定派兵驻守虎牢关,扼守援军!"

主意已决,李世民亲自带着五千精兵进驻虎牢关,阻遏窦建德支援王世充。结果,李世民在虎牢关派兵布阵,不但阻止窦军南下,还抓住时机成功歼灭了窦建德部。窦建德兵败,固守洛阳的王世充立即举起降旗。至此,历时一年的关东战役最终以世民完胜结束,世民虎牢一战力擒双雄,也成为后世兵家推崇的以少胜多的经典战役。

四海靖平

世民平定关东功高盖世,李渊特加封他为"天策上将",奖励他在开创基业过程中立下的赫赫功绩。天策上将位在诸王之上,开天策府,置官署,李世民在王宫西面开文学馆,接待四方名

士。文学馆接纳了包括房玄龄在内的十八位学士,人称十八学
士府。李世民让名家为十八人画像,让褚亮为他们撰写赞词,藏
于密室之内,以显示敬贤彰德。十八学士都是朝廷官员,他们每
天退朝后都在文学馆轮值,与秦王李世民讨论文史,关怀天下,
常常一谈就到深夜,成为李世民的智囊人员。十八学士府在当
时影响很大,以至于人们把预选为"学士"称为"登瀛洲"。瀛洲
是海上仙山,登瀛洲比喻进入仙境,是世人追求的人生最高
境界。

李世民开办学士
府,尊崇文人,以此治
理天下,扭转了北方长
期以来军事贵族统治
天下的局面,改变了隋
朝两代皇帝的治国策
略,由此奠定了大唐盛
世的基本国策。

回到武德初年,年
轻的秦王李世民并没
有多少时日留在学士
府内与名士们畅谈交
流。天下初定,民心不
稳,边境不安,这些都
是严重威胁初立的大

十八学士图

唐王朝的隐患。武德四年,李世民从关东胜利班师不久,原属于
窦建德部队的刘黑闼杀牛宴众,突袭漳南、谕县,自称大将军,联

众谋反。这支军队凭借窦建德在河北一带的影响，攻城略地，连连击败唐军。唐初名将李神通、李世绩率军镇压，结果被刘黑闼接连打败。年底，刘黑闼收拾窦建德旧有土地，占据大半个河北，自称汉东王，割据一方。

危难时刻，秦王李世民再次领命出征，征讨刘黑闼，安抚天下。刘黑闼当然知道李世民的威名，听说他亲率大军东征，急忙放弃相州退保铭州，准备顽固抵抗。双方经过多次交战，各有胜负。武德五年三月，刘黑闼偷袭李世绩大营，李世绩被困险境，李世民率军从后面杀入，救了李世绩，可是他自己却被刘黑闼的兵马团团包围。李世民左冲右突难以突破重围，危急关头，大将尉迟敬德率领一群精兵破围而入，勇救秦王。

不久，双方展开决战，李世民沉着应战，带着骑兵冲杀在最前面。这一战从中午杀到黄昏，世民始终毫不倦怠，冲杀勇猛。刘黑闼力乏智尽，眼见抵挡不住唐军的冲击，带着一员将领王小胡抛下军队往北逃去。主帅逃走，刘黑闼部下将士们很快就逃散了，此战以唐军大胜告终。

李世民再次带着胜利之师返回长安，一路上将士们高咏《秦王破阵乐》，引来万众附和，场面蔚为壮观。后来，此曲收入唐朝乐府，被定为朝廷大典的庙堂之乐，歌颂李世民征战四方统一天下的伟大功绩。

再说刘黑闼，他逃逸后北投突厥，不断联合突厥滋扰边境，又引起大唐边境危急。李世民请命北伐，采取安抚策略安定边关，刘黑闼部将士们看到秦王多施仁义恩惠，纷纷逃归中原。很快，刘黑闼势单力孤，战败身亡。

此后，突厥虽然多次意欲不轨，都被李世民震慑在塞外，不敢轻易举兵中原。

武德六年，大唐王朝经过五六年的征战安抚，消除了所有的割据势力，长江南北尽皆归附，终于实现了疆土一统。至此，秦王李世民年仅二十四岁，他在征战中出色的领导和作战能力使他功高盖世，已经成为唐王朝最引人注目的年轻领袖。

第三节　贞观之治

大唐统一天下后,秦王李世民出色的战绩和功劳引起大哥李建成的嫉妒,李建成担心李世民夺取自己的太子位,因此多次暗害李世民。一次,他邀请李世民到自己宫中赴宴,在他的酒中下毒,李世民回到府邸后昏迷三天,差点命丧黄泉。李世民为了躲避兄长迫害,打算退守洛阳,但是权位之争历来残酷血腥,岂是退缩可行? 兄弟之争越演越烈,李建成不断在李渊面前状告李世民,使事情进一步恶化。公元625年,李世民听从手下谋士建议发动玄武门之变,一举破坏了李建成的阴谋,成为大唐皇位继承人。不久李渊退位,李世民继位为帝,成为大唐第二位皇帝,年号贞观。

李世民继位后大赦天下,尊李渊为太上皇。从此,他吸纳贤能,开始了创立一代盛世的又一人生辉煌时期。

李世民继位之初,国内仍面临着十分复杂的社会问题:边境地区形势紧张,北方突厥和西北地区少数民族不断骚扰、进犯唐朝边境。李世民派李靖率大军北上平定突厥,先后灭掉东突厥和薛廷陀两个汗国,接受回纥的顺服,在大漠南北建立了一些都督府。接着,又挥师大破吐谷浑,灭掉西突厥,在西域建立起安西都护府。至此消除了边疆的不安定因素,在西北地区建立了有效的政治统治。李世民对其他少数民族实行比较开明的民族政策，较好地处理与其他少数民族的关系。

《步辇图》唐代画家阎立本的作品，内容反映的是吐蕃（西藏）王松赞干布迎娶文成公主入藏的事

　　公元646年，李世民把文成公主嫁给吐蕃赞普松赞干布，巩固了西南边疆。李世民凭借杰出的军事才能和宽广的胸怀安抚边关，融洽民族关系，促进了民族大融合，得到边关诸多民族和国家尊重，被尊称为天可汗，意思是天下唯一至尊的可汗。

　　李世民后来作诗回忆北征岁月，其中一首写道：

　　　　塞外悲风切，交河冰已结。瀚海百重波，阴山千里雪。

　　　　迥戍危烽火，层峦引高节。悠悠卷旆旌，饮马出长城。

　　　　寒沙连骑迹，朔吹断边声。胡尘清玉塞，羌笛韵金钲。

　　绝漠干戈戢，车徒振原隰。都尉反龙堆，将军旋
马邑。

　　扬麾氛雾静，纪石功名立。荒裔一戎衣，灵台凯
歌入。

　　当时，因隋末唐初的大规模战争破坏，社会经济凋敝，阶级
矛盾仍然很尖锐。面对严峻的形势，唐太宗李世民很注意总结
历史经验，特别是隋炀帝败亡的历史教训。他感觉到民众力量
的巨大，常以隋朝的覆灭为借镜，小心谨慎地治理国家，力求缓
和阶级矛盾，避免人民起义。他经常对臣下说："君主依靠国家，
国家依靠百姓。要是刻薄百姓来奉养君主，就像割身上的肉来
吃，肚子饱了，但身体也完了，君主固然富了，但国家也就亡了。
所以君主的灾祸不是来自于外面，而是由自己造成的。"他还时
常教育太子李治："水可以行船，也可以沉船，百姓好比水，人君
好比船。"他认为必须改变隋炀帝的残暴做法，实行一些有利于
经济发展的政策，皇权才能稳固。

　　他指出："须以欲从人，不可以人从欲。"统治者应当"安不忘
危，治不忘乱"。要采取各种措施加强地主阶级的国家机器，缓
和阶级矛盾，才能维持和巩固封建王朝的长治久安。根据这种
思想，李世民宽刑减法，轻徭薄赋，推行均田制、租庸调制和府兵
制度，减轻了人民的负担。

　　另外，李世民遵从任人唯贤、选贤任能的用人原则，不拘一
格地起用人才，从中央到地方选拔，录用了一大批精干的官吏。
李世民曾对魏征说："选择官员，不能马虎，用了一个坏人，别的

坏人也都来了。"因此他处处留心，"梦寐以求忠贤"。

唐代的长安集市

关于李世民善用人才的故事很多：当时有名武将叫常和，经常上书给他提出很好的意见，能够及时说出他想要说的话，每每令李世民拍案叫绝。次数多了，李世民觉得非常奇怪，常和是一个武官，没有多少文化，他怎么能够提出如此良好的建议，还写出这么优秀的文章呢？他留意打听后才知道，原来常和家里有一个门客叫作马周，很有才能，常和提意见的书信都是马周写的。

李世民非常欣赏马周的才能，坚持让他出来做官，马周推辞不肯。李世民坚决固请，一连请了四次，马周终于答应出来当官。马周为官清廉，政绩斐然，后来成为唐朝有名的宰相。

李世民对一个出身卑微的人都这么看重，引起世人广泛赞誉，吸引了许多人才前来朝廷效力，实是创立盛世的根本。

李世民不仅善于吸纳贤能，还敢于接纳朝臣直谏，可以说从谏如流，他与诤臣魏征的故事广为流传。有一次，李世民下令男

魏征

子年龄虽不满十八岁，但体格健壮，也应应征当兵。魏征拒绝在诏书上署敕，李世民告诉他："这都是奸民逃避兵役，故意虚报年龄。"魏征说："陛下常说：'我以诚信待天下，要人民不可诈欺。'可是你却先先去诚信。"李世民愕然，魏征说："陛下不以诚信待人，所以先疑心人民诈欺。"李世民立即收回命令。

又有一次，李世民受不了魏征的直言指责，大怒着回到皇宫，发誓说："这个老家伙，这回非宰了你不可。"长孙皇后见李世民如此暴怒，上前问皇帝骂的是谁。李世民说："当然是魏征，他总是在大庭广众之下顶撞我、侮辱我。"长孙皇后听罢，立即换上正式的皇后服饰，站在宫院之中向皇帝大礼参拜。李世民大吃一惊，忙上前询问原因，长孙皇后从容回答说："臣妾听说领袖英明则部下正直，魏征所以正直，正是由于您的英明，所以臣妾向您祝贺啊！"李世民顿时明白皇后这是在提醒自己。他也觉察到自己太过分了，于是不但不怪罪和处罚魏征，反而擢升魏征为丞相，让他全面参与政务大事。魏征一人在贞观初年就进谏二百余事，并提出了"兼听则明，偏听则暗"的著名论断。

由于李世民的用人政策十分开明，其周围聚集了一大批有政治才能的将相，形成了以房玄龄、杜如晦、魏征、王珪、马周、张玄素、褚遂良等文人组成的领导集团，创建了一个和谐的管理团队。这些人为唐朝的强盛各显其能，各尽其力，为"贞观之治"的

《职贡图》，描绘了不同国家和民族向唐朝进贡的情景，唐太宗因此被称为"天可汗"

繁荣昌盛贡献了各自的力量。

总之，以李世民为核心的统治集团，在贞观年间所推行的一连串政治、经济、文化的政策和措施，对于急剧变化的唐初形势，起到了缓和、安定的作用。当时，监狱常常是空的，公元630年，全国判死刑的只有二十九人，人们即使外出几个月，也不用锁门。行旅往来各地，不必自带粮食，随时可以在路上得到供应。连年的农业丰收也使社会越来越富裕。

贞观时期，唐王朝在较短的时间内把隋末乱世变成封建治世，出现了历史上有名的"贞观之治"，成为以后历代封建统治者效仿的楷模，唐太宗也作为中国历史上杰出有为的君主和政治家而被永载史册。

综观李世民的一生，少年时期劝父亲在太原起义，一年之内就攻取长安建立了大唐王朝。之后七年，唐朝为了统一中国，发动了多次大战役，李世民立下了卓越战功。他的军事才华和作战勇气，与历代名将相比，毫不逊色！

李世民除了是政治家之外，还是诗人和书法家。

唐朝的诗和书法之所以在历史上有这么高的地位，达到了中国文化的顶峰,都是受到李世民影响和提倡的结果。李世民尊儒、尊道、尊佛,甚至允许景教进到中国。他修史、立法、推行科举制、均田制、三省六部制,为之后的各朝各代建立起政治制度的典范。从个人能力上看,李世民确实无愧于"文武全才"这四个字。

难怪后人有诗赞曰:

> 太宗十八举义兵,白旄黄钺定两京。
>
> 擒充戮窦四海清,二十有四功业成。
>
> 二十有九即帝位,三十有五致太平。
>
> 功成理定何神速?速在推心置人腹。
>
> 亡卒遗骸散帛收,饥人卖子分金赎。
>
> 魏征梦见子夜泣,张谨哀闻辰日哭。
>
> 怨女三千放出宫,死囚四百来归狱。
>
> 剪须烧药赐功臣,李绩呜咽思杀身。
>
> 含血吮创抚战士,思摩奋呼乞效死。
>
> 则知不独善战善乘时,以心感人人心归。
>
> 尔来一百九十载,天下至今歌舞之。
>
> 歌七德,舞七德,圣人有作垂无极。
>
> 岂徒耀神武,岂徒夸圣文。
>
> 太宗意在陈王业,王业艰难示子孙。

公元 599 年（隋文帝开皇十八年），出生。

诞生于今陕西武功的李家旧宅。

公元 602 年（隋文帝仁寿二年），4 岁。

相面先生预言说，此子将来必能济世安民，因以为名。

公元 615 年（隋炀帝大业十一年），17 岁。

炀帝被突厥始毕可汗率兵围困在雁门（今山西代县），李世民应募勤王，崭露头角。

公元 617 年（隋炀帝大业十三年），19 岁。

李渊被任为太原留守，李世民随从来到晋阳（今山西太原）。此时，隋政已衰，天下大乱，李世民便广交英雄豪杰，积极招兵买马，准备举兵反隋，夺取天下。晋阳起兵以后，李世民与其兄李建成分统左、右两军，并肩作战，同年十一月攻克长安。

公元 618 年（唐高祖武德元年），20 岁。

三月，盘踞金城（今甘肃兰州）的薛举、薛仁杲父子率部队进犯关中，李世民奉命率兵征讨，将其击败。

大唐立国之后，以功被拜为尚书令、右武侯大将军，进封秦王。

公元 619 年（唐高祖武德二年），21 岁。

十月，刘武周叛乱，率众南下，相继打败了李元吉、裴寂等唐将，几乎占领河东全境，关中震动。李世民主动请缨，并率兵三万，东渡黄河，一举击败了刘武周的精锐部队宋金刚部队，并收降了骁将尉迟敬德等。接着，李世民又麾军北进，次年，收复了河东全境。

同年七月，李世民率兵挺进中原，势如破竹，相继收复了河南的多数郡县，将隋朝的残余势力王世充围困在洛阳孤城之中。接着，又果断地采取围城打援的作战策略，生擒了窦建德，迫降了王世充，相继平定了隋末以来两个势力最强的领袖。

公元 626 年（唐高祖武德九年），28 岁。

六月四日，李世民率秦府幕僚长孙无忌、尉迟敬德等，在宫城的北面玄武门内，一举杀死了太子李建成和四弟齐王李元吉，这就是"玄武门之变"。两天以后，唐高祖下诏将李世民立为太子。

八月，唐高祖禅位是为太上皇，李世民登上帝位，是为唐太宗。

东突厥颉利、突利二可汗率兵十余万人直逼长安。大军驻扎在城外渭水便桥之北，距长安城仅四十里，京师大震，长安戒严。太宗被迫设疑兵之计，亲率高士廉、房玄龄等六骑至渭水边，隔渭水与颉利对话，指责颉利负约。不久，后唐大军赶至太宗背后。颉利见唐军军容威严，又见太宗许以金帛财物，便请求结盟。于是双方在便桥上杀白马订立盟约。突厥领兵而退。这就是有名的"渭水之盟"。

公元 627 年（唐太宗贞观元年），29 岁。

正月，唐太宗下诏，令今后中书省、门下省以及三品以上官入阁商议国家大事，都要有谏官跟随，遇有不当之处，谏官立刻进谏。

二月，并省全国的州县，将全国分为十道，即关内道、河南道、河东道、河北道、山南道、陇右道、淮南道、江南道、剑南道、岭南道，废郡为州，故每道各辖若干州。

公元 628 年（唐太宗贞观二年），30 岁。

下诏各地置义仓。薛延陀首领夷男受唐封为可汗，建汗庭于漠北。

关内发生旱灾，百姓缺粮，有许多人卖儿卖女以换取衣粮。

四月，太宗诏出御府金帛赎回被卖儿童，交还父母。又因去年久雨，今年又遭受旱灾、蝗灾，大赦天下。

突利可汗派使来唐请求援助。太宗召集大臣讨论，兵部尚书杜如晦请出兵攻突厥。

公元 629 年（唐太宗贞观三年），31 岁。

三月，太宗以房玄龄为左仆射，杜如晦为右仆射，以尚书右丞魏征守秘书监，均参与朝政。房玄龄善谋略，杜如晦善决断，为唐朝名相，并称"房杜"。

当时，天下大旱，太宗诏求直言，马周代常何向太宗提了二十多条意见。太宗大喜，招马周入见，令他入门下省，不久以马周为监察御史，终至拜相。

八月，命兵部尚书李靖为行军总管、张公谨为副总管，前去征讨突厥。突厥俟斤九人带领三千骑兵降唐，拔野古、仆骨、奚等酋长也率部众降唐。

十二月,东谢酋长谢元深、南谢酋长谢强朝唐。东谢、南谢是南蛮的分支,分布在黔西。唐太宗下诏以东谢之地为应州。

牂牁酋长谢能羽及兖州蛮向唐入贡。太宗诏以牂牁之地为牂州。党项酋长细封步赖降唐,唐以其地为轨州境,南谢之地为庄州(今贵州境内),隶属于黔州都督。

公元 630 年(唐太宗贞观四年),32 岁。

正月,李绩在白道败突厥,李靖在阴山大败颉利可汗。

三月,各族君长都到长安请唐太宗称天可汗,唐太宗笑道:"我为大唐天子,难道又为可汗之事吗?"但此后唐太宗赐给西北各族君长的玺书都用"天可汗"的称号。

唐行军副总管张宝相突至苏尼失兵营,俘颉利,送往长安。

八月,日本遣使犬上三田耜(亦作御田锹)、药师惠日等来唐,是为日本第一次遣唐使。

九月,伊吾城主到长安朝唐。先是伊吾内属,隋于其地设置伊吾郡;隋末,城主向突厥称臣。颉利被唐攻灭后,伊吾城主率他所属的七城降唐,唐朝在伊吾设置西伊州(今新疆哈密)。

全国丰收,流散到各地的百姓回归故里,米每斗不超过三四钱,一年仅判处了二十九人死刑。

公元 631 年(唐太宗贞观五年),33 岁。

开党项之地为十六州。

日本第一次遣唐使犬上御田锹等至唐(奉使在上一年)。林邑、新罗都遣使来唐。

公元 634 年(唐太宗贞观八年),36 岁。

吐谷浑寇边,太宗派李靖、侯君集、王道宗等出击,次年吐谷浑伏允可汗逃入沙漠,后为国人所杀,太宗另立吐谷浑国王。

公元 636 年(唐太宗贞观十年),38 岁。

六月二十一日,太宗皇后长孙氏卒,年 36 岁。

公元 639 年(唐太宗贞观十三年),41 岁。

太宗以高昌王曲文泰西域朝贡,遂命侯君集、薛万彻等率兵伐高昌。

公元 640 年(唐太宗贞观十四年),42 岁。

高昌王病死,其子智盛继位,投降唐朝。太宗于是在高昌首府交河城置安西都护府,西域各国皆到长安朝贡。

公元 641 年(唐太宗贞观十五年),43 岁。

正月,唐太宗在吐蕃(西藏藏族的祖先)赞普(即君长)松赞干布的多次请求下,答应将宗女文成公主嫁给他,并派礼部尚书、江夏王李道宗护送公主入藏。松赞干布闻讯大喜,亲自从首都逻些(今西藏拉萨)来到河源(今青海鄂陵湖西),以子婿之礼接见李道宗。他看到华丽的服装和壮观的仪仗,十分羡慕。从此,吐蕃和唐朝结为甥舅关系,相互学习、友好相处。

大将席君买平吐谷浑之乱,受封百济王,李世绩败薛延陀。

公元 643 年(唐太宗贞观十七年),44 岁。

魏征卒。

征高丽。

李世民命画功臣像于凌烟阁。

太子承干造反,被废,立晋王李治为皇太子。

公元 644 年(唐太宗贞观十八年),45 岁。

太宗亲征高丽。

公元 645 年(唐太宗贞观十九年),46 岁。

玄奘取经回国,张亮、程名振拔高丽卑沙城,李世绩攻高丽辽东城,契苾何力等勇击高丽,高丽白岩城降,太宗破高丽安市救兵,太宗下诏从高丽班师。

公元 646 年(唐太宗贞观二十年),47 岁。

薛廷陀咄摩支降唐,敕勒诸部朝唐。

公元 647 年(唐太宗贞观二十一年),48 岁。

唐发兵攻龟兹,太宗哭高士廉,骨利干入贡,王波利造船攻高丽,突厥车鼻可汗向唐朝入贡,西赵酋长赵磨内附。

公元 648 年(唐太宗贞观二十二年),49 岁。

薛万彻等率军击高丽,李百药卒,结骨入朝,松外蛮附唐,契丹首领曲据内附,阿史那贺鲁降唐,王玄策破中天竺,房玄龄卒。

公元 649 年(唐太宗贞观二十三年),50 岁。

五月,唐太宗病危。临终前,他召见长孙无忌和褚遂良,让他们辅佐太子李治。是月,太宗病逝于翠微宫含风殿。太子李治即位,是为唐高宗。